Das Buch

Irgendwann hatte Maiga gemerkt, dass es ihr nicht mehr reichte, sich ab und zu von Meister Watanabe fesseln zu lassen. Er war zwar ein unangefochtener Meister in der Kunst des Shibari, aber ihr wahrer Traum war der, sich ihrem Mann vollständig zu unterwerfen. Wobei: So vollständig dann auch wieder nicht. Ideal wäre es, wenn er immer genau das befehlen und mit ihr machen würde, was ihren Phantasien entsprach.

Als dann endlich der große Tag gekommen ist, an dem ihre Beziehung in die neue Richtung geht, läuft erst langsam und dann ziemlich schnell so ziemlich alles schief, was so schief laufen kann, bis hin zum Verschwinden von Maiga.

Smidt und Rednich finden kaum vernünftige Ansatzpunkte in ihren Ermittlungen bezüglich frisch tätowierter und dann ermordeter Frauen. Selbst der geniale Hottel verstrickt sich in unergiebige Spuren. Dabei drängt die Zeit. Niemand weiß, ob Maiga das nächste Opfer sein wird.

Bisher erschienen

Eine seltsame Erpressung
Frau Weberlein und ihr Masseur
Muse, das Fetischmodell
Doris, Modell wider Willen
Ein einziges Desaster

Mehr dazu auf http://gabrielerbe.jimdo.com

Gabriel Erbé

Ein einziges Desaster

Ein Fetischkrimi aus der Reihe: Ein Fall für Smidt und Rednich

Bibliografische Information der Deutschen Nationalbibliothek. Die Deutsche Nationalbibliothek verzeichnet diese Publikation in der Deutschen Nationalbibliografie; detaillierte bibliografische Daten sind im Internet über www.dnb.de abrufbar.

Herstellung und Verlag: BoD – Books on Demand - Norderstedt

Umschlaggestaltung: Gabriel Erbé

© 2016 Gabriel Erbé

ISBN 978-3-74127704-7

Weibliche Leiche

Was die beiden Kommissare am Fundort nur geahnt hatten, offenbarte sich jetzt, wo die Leiche der jungen Frau auf dem Untersuchungstisch der Rechtsmedizin lag. Fast ihr gesamter Körper war von einer Drachentätowierung bedeckt. Ausgenommen waren nur die Innenflächen ihrer Hände, sowie ihr Hals und ihr Kopf.

Kommissar Rednich studierte die Fotos, die bereits in Rücken- und Bauchlage gemacht worden waren. Soweit er das als Laie beurteilen konnte, waren die Arbeiten sehr gut ausgeführt worden. Er sah zumindest keine Stelle, an der eine Linie mit zittriger Hand oder perspektivisch verzerrt gesetzt war.

„Der klammert sich ja geradezu an den Körper", kommentierte seine Kollegin Smidt, die sich neben ihn gestellt hatte.

„Aber noch nicht lange", fügte die Rechtsmedizinerin an. „Ich müsste mich schon ziemlich verhauen, wenn dieses Gesamtkunstwerk älter als vielleicht ein halbes Jahr ist. Schau ich mir natürlich noch genauer an."

„Ist das nicht ein bisschen wenig für so eine große Fläche? Ein halbes Jahr nur?"

„Würde ich auch denken", nickte die Medizinerin. „Aber ich bin da Laie, was die Praxis angeht. Am besten, Ihr fragt einen Profi. Ich tippe mal, davon werdet Ihr bald ohnehin genug sehen. Oder habt Ihr bei der Identifizierung schon Fortschritte gemacht?"

„Nein, wir tappen noch im Dunkeln. Was macht der DNA-Abgleich? Haben Sie die Daten bereits mit der Datenbank abgeglichen?" wollte Rednich wissen.

„Lieber Herr Kommissar. Ich kann mich auch nicht doppelt schlagen. Aber Morgen wisst Ihr Bescheid."

„Und sonst?" hakte er nach. „Was können Sie sonst noch sagen?"

„Die Todesursache habt Ihr ja schon gesehen." Die Ärztin zeigte auf die Einstichstellen am Herzen der jungen Frau.

„Interessant sind die Hämatome auf ihren Schlüsselbeinen, die sich kreisförmig um ihren Hals fortsetzen. So was hab ich hier noch nie gesehen."

„Sieht nicht wie Schläge aus", überlegte Rednich.

„Ne. Da stimme ich Euch zu. Wäre schon ein seltsames Instrument, mit dem man die arme Frau traktiert haben müsste."

„Ja und? Haben Sie eine Idee?"

Die Medizinerin ging zu ihrem Laptop und erweckte den Bildschirm durch ein paar schnelle Mausbewegungen wieder zum Leben. Die beiden Kommissare sahen Bilder von Padaung-Frauen mit ihrem typischen Halsschmuck, der aus einem langen Messingrohr gebogen, den kompletten Hals der Trägerinnen abdeckt.

„Das würde ich mal vermuten. Also zumindest, wenn wir hier nicht in Deutschland, sondern beispielsweise in Thailand leben würden. Hier habe ich noch nie eine Frau mit diesem Schmuck gesehen. Wenn es das ist, dann hat sie den Schmuck auch nicht wirklich lange getragen. Also zumindest nicht von Kindesbeinen an. Ihre Schlüsselbeine sind nämlich noch vollkommen intakt. Also, zumindest, was das Skelett angeht."

„Was wäre sonst?" wollte Rednich wissen.

„Die Schlüsselbeine wären runtergedrückt. Der Hals solcher Frauen sieht bekanntlich nicht lang aus, weil die Halswirbel irgendwie der Meinung sind, sie müssten mehr wachsen. Die größere Länge kommt von den heruntergedrückten Schlüsselbeinen. Gewissermaßen eine optische Täuschung. Also, wenn man so will."

„Schon ein bisschen gewöhnungsbedürftig, unsere Neue oder?" wollte Smidt von ihrem Kollegen wissen, als sie wieder an der frischen Luft waren.

„Wegen dem permanenten ‚Ihr' und ‚Euch'?"

„Wenn mich der Chef nicht gewarnt hätte, hätte ich der glaube ich erstmal einen Vortrag über Umgangsformen gehalten", erklärte Smidt.

„Du musst das nicht so verbissen sehen. In Norddeutschland gibt es viele Leute, die so reden. Die wollen uns nichts Böses. Die sind einfach so."

„Hoffentlich findet die die DNA in der Datenbank", wechselte Smidt das Thema. „Ansonsten haben wir einen Haufen Arbeit vor uns, bis die identifiziert ist. Wobei", relativierte sie ihre eigene Mutmaßung, „wir die vielleicht auch über das Tattoo finden. Soweit ich weiß, gibt es schon einen richtigen Markt von Tattoo-Modellen. Die verdienen teilweise richtig Kohle damit."

„Hoffen wir das Beste."

Irgendwie hatte Rednich das dumme Gefühl, dass die Identifizierung nicht so glatt über die Bühne gehen würde.

Einen Monat später

Sie schwang langsam hin und her. Wieder einmal war es Meister Watanabe gelungen, sie zu überraschen. Sie saß in einer Schaukel, die er nur aus Seilen um sie herum geknüpft hatte. Ihre Hände waren weit oben an den beiden Trageseilen befestigt. Statt des Schaukelbretts hatte er ihre Beine im Schneidersitz zusammengebunden und daraus langsam die gesamte Schaukel entstehen lassen. Maiga war vollkommen entspannt. Da die Schaukel an der Decke der hohen Halle befestigt war, schwang sie sehr weit vor und zurück.

Ihre Gedanken gingen zurück zu ihrer ersten Begegnung mit dem Meister. Er hatte sie mit „Fräulein Schorla" angesprochen. Natürlich hatte sie ihm erklärt, dass sie verheiratet sei und damit eigentlich nicht mehr Fräulein, sondern Frau genannt werden müsse, aber er hatte nur nett gelächelt und eine Schale mit frisch zubereitetem Tee in die Hand genommen, um dann voller Hingabe von dem Getränk zu kosten.

Danach hatte er sich lange mit ihr unterhalten. Anders, als Maiga erwartet hatte, wollte er zunächst gar nicht über Bondage sprechen. Er war mehr an ihrer Meinung zu allen möglichen alltäglichen Dingen interessiert. Immer dann, wenn er genug gehört hatte, nahm er seine Schale und genoss mit geschlossenen Augen den Tee. Maiga tat ihr bestes, seinem Beispiel zu folgen, auch wenn Tee eigentlich gar nicht ihr Ding war.

Jedes Mal, wenn er die Schale wieder absetzte, wechselte er das Thema. Maiga erklärte ihm, dass sie ihrem Mann zuliebe ihr Leben so eingerichtet habe, dass sie erst am Morgen ins Bett ging und bis in den frühen Nachmittag schlief. Dadurch konnten sie die Nachmittage bis in den Abend hinein gemeinsam verbringen. Danach ging sie entweder zur Nachtschicht als Krankenschwester oder sie kümmerte sich um all die Dinge, die im täglichen Leben so anfallen. In

Nächten, in denen sie beide frei hatten, gingen sie meist in die Stadt und genossen das Leben in verschiedenen Clubs.

Ihr Mann, der sein Geld als professioneller Spieler verdiente, war, wenn er arbeitete, entweder außer Haus oder er nahm online an Pokerrunden teil. In beiden Fällen war er für sie unerreichbar. Eine einzige Störung zum falschen Zeitpunkt konnte den Gewinn der gesamten Nacht kosten. Meister Watanabe hörte zu und stellte immer wieder kurze Fragen. Maiga konnte sich noch gut erinnern, dass sie sich zunehmend entspannt und geborgen gefühlt hatte. Immer wieder wurde Tee getrunken und das Thema gewechselt.

Nur einmal war das Gespräch zwischen den Teepausen sehr kurz gewesen.

„Wie steht Ihr Mann zu dem Besuch, mit dem Sie mich heute erfreuen, Fräulein Schorla?"

Natürlich hatte sie mit dieser oder einer ähnlichen Frage gerechnet. Demzufolge fiel es ihr nicht schwer, die Antwort zu geben.

„Ich habe mein Leben so ausgerichtet, dass wir möglichst viel Zeit zusammen haben. Wir lieben uns. Aber er hat kein Verständnis für die Kunst, die Sie beherrschen, Meister Watanabe. Er wünscht mir von ganzem Herzen, dass ich in Ihnen den gefunden habe, der dieses Verlangen in mir stillen wird."

Meister Watanabe schaute Maiga ruhig in die Augen. Dann nickte er, nahm die Schale Tee in die Hand, trank und eröffnete das nächste Thema.

Noch immer schwang Maiga mit geschlossenen Augen in großen langen Schwüngen durch die Halle und genoss dieses unbeschreibliche Gefühl.

Damals bei dem ersten Besuch, hatte sie davon geträumt aber nicht wirklich geglaubt, dass sie es einmal erleben würde. Sie hatte sogar schon fast daran gezweifelt, dass er überhaupt noch auf das zu sprechen kommen würde, weshalb sie ihn aufgesucht hatte. Dann endlich hatte er angefangen, seine Sicht auf die Bondagekunst darzulegen.

Meister Watanabes Frau hatte verschiedene Fotografien von Frauen präsentiert, die über alle Maßen kunstvoll gefesselt waren. Maiga war fasziniert. Genau das wollte sie erleben. Zum einen waren die Modelle unverkennbar hilflos, zum anderen konnte Maiga an den Gesichtern ablesen, wie sehr sie es genossen auf diese Weise gefesselt zu sein. Was Maiga noch faszinierender gefunden hatte, war die absolute Schönheit der Formen, die die miteinander verwobenen Seile bildeten.

Wieder wurde Tee getrunken. Anders als zuvor, blieb Meister Watanabes Frau diesmal dabei, als er das nächste Thema eröffnete.

„Bitte lassen Sie mich einen Blick auf verschiedene Partien Ihres Körpers werfen, Fräulein Schorla. Falls dies notwendig sein sollte, wird meine Frau Sie dann mit einigen Übungen vertraut machen, die als Vorbereitung für den nächsten Besuch dienen."

Maiga hatte mit so einer Bitte nicht gerechnet, aber sie würde, wenn sie von ihm verschnürte werden würde, ohnehin auch mal minimalistische Kleidung tragen. So, wie sie es auch auf den Fotos gesehen hatte. Also hatte sie ihm seinen Wunsch erfüllt und ihm der Reihe nach ihre Oberarme, ihren Bauch und ihre Beine gezeigt. Danach wurde sie von Frau Watanabe angewiesen, welche Übungen sie täglich dreimal zu machen hatte, damit ihr Bauch mehr Kontur bekam. Mit den Armen und Beinen waren die beiden zufrieden gewesen.

Ihr Besuch bei Meister Watanabe hatte über vier Stunden gedauert. Vier Stunden, in denen sie kein einziges Mal von ihm berührt worden war. Dann endlich hatte er ihr den Termin für ihre erste Bondagesession mitgeteilt. Die Aura, die ihn umgab, verbot es Maiga auch nur einen Moment darüber nachzudenken, ob sie an dem Termin überhaupt konnte. Sie hatte es kaum abwarten können, endlich von ihm gefesselt zu werden. Und sie hatte sich geehrt gefühlt, von ihm als seiner würdig empfunden worden zu sein.

Und genau so war es bis zum heutigen Tag geblieben. Er bestimmte, wann sie ihn besuchen durfte und er bestimmte, was er mit ihr machte. Sie legte den Kopf leicht zur Seite und lächelte verträumt, während die Schaukel weiter vor und zurück schwang. Nur er würde entscheiden, wann das Erlebnis endete, wann er sie von den Fesseln befreite und wann er sie mit höflichen Worten verabschiedete.

Maggie

„Hallo mein Schatz. Das Frühstück ist fertig."
Wie immer stand die Sonne schon hoch am Himmel. Sie setzte sich im Bademantel zu ihrem Mann auf die Terrasse. Einer der Vorteile, nachts zu arbeiten lag einfach darin, dass man in schönster Nachmittagssonne frühstücken konnte.
„Wie war deine Nacht Bert?"
„Wunderbar", versicherte er ihr grinsend. „Ich habe endlich mal wieder eine Gruppe gefunden, die schon reichlich übermüdet war. So über den Daumen müsste ein guter vierstelliger Gewinn reingekommen sein."
„Wunderbar. Hast du schon Pläne, wie du das alles wieder ausgeben willst? Ich könnte dir mit Vorschlägen behilflich sein."
„Daran zweifle ich keine Sekunde", erklärte er ihr lachend. „Ich werde auf dich zurückkommen. Keine Angst."
„Aber im Ernst. Ich wollte eigentlich noch mit dir in die Stadt gehen und mein Krankenschwesterngehalt ausgeben. Wie sagt man? Der Rubel muss rollen."
„Sorry, das wird nicht klappen. Ich muss gleich schon los. Diese Nacht bin ich auf einem Auswärtsturnier. Du wirst ohne mich auskommen müssen mein Schatz."
„Wo geht es hin?"
„Richtung Süden. Ich werde da schlafen und komme dann morgen Nachmittag zurück. Zumindest, wenn es keine Staus oder so gibt."
Wirklich erfreut war Maiga nicht, aber was sollte sie schon machen? Job war Job. Immerhin verdiente ihr Mann bei diesen Hinterzimmerpokerrunden − so zumindest nannte er das - gutes und vor allem steuerfreies Geld.
„Dann hoffentlich bis morgen? Unserem großen Tag? Ich freue mich schon riesig."
„Die Freude ist ganz meinerseits. Bin schon sehr gespannt, wie es wird."
„Vielleicht hat Maggie ja Lust und Zeit mir die Wartezeit zu verkürzen und ein bisschen Shoppen zu gehen", überleg-

te Maiga laut und versuchte damit über die Aufregung hinweg zu gehen, die sie verspürte, als sie an die Abmachung dachte, die sie vor einem Jahr mit Bert getroffen hatte. „So gerne machst du das ja ohnehin nicht."
„Bestimmt hat sie das. Ich kann mich nicht erinnern, wann Maggie mal keine Lust gehabt hätte."
„Äää. Es heißt Määggie", korrigierte Maiga automatisch, als Bert den Namen ihrer Freundin mal wieder deutsch ausgesprochen hatte.

Natürlich war Maggie begeistert. Kaum eine Stunde später, als Bert schon gefahren war, hupte es in der Einfahrt. Maiga traute ihren Augen nicht, als sie die Türe öffnete. Maggie stieg aus einem ewig langen und breiten amerikanischen Straßenkreuzer aus. Freudestrahlend posierte sie, von einem Ohr bis zum anderen grinsend, neben dem Cabrio.
„Ist er nicht ein Traum? Ein Cadillac Eldorado Biarritz Convertible, Baujahr 1961", erklärte sie, wobei sie jedes Wort einzeln betonte. „Endlich hat Karl ihn besorgt."
„Wow, ich bin begeistert. Das ist ja ein richtiges Schiff. Passt tausendmal besser zu dir, als die Knutschkugel, mit der du vorher herumgefahren bist."
Maggie war wieder in bester Rockabilly-Manier gekleidet. Ein ärmelloses, knallrotes, stark tailliertes Kleid mit weißen Punkten. Der Rock wurde von einem üppigen Petticoat unterstützt. Ihre glatten Haare trug sie pechschwarz mit geradem Pony. Die Lippen waren so knallrot, wie Lippen nur knallrot seien können.
„Sehe ich auch so. Die Knutschkugel steht sich in der Garage jetzt die Beine in den Bauch", stimmte sie Maiga zu, während sie übermütig mit ausgestreckten Armen auf sie zu lief. „Küsschen, Küsschen!"
Die Shoppingtour mit Maggie versprach mal wieder sehr abwechselungsreich zu werden. Soviel war Maiga klar. Alles andere wäre auch wirklich verwunderlich gewesen. Maggie legte ihren Arm um Maigas Hüfte und schaute auf ihren Cadillac.

„Wie lange habe ich auf dieses Teil gewartet. Schau ihn dir an: Das Warten hat sich gelohnt! Hast du einen kleinen Prosecco kaltgestellt? Nur einen Kleinen? Wir müssen ihn unbedingt noch taufen."

„Also in der Reihenfolge deiner Fragen: Natürlich habe ich einen Prosecco kaltgestellt. Auch einen kleinen. Taufen? Du willst jetzt aber keine Sektflasche gegen deinen Cadillac schmeißen?"

„Ne natürlich nicht. Ich suche nur noch einen kürzeren Namen. Ich kann ja schlecht immer sagen, dass ich jetzt mal ein kleines Rundchen in meinem Cadillac Eldorado Biarritz Convertible drehe."

„Bleibt der jetzt eigentlich so?" wollte Maiga wissen als sie neben Maggie auf den Stufen saß und sich mit dem Proseccoglas in der Hand den Cadillac nochmals in Ruhe anschaute. „Ich meine die Farbe? Rosa?"

„Natürlich bleibt der so. Karl hat ihn extra von so einem nichtssagenden beige umlackieren lassen. Ist er nicht süß?"

„Wer? Karl oder dein Auto?"

„Karl natürlich. Also: Ich will Vorschläge hören. Das Baby will einen Namen."

„Hmm. Irgendwas mit Rockabilly würde ich denken. Rockabilly-Mobil oder Rockabilly-Babe. Aber das hört sich eigentlich ziemlich bescheuert an."

„Richtig. Nichts gegen Rockabilly, aber das geht für ein Auto irgendwie zu schwer über die Zunge."

„Dann lass den ‚Rock' eben weg", schlug Maiga vor. „Einfach nur Billy."

Automatisch ergänzte Maggie, „Boy", und beide fingen an zu lachen.

„Dann müsstest du die Lackierung aber noch irgendwie anpassen", erklärte Maiga, als sie sich gerade wieder gefangen hatte, „oder du lässt dir Latexbezüge über die Sitze ziehen."

„Mit Noppen! Jaaa!" quiekte Maggie, während sie die Augen lustvoll verdrehte und sich rhythmisch vor und zurück bewegte.

Als sie sich wieder beruhigt hatte, meinte sie: „Bin gespannt, was dein Meister Wattennarbe dazu sagt, wenn ich dich mit so einem Auto zu ihm bringe."

„Der heißt Meister Watanabe", korrigiert Maiga ihre Freundin mit gespielt genervter Stimme. „Und außerdem machen wir da nur Bondage. Nichts anderes. Auch wenn du das nicht verstehen willst."

„Wäre trotzdem lustig. Ich glaube, ich nenne ihn ‚Mister Bee'. Was meinst du?"

„Warum nur ein ‚B'. ‚Mister Double Bee' hört sich besser an, finde ich. Außerdem hast du dann deinen Spaß, wenn die Leute überlegen, wofür die beiden ‚B' stehen könnten. Da kommen bestimmt ein paar lustige Vorschläge. Und nur wir beide wissen, wofür es wirklich steht."

„Du mit deinen kleinen Geheimnissen", meinte Maggie, während sie traurig auf ihr leeres Glas schaute. „Kannst du mir nicht endlich mal verraten, was das mit eurem großen Tag morgen auf sich hat?"

„Okay", lenkte Maiga zu Maggies Überraschung ein. „Wir haben vor einem Jahr ausgemacht, dass ich mich ihm ab morgen komplett hingebe."

„Hä? Habt ihr beim Sex etwa die Handbremse angezogen? Das kann ja wohl nicht wahr sein."

„Nein", korrigierte Maiga ihre Freundin lachend. „Ich darf ab morgen meine devote Ader komplett ausleben. Vor einem Jahr haben wir beschlossen, dass ich genau dieses Jahr als Bedenkzeit nutzen sollte, ob ich das wirklich will."

„Aha?" kam die für Maggies Verhältnisse deutlich verzögerte Antwort. „Also mich interessiert ja bekanntlich einfach alles. Gerne auch dein Intimleben. Aber ich hoffe, dass du mir jetzt nicht erzählen willst, dass du dich ab morgen von deinem Bert verprügeln lassen willst. Also mit Peitschen und Paddeln und dem ganzen Scheiß. Nicht, dass ich dir dann meine Freundschaft kündigen würde, aber ich fände das schon sehr bedenklich."

„Naja. So freie Hand bekommt der natürlich auch nicht. Es soll ja schließlich den Zweck erfüllen, dass es in die Richtung meiner Vorstellungen geht. Und das, was du meinst gehört nicht dazu."

„Dann bin ich ja beruhigt. Und was gehört dazu?"

„Er wird freie Hand haben, mich piercen und tätowieren zu lassen. Falls er frisurentechnisch mal irgendwelche Vorstellungen hat, kann er die natürlich auch umsetzen. Aber in dem Punkt ist er eigentlich eher ein Komplettausfall."

Ab dem Moment, in dem Maggies Abneigung gegen Flagellation auf Maigas Zustimmung getroffen war, hatte sich Maggies Gesichtsausdruck schnell wieder in das altbekannte Freudestrahlen geändert.

„Also mit anderen Worten. Du willst das machen, was du schon immer machen wolltest und dein Bert muss mitbekommen, was du willst und was du nicht willst. Da frage ich mich nur, weshalb ihr dafür ein Jahr Wartezeit gebraucht habt."

„Naja. Ganz so einfach ist das nun auch wieder nicht. Natürlich darf Bert auch Sachen mit mir machen, die vorher nicht abgesprochen sind. Dann wird es ja erst zu einer echten Beziehung zwischen Dom und Sub. Es ist eben nur wichtig, dass ein paar Punkte abgegrenzt sind, die er nicht machen darf."

„Wenn du mich fragst, dann hört sich das ziemlich laienhaft an."

„Möglich. Aber ich freu mich trotzdem drauf, wie Bolle."

Maggie, die die Neuigkeit erstmal sacken lassen wollte, bevor sie ihrer Freundin dann vielleicht einen Haufen Bedenken präsentieren würde, stand auf und ging, während sie ihren Rock wieder in Form brachte, zu ihrem Cadillac.

„Wenn wir noch was von der Sonne mitbekommen wollen, dann sollten wir jetzt langsam mal fahren."

„Ich bin gespannt, wie du einen Parkplatz finden willst."

Maiga dachte an die vielen engen Parkhausauffahrten und die mit Sicherheit viel zu engen Parklücken auf den Parkdecks.

„Ach, das klappt schon." Maggie schien wild entschlossen zu sein, sich ihre gute Laune nicht durch solche Banalitäten verderben zu lassen. Sie würdigte kein einziges Parkhaus eines Blickes und steuerte ohne Zögern weiter ins Stadtzentrum.

Maiga beobachtete ihre Fahrt interessiert, ohne nur die Spur einer Idee zu haben, wie Maggie das Problem lösen wollte. Schließlich hielt sie vor dem edelsten Hotel der Stadt an und begrüßte den ihr entgegen kommenden Portier.

„Guten Abend Herr Asbeck. Sind Sie so freundlich, sich um mein Schätzchen zu kümmern?"

„Sehr gerne Madame Cordonnier."

„Ich danke Ihnen."

Damit ließ Maggie den Portier stehen und Maiga folgte ihrer Freundin in die Einkaufsmeile. Dass Maggies Vater der Direktor des Hotels war, hatte Maiga natürlich schon gewusst. Nur hatte Maggie ihr Auto noch nie in der Hotelgarage untergebracht. Für Maiga war dieser Teil von Maggies Leben immer unbekannt gewesen. Selbst so etwas Selbstverständliches, wie die Tatsache, dass sich der Portier und Maggie natürlich kannten, war ihr noch nicht in den Sinn gekommen.

„Wie hat der dich genannt? Madame Cordonnier? Was ist das denn?"

„Ach nichts weiter", erklärte Maggie lachend. „Der macht sich nur einen Spaß daraus, dass die Tochter des Chefs eines solchen Hotels einen so banalen Namen, wie ‚Schuster' hat. Deshalb nennt er mich immer dann, wenn es nicht allzu offiziell ist ‚Cordonnier'. Also auch ‚Schuster', aber eben auf Französisch."

„Ah. Verstehe. Und warum hast du diese Nummer hier nie mit deiner Knutschkugel abgezogen?"

„Na, weil es die Knutschkugel war. Die passte, wie du schon ganz richtig bemerkt hast, nicht wirklich zu meinem

Style. Hätte nicht gut ausgesehen. Vor der Fassade. Auf dem edlen Platz. Außerdem ist die so handlich, dass ich damit noch in jedem Parkhaus ein Plätzchen gefunden habe. So. Und jetzt wird geshoppt."

„Mister Bee Bee hört sich bescheuert an", erklärte sie mehr sich, als Maiga. „ich glaube, ich bleibe bei ‚Schätzchen'."

Als die Geschäfte endgültig geschlossen hatten und die Einkäufe im Hotel entsorgt waren, setzten sich die beiden in den Außenbereich einer Pizzeria, um noch einen kleinen Snack als spätes Abendessen bzw. als reduziertes Mittagessen zu sich zu nehmen.

„Was gibt es schöneres, als solche Sommerabende. Wenn nach Sonnenuntergang die im Laufe des Tages gespeicherte Wärme von der Asphaltdecke aufsteigt und man mit guten Freunden noch bis tief in die Nacht auf der Plaza sitzen kann?" wollte Maggi wissen, während sie versonnen in den Abendhimmel schaute.

„Mal abgesehen davon, dass sich das unter unseren Füssen ‚Pflastersteine' nennt, kann ich dir nur zustimmen".

„Du immer mit deiner Rechthaberei, Maiga. Mein Spruch hört sich mit ‚Pflastersteinen' nicht so gut an. Finde ich zumindest."

Bevor Maiga etwas antworten konnte, lenkte Maggie ihren Blick ein Stück die Straße hinunter.

„Sach' mal, ist das nicht dein Bert da vorne?"

Maiga folgte dem Blick ihrer Freundin.

„Also, wenn ich es nicht besser wüsste…"

Es bestand kein Zweifel. Ihr Mann war nur noch durch eine Nebenstraße und ein paar Hauslängen von ihnen getrennt.

„Natürlich ist das Bert", setzte sie neu an. „Ich frage mich nur, was der hier macht. Der ist doch extra früh weggefahren. Irgendwo in den Süden hat er erzählt."

„Und jetzt ist er weg", kommentierte Maggie trocken, als er in die Nebenstraße verschwand.

„Das war jetzt keine Fata Morgana oder so?"
„Netter Versuch, Maiga", erklärte Maggie, die ihren fröhlichen Tonfall bereits wiedergefunden hatte. „Ja, das war dein Mann und ja, er ist gerade in unser süßes kleines Rotlichtviertel gegangen."
„Was will der da?"
„Dämliche Frage. Was wollen Männer im Rotlichtviertel? In der Regel Frauen gucken, oder Frauen buchen."
„Das weiß ich auch. Aber warum er? Vielleicht haben die da aber auch so ein Hinterzimmerpokerraum?"
„Möglich. Aber möglicherweise auch eben nicht. Jetzt pack mal dein ‚ich bin geschockt Gesicht' wieder ein."
Um das Gesagte zu unterstützen, stieß Maggi ihre Freundin an und verkündete ihr dann voller Vorfreude:
„Ich weiß was wir machen. Heute ist in einem der Schuppen Männerstrip. Da gehen wir jetzt hin. Vielleicht sehen wir deinen Bert da ja. Wie cool wäre das denn? Wir kriegen raus, dass dein zukünftiger Herr und Meister einen kleinen Nebenverdienst als Stripper hat."
Gegen ihren Willen ließ sich Maiga von Maggies unverwüstlich guter Laune anstecken.
„Das wäre allerdings ein ziemlicher Hammer", verkündete sie lachend. „Okay. Wir schauen uns das mal an."
„Aber vorher noch eine kurze Frage. Weil, wenn du die mit ‚Nein' beantwortest, können wir trotzdem da hin gehen, aber wir werden ihn garantiert nicht strippen sehen."
„Und die wäre?"
„Ist er rasiert?"
„Du meinst am ganzen Körper?" wollte Maiga wissen, nachdem sie kurz überlegt hatte, worauf Maggie hinaus wollte.
„Ja klar, meine ich das. Sein Gesicht kenne ich schließlich."
„Natürlich ist er das. Du wirst kaum an dich halten können, wenn du ihn gleich vollkommen nackt mit Sixpack bestückt auf der Bühne siehst."

Der Start

Die Show hatte gehalten, was sie versprochen hatte. Was hätte auch groß schief gehen sollen? Ein Saal voller Frauen, die wild entschlossen waren, ihren Spaß zu habe und sieben gut gebaute Männer, die in der Lage waren, sich vernünftig zu bewegen. Mehr brauchte es nicht, um die Veranstaltung erfolgreich über die Bühne zu bringen.
Dass ihr Mann nicht auf der Bühne gestanden hatte, war Maiga auch vorher schon klar gewesen. Sie hatte ihn vor einem Bordell mit einem der Türsteher reden sehen. Da er ihr halb den Rücken zugewendet hatte, hatte er sie nicht sehen können. Alles hatte sehr entspannt ausgesehen. Gerade so, als ob die beiden sich schon längere Zeit kannten. Maggie hatte nichts davon mitbekommen, was Maiga ganz lieb gewesen war, da sie keine Lust gehabt hatte, sich in wilde Spekulationen zu verstricken.

Jetzt saß Maiga, in eine Decke eingehüllt, auf der Terrasse, schaute sich die ersten Vorboten des Sonnenaufgangs an und überlegte, was der Tag für sie bringen würde. Ihr Entschluss in Zukunft als Bert's Sub leben zu wollen stand fester als je zuvor. Er ließ sich auch dadurch nicht ins wanken bringen, dass Bert's Bordellbesuch vielleicht etwas mit ihrem künftigen Leben zu tun haben würde. Ganz im Gegenteil. Es erregte sie. Vielleicht hatte er ja einen Job für sie als Tänzerin oder Barfrau klar gemacht. Da Sex mit anderen zu den Punkten gehörte, die garantiert ausgeschlossen blieben, konnte es eigentlich nur so etwas sein. Ihre Hand wanderte unter der Decke nach unten. Praktischerweise hatte sie nur einen Tanga an.

Stunden später wurde sie von Bert geweckt.
„Alles klar Maiga? Ich habe das Frühstück fertig."
„Endlich ist es soweit." Maiga hielt sich an Bert's Hals fest, hüpfte hoch und schloss ihre Beine um ihn. „ich will, ich will, ich will."

„Kein stundenlanges Gespräch mit tief in die Augen schauen und langen Denkpausen?"

„Nein!" schrie sie ihm lachend entgegen. „ich will jetzt endlich anfangen."

„Na dann…"

Bert zog die Abmachung, die die beiden formuliert hatten hervor, unterschrieb und reichte Maiga dann den Kugelschreiber.

Dann nahm er das unterschriebene Blatt, faltete es sorgsam zusammen und steckte es in seine Jeans. Gleichzeitig zog er aus einer anderen Tasche einen Zettel mit der Adresse eines Tattoo- und Piercingstudios hervor.

„Du wirst dort in einer Stunde erwartet. Du bekommst einen Septumring gestochen. Damit du gar nicht erst auf die Idee kommst, dass wir hier eine kleine private Nummer abziehen, dachte ich mir, dass wir es von Anfang an öffentlich machen. Du bist doch garantiert meiner Meinung oder?" wollte er grinsend wissen.

Maiga hatte zwar so etwas wie einen „Erregungsschock", aber natürlich wusste sie, dass es genau das war, was sie wollte. Er bestimmte und sie musste gehorchen. Und bei Piercings hatte sie ihm vollkommen freie Hand gelassen. Darauf hatte sie ein Jahr mit immer stärker ausufernden Phantasien gewartet. Jetzt ging es los. Sie schob sich schnell ein Brötchen rein, gab ihm einen tiefen Kuss, zog sich ein paar praktische Sachen an und wollte schon aus dem Haus stürmen, als Bert sie nochmals zurückrief.

„Dein Hals sieht ein bisschen nackt aus."

Maiga schaute automatisch in den Spiegel. Eigentlich fand sie, dass ihr nackter Hals ganz gut zu dem Top mit der Bluse passte, die sie auf Bauchnabelhöhe zusammengeknotet hatte.

Gerade, als sie ihm das erklären wollte, sah sie, dass er ein breites Lederhalsband in der Hand hielt. Also ging sie brav zu ihm, drehte ihm den Rücken zu und hob ihre Haare hoch, damit er ihr das Band besser anlegen konnte. In dem Moment, in dem sie hörte, dass er das Band mit einem kleinen Vorhängeschloss sicherte, wäre sie am liebsten direkt mit ihm ins Bett gesprungen. Und in dem Moment, in dem er sie an dem stabilen Ring, der vorne herunterbaumelte zu sich drehte, merkte sie, dass das Halsband nicht nur ein breites Lederband war, dessen Verschluss durch ihre Haare ohnehin verdeckt war.

Mit sehr viel Kribbeln im Bauch fuhr sie zu dem Piercingstudio.

„Hi, ich bin Maiga. Mein Freund hat einen Termin für mich gemacht."

Maiga packte sich an die Nasenscheidewand.

„Hier will ich einen Ring haben."

„Hallo, ich bin Berti. Um ehrlich zu sein, war ich mir nicht so ganz sicher, ob ich das überhaupt machen soll. Wenn der Freund kommt, um für seine Freundin einen Termin zu machen, stellt sich immer direkt die Frage nach der Freiwilligkeit. Und wenn ich der Meinung bin, dass die nicht gegeben ist, dann bin ich dafür nicht zu haben. Aber, so wie du hier reingestürmt bist… Ich glaube, du hast gar nicht mitbekommen, dass du fast einen Hocker umgerissen hast."

Maiga schaute irritiert hinter sich. Da war wirklich irgendwas gewesen.

„Hast du mit deinem Freund auch die Größe von dem Ring besprochen?"

„Nein. Das wollte ich ihm überlassen. Ich liebe das."

„Also gut."

Berti gab ihr ein Blatt auf dem die üblichen Risiken aufgelistet waren.

„Ich brauche noch ein Viertelstündchen. Lies es dir in Ruhe durch, unterschreib und dann kann es gleich los gehen. Dein Ring liegt schon in der Desinfektion. Ich habe mit deinem Freund ausgemacht, dir einen zwölf Millimeter Durchmesser als Erstschmuck zu geben. Dann hast du keine Probleme mit der Schwellung, weil der Schmuck nicht zu eng ist. Und da du nach der Abheilung ohnehin einen großen Ring tragen willst, kannst du dich schon mal ein bisschen dran gewöhnen."

Landtour

Als Maiga mit ihrem Frühstückstablett auf die Terrasse ging, saß Maggie bereits erwartungsvoll auf der Hollywoodschaukel. Die beiden hatten sich auf einen Ausflug in Maigas neuem Cadillac verabredet. Maggies bauschiger Rock mitsamt den dazugehörigen Petticoats füllte die Sitzfläche links und rechts neben ihr reichlich aus. Ihre tätowierten Arme waren diesmal durch das ärmellose Kleid bestens in Szene gesetzt.

Maiga hatte nach der Piercingpflege eine Menge dunkles Makeup – ihre Haare waren jetzt schwarz – aufgetragen. Normalerweise hätte sie noch im Bademantel gefrühstückt, aber da sie die fertig durchgestylte Maggie bereits vom Bad aus gesehen hatte, wollte sie sich vollständig bekleidet präsentieren. Es war schließlich ihr erstes Wiedersehen, seit ihr vor inzwischen schon drei Tagen das Septum gestochen worden war.

„Wow, na das ist mal eine Änderung. Du siehst super aus."

„Erstaunlich oder?"

„Warum?"

„Bert hat mir die Klamotten rausgelegt. Ich hatte echt Schiss, dass der irgendwas zusammengewürfelt hat, was überhaupt nicht passt. Aber rote Lackschnürstiefel, angerissene schwarze Strumpfhose, schwarzer Petticoat, grellgelber Bustier und einen Haufen dunkler halbtransparaneter Muscleshirts... Hätte schlimmer sein können, oder?"

„Ist das Halsband das, was ich glaube?"

Bevor Maiga etwas sagen konnte, hatte Maggie schon das Vorhängeschloss gefunden.

„Abgefahren. Ihr gebt ja mal mächtig Gas. Wer hat denn den Schlüssel dazu?"

„Na wer wohl?" wollte Maiga grinsend wissen. „Natürlich Bert. Wie soll das denn sonst funktionieren?"

„Aber das muss doch beim Duschen gigantisch nerven. Darunter wird doch alles nass und juckt."

"Ach so. Ja, da hat er sich was einfallen lassen. Im Bad hat er eine Kette mit einem Ersatzschlüssel befestigt. Er hat sich dafür so eine vollkommen abgefahrene Konstruktion überlegt. Typisch Mann. Jedenfalls sorgt er damit dafür, dass ich das Schloss nur öffnen kann, solange ich die Badezimmertüre von innen geschlossen habe. Der war glücklich wie ein kleines Kind, als er mir das gezeigt hat."
"Männer!"
"Besser kann man es nicht ausdrücken. Aber trotzdem irgendwie ein geiles Gefühl, wenn ich das Halsband mit dem Schloss wieder verschließe. Kannst du dir vorstellen, wie geil sich das anhört und anfühlt, wenn das einrastet?"
"Nicht wirklich", kommentierte Maggie lachend. "Aber muss ich ja auch nicht. Wenn dich das anmacht, freue ich mich für dich."

Nachdem sie die Stadt hinter sich gelassen hatten, glitten sie mit dem riesigen Auto gemütlich über eine Landstraße. Beide hatten sich Kopftücher und Sonnenbrillen angezogen.
"Über ein Windschott hat man damals noch nicht im Entferntesten nachgedacht", hatte Maggie verkündet, nachdem sie Maiga das Kopftuch empfohlen hatte, "und selbst wenn, dann würde ich das bestimmt unten lassen. Echtes Cabriofahren bedeutet nun mal, dass man den Wind am Kopf fühlen muss. Sonst kann man das Verdeck auch direkt zu lassen."
Da Maiga wegen der Fahr- und Windgeräusche das Unterhalten zu anstrengend war, lehnte sie sich entspannt zurück und beschloss ein bisschen mit geschlossenen Augen zu träumen. Das Ergebnis davon war, dass Maggie sie lachend weckte, als sie zu einem Zwischenstopp vor der Terrasse eines Landgasthofes angehalten hatte.
"Erzähl", forderte Maggie ihre Freundin wenig später auf, "wie lebt es sich so als unterwürfige, devote Sklavin des Mannes aller Männer."
"Cool", antwortete Maiga lachend. "Wobei Bert eigentlich eher zum Langweiler mutiert. Als er mir den Nasenring und

das Halsband verpasst hat, dachte ich noch: Wow, was für ein Start. Wenn das so weiter geht…"

„Ja, aber ging es doch. Er hat dir doch diese Schlüsselkonstruktion geschenkt. Immerhin musst du dich jeden Morgen neu in dein Halsband einschließen. Das hat sich eben noch ziemlich aufregend angehört."

„Ist es ja auch. Aber siehst du irgendein weiteres Piercing an mir? Oder ein geiles Tattoo?"

„Wer weiß? Zieh dich doch mal eben aus. Dann kann ich das genauer untersuchen."

„Ja klar", lachte Maiga, „würde dich aber zu keiner weiteren Erkenntnis bringen."

„Mit anderen Worten. Dein Leben ist nahezu unverändert. Aufstehen, Schminken, Arbeiten gehen, Sex, Schlafen."

„So ungefähr. Wobei sich das mit dem Arbeiten erledigt hat."

„Wieso? Hast du den Chefarzt verführt und die eifersüchtige Ehefrau hat ihn gezwungen dich zu kündigen?"

„Deine Phantasie geht mal wieder mit dir durch. Kann das sein? Die Lösung ist viel einfacher." Maiga machte spitze Lippen und erklärte mit affektierter Stimme: „Wir sind hier ein christliches Krankenhaus. Ich muss Sie dazu auffordern, sich während Ihres Dienstes vernünftig zu kleiden Schwester Maiga."

„Und?" Maggies Augen leuchteten.

„Was soll ich groß sagen? Ich hab der Oberschwester erklärt, dass das vollkommen ausgeschlossen ist und eine Stunde später war ich entlassen."

„Krass. Kannst du die nicht verklagen?"

„Hab ich Bert auch vorgeschlagen, aber der meinte nur, dass er nicht die geringste Lust hat sich dafür einzusetzen, dass ich mich weiter für einen Job aufopfere, der gemessen an seiner Bedeutung viel zu schlecht bezahlt ist. Außerdem würde er ohnehin genug Geld verdienen."

„Jetzt sag nicht, dass du das Heimchen am Herd machen sollst."

„Cool. Die gleiche Frage habe ich ihm auch gestellt."

„Und?"

„Werde ich nicht. Ich sollte einfach nur ein bisschen Geduld aufbringen. Er würde schon dafür sorgen, dass mir nicht langweilig würde."

„Dann ist doch alles wunderbar."

„Eben nicht. Mir ist nämlich langweilig."

„Gib ihm noch einen oder zwei Tage und sage es ihm dann. Oder sag es ihm direkt bei der nächsten Gelegenheit. Ist schließlich für euch beide neu."

„Naja, wäre nicht direkt die Rolle, die ich mir vorgestellt habe. Eigentlich muss er doch bestimmen, was abgeht."

Maggie schaute ihre Freundin einen Moment lang skeptisch an, bevor sie ihr antwortete.

„Also, mal ganz ehrlich. Vielleicht habt ihr beiden die ganze Sache nicht wirklich gut durchdacht. Du bist eigentlich viel zu selbständig, um darauf zu warten, dass dein Mann dir sagt, was du tragen sollst. Schmuck, Piercings, Tattoos eingeschlossen. Wenn du mal ganz ehrlich zu dir bist, dann hast du doch selber schon ziemlich viele Ideen davon, was er alles mit dir machen soll. Oder?"

„Eigentlich schon. Ja. Aber dazu gehört nun einmal auch, dass er mich dazu auffordern soll. Oder genauer gesagt zwingen soll. Das war so geil, als der mich zu dem Piercer geschickt hat und als er mir das Halsband gegeben hat."

„Und jetzt hat er vermutlich Schiss, dass die nächste Aktion in die Hose geht. Stell dir vor, er lässt dir ein Tattoo machen, das dir von vorne bis hinten nicht gefällt. Du bist nie und nimmer so drauf, dass du das ausblenden kannst, den ganzen Tag mit verklärtem Blick rumläufst und alles einfach nur toll findest, nur weil er es so haben wollte. So bist du echt nicht drauf."

Maiga schaute an Maggie vorbei in den angrenzenden Wald und nickte langsam mit dem Kopf.

„Vermutlich hast du recht. Stell dir vor der lässt mir so ein kitschiges Herz mit seinem Namen tätowieren. Womöglich noch direkt im Ausschnitt oder so. Grauenhaft."

„Oder so ein dämlicher Spruch wie ‚Für immer deine treue Sklavin'. Am besten direkt auf die Stirn."
„Scheiße, nein. Bloß nicht. Ich glaube, ich würde ihn sofort verklagen."
„Was schwierig aber nicht unmöglich werden dürfte."
„Das würde er aber sicher nie machen."
„Nein", stimmte Maggie ihr zu, „aber es gibt tausende andere Möglichkeiten daneben zu greifen."
„Hm. Und du meinst, der macht im Moment nichts, weil er fürchtet daneben zu greifen?"
„Keine Ahnung. Ist nur eine Möglichkeit. Vielleicht hat er aber auch einfach keinen Bock."

Trainingseinheit

„Hi Bert, bin wieder da!"
Maiga hatte noch gar nicht mit ihm gerechnet, aber so war es ihr nur umso lieber. Dann musste sie nicht lange warten und nachdenken. Sie konnte ihn sofort fragen, ob es ein Problem mit ihrer Abmachung gab. Was am Ende des Gespräches stehen würde, wusste sie zwar nicht, aber letztlich war das auch irgendwie aufregend.

„Bin auf der Terrasse!"
Sie ließ ihre Tasche im Wohnzimmer liegen und stürmte in Berts weit geöffnete Arme. Bevor sie die Umarmung wieder gelöst hatten, bat Bert sie, einmal hinter ihn zu schauen. Sie sah einen großen Geschenkkarton mitsamt kitschiger überdimensionaler Schleife.

„Für mich?" wollte sie überflüssigerweise wissen.
„Klar. Mach auf. Ich denke, wir arbeiten uns von oben nach unten durch."

Sie fühlte sich ein bisschen wie ein kleines Kind unter dem Weihnachtsbaum, als sie die Schleife aufzog und die beiden Pappdeckel des Kartons zur Seite bog.

Auf weißem Seidenpapier lag ein schwarzer Latextanga.
Maigas Blick ging zwischen dem übersichtlichen Wäschestück und Bert hin und her.

„Von oben nach unten hast du gesagt?"
Bert nickte grinsend und setzte sich gemütlich zurecht, während Maiga sich in Windeseile auszog und nach kaum einer Minute nur noch mit ihrem Halsband bekleidet vor ihm stand.

Danach nahm sie den Tanga aus dem Karton und zog ihn an. Als der Tanga an Ort und Stelle saß, glitten ihre Hände über das faltenfrei anliegende Material. Es war herrlich.

Wieder dem Karton zugewandt fand sie unter dem Seidenpapier zwei oberarmlange Latexhandschuhe. Sie waren ebenfalls schwarz und lagen - so wie zuvor der Slip - auf weißem Seidenpapier. Sie ließ sich unendlich viel Zeit, um in vollen Zügen zu genießen, wie sie das Material langsam an ihren Armen hocharbeitete. Immer wieder zog sie am Handgelenk und schob die neu entstandene Falte langsam nach oben. Als sie das mit dem zweiten Handschuh machte, kam noch zusätzlich dieses leise quietschende Geräusch dazu, das entsteht, wenn Latex auf Latex reibt.

Maiga kam immer mehr auf das Wölkchen der Glückseligkeit und war schon gespannt, was sie als nächstes aus der Kiste ziehen würde. Eigentlich konnte jetzt nur ein Catsuit kommen.

Als sie das Seidenpapier zur Seite nahm, sah sie, dass sie falsch gelegen hatte. Eine Latexleggins erwartete sie. Überflüssig zu erwähnen, dass sie ebenfalls schwarz war. Wieder fing sie an, das glatte, enge Material an sich hochzuarbeiten. Sie hätte Bert stundenlang küssen können. Es war einfach nur himmlisch.

Schon, als sie die Leggins herausgenommen hatte, hatte sie gefühlt, dass unter der nächsten Seidenpapierschicht etwas Stabileres wartete. Es waren Overknees, mit Stilettoabsatz.

„Wow! Was sind das denn für Absätze?"

Sie umfasste die stabilen Stifte mit ihrer Hand und schaute Bert fragend an.

„Fünfzehn. Ich dachte mir, dass du das schon hinbekommen wirst."

Sie zweifelte keine Sekunde daran. Zwar hatte sie so hohe Teile noch nie getragen, aber es würde schon funktionieren. Praktischerweise hatten die dehnungsfähigen, hohen Schäfte einen durchgehenden Reißverschluss. Sie hatte die anschmiegsamen Stiefel schnell angezogen.

Um es sofort auszukosten, ging sie auf einem imaginären roten Teppich hin und her und warf sich nach allen Regeln der Kunst in Pose. An Berts Reaktion konnte sie erkennen, dass er ihre Darbietung ausgesprochen anziehend fand. Als sie sich ihm jedoch immer mehr näherte, und ihre Lust auf Sex allzu deutlich zeigte, wies er sie mit einer Handbewegung wieder zurück zu dem Karton.

„Später Maiga. Der Tag ist noch lang."

Mit gespielter Enttäuschung holte sie das nächste Teil heraus. Im ersten Moment dachte sie, es wäre ein Korsett, dann allerdings machte sie sich klar, dass das Teil dafür nicht breit genug war. Wohl doch eher ein Miedergürtel?
„Am besten, ich helfe dir schnell. Der Gürtel hat ein paar Spezialitäten, die du alleine so ohne weiteres nicht hinbekommst."
Ohne ihre Antwort abzuwarten legte er ihr den Gürtel um die Taille und begann die Verschnürung zu schließen. Noch bevor sie ernsthaft darüber nachdenken musste, ob ihr das zu eng würde, merkte sie, wie er den Knoten machte. Ein Blick an sich herab zeigte ihr, dass der Gürtel einfach nur perfekt saß. Der Bund der Leggins war abgedeckt und oberhalb des Gürtels war zwischen den Rippenbögen der Ansatz ihres flachen Bauches zu sehen. Sie fragte sich nur, was für Spezialitäten Bert gemeint hatte. Es wäre schließlich nicht das erste Mal gewesen, dass sie sich etwas korsettartiges selber angezogen hätte.
Kaum hatte sie das zu ende gedacht, als sie schon merkte, wie er die Ösen paarweise mit Kabelbindern sicherte. Die überstehenden Enden kniff er mit einer Zange ab, wodurch die Plastikverschlüsse fasst nicht mehr zu erkennen waren.
„Gefällt es dir bis jetzt?"
„Natürlich gefällt es mir. Ich kann kaum noch abwarten, dass ich fertig angezogen bin. Der Sex danach wird garantiert göttlich."
„Dann nimm mal die nächsten Teile raus."
Es waren zwei breite schwarze Lederbänder, die mit einem überstehenden Latexbezug gefüttert waren.
„Wo kommen die hin?"
„Leg die um deine Oberschenkel. Aber so, das der Reißverschluss von den Stiefeln gut abgedeckt ist."
„Verstehe, du hast Sorge, dass ich diese geilen Stiefel verlieren könnte."
Als die Bänder an Ort und Stelle waren, sicherte er sie mit zwei Vorhängeschlössern und zog zudem noch jeweils eine

dünne Kette zum Miedergürtel hoch, die er ebenfalls mit kleinen Schlössern sicherte.

Maiga befühlte und beschaute ihre eingeschlossenen Beine. Ohne grobes Werkzeug oder Berts Schlüssel würde sie nichts von dem, was sie angezogen hatte, wieder los werden. Genau das war es, was sie wollte. Sie war in seiner Hand und es machte sie unglaublich an.

Sie nahm das letzte Seidenpapier weg und hielt danach eine schwarze Latexkopfhaube in der Hand. Die Verschnürung am Hinterkopf fehlte. Probeweise dehnte sie das wunderbare Material. Ob sie es wirklich über ihren Kopf bekommen würde?

„Zuppel das an der Hinterkopfseite ein bisschen zusammen. So, als ob du eine Strumpfhose anziehen wolltest. Dann das Kinn ungefähr an die richtige Stelle und kräftig ziehen."

Ohne lange nachzudenken, holte Maiga einmal tief Luft und legte dann los. Einen Moment lang glaubte sie am Hinterkopf hänge zu bleiben, aber dann war der Widerstand überwunden und sie konnte die Maske auf Anhieb bis zum Nacken herunterziehen.

„Warte, ich helfe dir beim zurechtschieben", bot sich Bert an und ging auch direkt an die Arbeit.

Sie merkte, wie er ihren Septumring durch das passende Loch zog. Gleichzeitig damit waren ihre Nasenlöcher wieder frei. Als nächstes erwartete sie, dass er die Öffnung für die Augen ebenfalls an die richtige Stelle schieben würde. Geduldig ließ sie ihn gewähren. Immer wieder zog er mal da mal dort an ihrer Maske, bis alles zu seiner Zufriedenheit saß. Er sah einen voll in Latex eingeschlossenen Kopf vor sich, der nur für die Nasenlöcher mit dem Ring und für den Mund jeweils ein Loch hatte.

„Was ist mit den Augen?" wollte Maiga dann doch irgendwann wissen, als ihr schon schwante, dass sie die Antwort kannte.

„Ich wusste doch, dass da etwas nicht stimmte", flachste er. „Das Teil hat doch tatsächlich keine Augenöffnungen."

Als Antwort umfasste Maiga seine Hüften und versuchte sich mit geöffneten Beinen an einem seiner Beine zu reiben.

„Moment", lachte Bert, „du wirst auf deine Kosten kommen, aber eine winzige Kleinigkeit fehlt noch." Er öffnete das Halsband strich die Haube an ihrem Hals glatt und schloss das Band wieder. Danach gab es für die beiden kein Halten mehr. Die Stelle, an der sie ihn am liebsten spürte war zwar verschlossen, aber es gab noch genug erogene Zonen an ihrem Körper, die frei zugänglich waren.

Als Bert irgendwann erklärte, dass er jetzt schlafen würde, war sie einen Moment lang zu überrascht, um wirklich zu verstehen, dass er sie nicht befreien wollte. Dabei war sie unter den wenig atmungsaktiven Sachen komplett durchgeschwitzt. Sie hatte schon die ganze Zeit über in den Pausen massenweise Wasser getrunken, weil sie Angst hatte, zu dehydrieren. Aber jetzt, wo Bert schlafen wollte, hätte sie einiges für eine schöne warme Dusche gegeben. Und zwar ganz ohne die wunderbare Latexhülle.

Aber ihre Bitten halfen nichts. Erst, als er ihr angedrohte, sie im Keller wegzuschließen, gab sie auf und versuchte irgendwie an etwas Schlaf zu kommen.

Immer, wenn sie zwischendurch aufwachte, griff sie neben sich, um zu prüfen, ob Bert noch im Bett lag. Die Tatsache, dass sie kein Tageslicht wahrnam und natürlich erst recht nicht auf die Uhr schauen konnte, machte ihre ohnehin unangenehme Situation noch schwieriger. Irgendwann war ihr noch aufgefallen, dass sie wenigstens die Handschuhe ausziehen konnte. Das befreiende Gefühl, das sie über die Haut gemeldet bekam, gab ihr für einen Moment lang genug Kraft, um endlich tief einzuschlafen.

„Aufstehen, mein Schatz. Wie war die Nacht?"
„Grauenhaft. Ich konnte noch nicht mal auf die Uhr schauen. Kann ich jetzt endlich aus den Sachen raus? Ich müsste wirklich mal dringend duschen."
„Nö. Nimm das als Übung. Schärfen der Sinnesorgane durch Wegnahme des Sehens. Außerdem kann ich mich

nicht erinnern dir erlaubt zu haben, die Handschuhe auszuziehen."

„Du hast aber auch nicht das Gegenteil gesagt. Und den Rest habe ich gar nicht erst versucht auszuziehen. Ich finde schon, dass ich ziemlich brav war."

„Na gut. Trotzdem will ich, das du die Handschuhe wieder anziehst und auch an lässt. Unabhängig davon, ob ich die sichere oder nicht."

„Okay", stimmte Maiga ihm missmutig zu. „Wäre trotzdem schön, wenn ich zwischendurch mal kurz duschen könnte. Danach kann ich gerne wieder alles anziehen."

„Nein. Du bleibst so. Und wenn du weiter versuchst mit mir über so was zu diskutieren, dann musst du die Sachen nicht nur bis heut Abend anbehalten. Hast du das jetzt verstanden?"

Sie hoffte spontan, sich verhört zu haben, riss sich dann aber doch lieber zusammen und verzichtete darauf zu meckern. Schließlich hatte sie ein Abkommen mit ihm geschlossen. Sie hatte genau gewusste, dass es auch mal schwierig werden konnte. Also musste sie da durch.

„Okay", gab sie sich frustriert geschlagen. „Dann will ich mal den Frühstückstisch decken."

„Sehr gut", lobte Bert sie. „Genau so habe ich mir das gedacht. Wir essen auf der Terrasse."

Der Vorteil an der Maske war, dass er nicht sehen konnte, wie sie die Augen verdrehte. Vollkommen blind den Tisch auf der Terrasse vorbereiten. Und das auch noch mit den hohen Stiefeln. Das konnte echt anstrengend werden.

„Dauert aber ein bisschen", warnte sie ihn vor. „Schließlich habe ich keine Übung im Blind sein."

„Kein Problem. Immer nur mit einer Hand tragen und die andere zum Orientieren nehmen, dann klappt das schon."

Also machte sie sich an die Arbeit irgendetwas Essbares mitsamt Geschirr auf den Tisch zu bringen. Nach vielleicht zwanzig Mal hin und her gehen hatte sie es endlich geschafft.

Während sie sich mit ihrem Kaffee und einem Joghurt beschäftigte, las Bert ihr die Highlights aus der Tagespresse vor. Insofern war es für sie ein fast normales Frühstück.

„Hast du denn noch irgendwelche Aufgaben für mich?" wollte Maiga dann irgendwann wissen.

„Ja, du könntest mir noch einen Kaffee bringen."

Reine Schikane, dachte sie sich. Normalerweise holte er sich den Kaffee immer selber und brachte ihr überdies ebenfalls noch einen frischen Kaffee mit. Trotzdem musste sie grinsen, als sie aufstand und den Weg zurück in die Küche zu ihrem wunderbaren Vollautomaten suchte.

„Da könnte ich mich glatt dran gewöhnen", freute sich Bert, als sie wieder zurück war. „Diesen Aspekt hatte ich mir vorher gar nicht so klar gemacht. Du musst mir ja jetzt auf das Wort gehorchen und mir alle Wünsche von den Augen ablesen."

„Letzteres dürfte im Moment ein bisschen schwierig sein", konterte Maiga.

„Stimmt", lachte Bert. „Ist aber noch lange kein Grund dafür, dich früher aus den Sachen rauszulassen."

Nachdem sie den Tisch wieder abgedeckt und sogar die Spülmaschine angeschmissen hatte, erklärte ihr Bert, dass er jetzt zu einer Pokerrunde müsste.

„Spinnst du? Du kannst mich doch so nicht alleine lassen!"

„Wieso? Nur, weil du nichts sehen kannst? Damit bist du nicht die Einzige auf der Welt."

„Und was ist, wenn ein Notfall eintritt?"

„Im Badezimmer hängen alle Schlüssel. Damit kannst du dich befreien. Die Stelle kennst du ja."

Wie praktisch dachte Maiga, dann kann ich mich ja zwischendurch mal ausziehen und endlich duschen.

„Aber", holte Bert sie wieder auf den Boden der Tatsachen zurück, „die Schlüssel sind durch ein Siegel gesichert. Ich bekomme also mit, dass du sie genommen hast. Komm also auf keine dummen Gedanken."

„Wann kommst du denn zurück?" Maiga gab sich keine Mühe ihren Frust zu verbergen.
„Wenn alles glatt läuft heute Nacht. Sonst morgen früh. Lass dich einfach überraschen. Ach übrigens, falls dir langweilig sein sollte. Ich erwarte ein sauber aufgeräumtes Haus, wenn ich wieder hier bin."
Bevor sie etwas erwidern konnte, hörte sie die Haustüre schlagen.
Sie war alleine. Vorsichtig ertastete sie sich den Weg ins Wohnzimmer, wo sie sich auf die Couch fallen ließ.
Er hatte sie tatsächlich alleine gelassen. Vielleicht nur ein paar Stunden bis in die Nacht. Da sie gerade erst gefrühstückt hatten, war es jetzt also etwa zwölf oder eins. Sie würde also mindestens zwölf Stunden alleine sein. Alleine und ohne etwas sehen zu können. Mit Pech würde er sogar die Nacht über bleiben. Wie sollte sie das denn alles geregelt bekommen?
Sie machte sich auf die Suche nach ihrem Smartphone, was nicht wirklich einfach war, da sie dafür keine bestimmte Stelle hatte. Es blieb ihr also nichts anders über, als alle Plätze im Haus abzusuchen, an denen es meistens herumlag.
Wahrscheinlich gab sie kein allzu elegantes Bild ab, als sie mit herausgestrecktem Hintern, vorgebeugtem Oberkörper und weit nach vorne ausgestreckten Armen durch das Haus ging. Endlich, an einem der letzten Plätze, die sie absuchen wollte, landete sie einen Treffer. Sie hatte ihr Smartphone in der Hand. Zumindest fühlte es sich so an. Jetzt nur noch schnell Maggie anrufen und schon wäre der Tag gerettet.
Als ihr klar wurde, dass sie das Gerät mit ihren Handschuhen und vor allem mit der Maske gar nicht bedienen konnte, wusste sie nicht, ob sie lachen oder heulen sollte. Der Einfachheit halber entschied sie sich für lachen. Ganz nebenbei wurde ihr jetzt auch klar, weshalb Bert die Handschuhe noch mit Manschetten um ihre Handgelenke gesichert hatte.
Wie konnte sie denn jetzt Maggie erreichen?

Als ob das Smartphone ihre Gedanken gelesen hätte, gab es ihr zu verstehen, dass gerade eine Nachricht angekommen war. Super, ging es Maiga durch den Kopf. Irgendjemand, vielleicht sogar Maggie wollte Kontakt zu ihr aufnehmen, und es gab keine Chance darauf einzugehen. Aus ihrer Kindheit hatte sie noch ein Telefon mit Wählscheibe in Erinnerung. Ihre Großeltern hatten lange nicht davon lassen wollen. Jetzt hätte sie ein Himmelreich für solch einen altertümlichen Apparat gegeben. Einfach ihren Latexzeigefinger in die Wählscheibe und in Ruhe wählen.

Sie beschloss sich erstmal abzulenken und brav mit dem Aufräumen des Hauses zu beginnen. Das Einfachste war das Schlafzimmer. Bettdecken ausschütteln und irgendwie glatt auslegen. Sie war bei dieser Beschäftigung zwar normalerweise um einiges schneller, aber was sollte es? Sie hatte schließlich den ganzen Tag zur Verfügung.

Die Türklingel riss sie aus ihren Gedanken. Daran hatte sie noch gar nicht gedacht. Was sollte sie denn jetzt machen? So wie sie aussah. Sie hatte sich noch nicht einmal ein Shirt angezogen. Während sie fieberhaft nachdachte, ob sie überhaupt an die Türe gehen konnte, tastete sie sich zu einem ihrer Kleiderschränke vor und zog sich ein weites, einem Eishockeytrikot nachempfundenes Shirt über.

Inzwischen war die Person, die geklingelt hatte wahrscheinlich schon wieder weg. Automatisch musste Maiga mit dem Kopf schütteln und grinsen, als sie sich vorstellte, mit ihrer Vollmaske an der Türe zu stehen und darauf zu warten, was ihr Besucher sagen würde. Mal angenommen, es wäre der Briefträger oder der Stromableser, dann wäre die Szene wahrscheinlich filmreif. Nein. Sie konnte die Türe in keinem Fall öffnen. Sie konnte sich auch nicht dahinter stellen und fragen, wer denn da sei. Absolut unmöglich. Sie musste das Klingeln – wenn überhaupt nochmals jemand klingeln sollte – einfach ignorieren.

Als sie sich so weit wieder orientiert hatte, dass sie im Schlafzimmer weiter arbeiten konnte, hörte sie eine vertraute Stimme rufen.

„Maiga! Ich bin's Maggie! Bist du da?"
„Moment! Komme!"
Das war natürlich das Beste, was ihr passieren konnte. Maggie beschränkte sich nicht darauf einfach mal digital Kontakt aufzunehmen. Sie war wirklich gekommen. Während Maiga sich durch das Haus tastete, machte sich Maggie durch lautes Klopfen an der Terrassenscheibe bemerkbar. Also änderte Maiga ihre Richtung und arbeitete sich zur Terrassentür vor.
„Na du siehst ja mal richtig hübsch aus", stellte Maggie lachend fest. „Dann hat dein Gespräch mit deinem geliebten Herrn und Meister ja echt schnell Früchte getragen."
„Ich bin gar nicht dazu gekommen. Er hat mich direkt mit den Sachen empfangen, die ich jetzt trage."
„Sieht cool aus mit dem Eishockeyteil. Hast du glaube ich nur falschrum an."
„Naja. Anfängerinnenpech. Das ist übrigens das Einzige, das nicht von ihm ist."
„Hätte ich mir denken können."
„Es war echt toll. Wir haben eine Wahnsinnsnacht hinter uns", nahm Maiga ihren Mann schwärmerisch in Schutz.
„Ja und jetzt? Bert ist weg und du musst schauen wie du klar kommst?"
„Fand ich auch nicht so toll. Aber ich kann ja nicht direkt ‚Spielstopp' sagen, nur weil mir gerade mal was nicht gefällt."
Maggie stieß abschätzig die Luft aus.
„Also mal ehrlich. Das ist verantwortungslos. Wie lange ist der denn jetzt weg?"
„Entweder kommt er diese Nacht wieder oder morgen."
„Der hat ja wohl nicht mehr alle auf der Reihe. Was ist denn, wenn dir hier was passiert? Du trampelst hier auf meterhohen Stilettos durch die Wohnung ohne irgendwas zu sehen. Selbst das Fühlen wird mit den Handschuhen eingeschränkt sein. Was macht der hohe Herr denn, wenn du dich hier auf die Nase legst und dir nicht mehr helfen kannst? In

ein paar Stunden hier antanzen und betroffen gucken oder was?"

„Naja, ich passe natürlich gut auf", versuchte Maiga zaghaft ihren Bert zu verteidigen, obwohl sie wusste, dass Maggie recht hatte. Es war wirklich ein ziemlich gefährliches Spiel.

„Also mal echt jetzt. Das geht nicht. Und du weißt ganz genau, dass das so ist. Dir kann hier alles Mögliche passieren. Du kannst ja noch nicht mal dein Handy bedienen. Jetzt ist mir auch klar, warum du meinen Chat nicht beantwortet hast. Echt super dein Macker. Ich frag mich, ob dem überhaupt klar ist, wie sehr der dich mit dieser bescheuerten Idee, die Maske anzulassen, isoliert hat."

„Wahrscheinlich hat der da genauso wenig drüber nachgedacht wie ich. Jedenfalls ist mir das erst aufgefallen, als ich nachschauen wollte, wer mir geschrieben hat."

„Es ist aber Berts verdammte Pflicht über so was nachzudenken."

„Ganz so ohne Nachdenken hat er das jetzt auch nicht gemacht. Immerhin sind die Schlüssel alle im Bad an diesem Mechanismus, von dem ich dir erzählt habe. Nur hat er die mit irgendeinem Siegel oder so noch zusätzlich gesichert. Ich darf nur im Notfall dran gehen."

„Immerhin etwas", lenkte Maggie ein, ohne ihren Ärger über Berts Inkompetenz darüber zu verlieren. „Okay. Nach wie vor: Das ist nicht in Ordnung, aber jetzt bin ich einmal hier und dann können wir uns eigentlich auch einen schönen Tag machen."

Maiga dachte noch einen kurzen Augenblick an die noch nicht aufgeräumte Wohnung, dann aber ließ sie das fallen. Bert konnte wirklich froh sein, dass ihr nichts passiert war.

„Bin dabei. Ich muss nur gestehen, dass ich so spontan gar keine richtige Idee hab' was wir machen können."

„Naja. Jedenfalls nicht in der Stube hocken und Fernsehen. So viel ist schon mal klar. Wir gehen natürlich raus. Ich gehe mal davon aus, dass du trotz dem Scheiß, den er gebaut hat, seinem Auftrag treu bleibst und die Sachen nicht ausziehen willst?"

„Zum letzten sage ich: Ja. Ich will das anbehalten. Er wird sich bei solchen Aktionen in Zukunft bestimmt bessern und so einen Fehler nicht wiederholen. Aber so raus gehen? In die Öffentlichkeit? Echt?"

„Natürlich echt. Ich bleibe natürlich bei dir. Es wird sicher wunderbar. Lass mich nur machen. Wenn ich mich nicht täusche, dann hast du genau die richtigen Zutaten in den unendlichen Weiten deines Kleiderschrankes."

Einige Zeit später trat Maggie einen Schritt zurück und wollte von Maiga wissen, ob sie wisse, was sie jetzt trage.

„Ein bisschen weiß ich schon. Erstmal meinen Bleistiftrock. Ich wüsste nicht, was es sonst sein kann. Dann hast du mir noch ein paar Handschuhe über meine Latexhandschuhe gezogen. Keine Ahnung welche. Dafür hab ich zu viele. Und dann hast du mir glaube ich noch ein Tuch um den Kopf gebunden. Wenn ich das richtig mitbekommen habe, unter dem Kinn geknotet, dann zweimal um den Hals und den Rest im Nacken geknotet. Den Rest weiß ich nicht. Sieht aber glaube ich ein bisschen danach aus, als ob du aus mir ein Anziehpüppchen aus den 50zigern so die Kante gemacht hast."

„Hervorragend", lobte Maggie sie, „wobei es eher der Beginn der Sechziger ist. Allerdings auch nicht wirklich konsequent. Zusätzlich zu dem Tuch trägst du noch einen Schlapphut auf dem Kopf und dein Oberkörper steckt in einer Bluse mit Dreiviertelärmeln. Mit den Handschuhen liegst du richtig. Ich habe weiße Spitzenhandschuhe gefunden. Sieht cool aus mit dem glänzenden Latex darunter. Das war es dann. Wir können los."

„Moment. Du hast mir doch noch irgendwas über die Augen gespannt. Noch vor dem Tuch."

„Ach, fast vergessen", lachte Maggie. „Du hast so eine abgedrehte rosa Schlafmaske mit aufgedruckten geschlossenen Augen. Die habe ich dir übergezogen. Sieht vollkommen bescheuert aus, wenn du mich fragst, aber immer noch besser, als gar nichts. Auffallen wirst du ohnehin. Ist insofern also egal." Maiga fuhr sich mit den Händen automatisch zu den Augen. „Ts, ts", tadelte Maggie sie, wobei es ihr kaum gelang ernst zu klingen. „Lässt du das wohl bleiben? Komm, hak dich bei mir ein. Die aufregende Stadt wartet auf uns."

„Lässt du deinen Cadillac jetzt wieder am Hotel einparken?"
„Klar, was denkst du denn? Du bist meine Freundin. Ich werde dich garantiert nicht verstecken. Ist nur die Frage, was wir den Leuten erzählen, wenn jemand was wissen will. Die Wahrheit ist manchmal einfach zu langweilig. Wer will schon wissen, dass du dich von deinem Mann in Latex hast einschließen lassen."
„Ja", lachte Maiga die merkte, wie sich ihre Nervosität während der Autofahrt langsam legte. „Das ist einfach so…", sie legte einen Finger an die Lippen um ihren Denkprozess zu unterstützen. „Ja. Das ist einfach so gewöhnlich. Das hören die Leute im Moment an jeder Ecke. Ich stimme dir zu. Wir sollten uns was Exotischeres überlegen. Ich könnte zum Beispiel eine Allergie gegen Tageslicht haben."
„Hmm", überlegte Maggie, „ist keine gute Idee. Das gibt es schließlich wirklich. Ich fände es besser, wenn uns was einfällt, das ganz offensichtlich völliger Blödsinn ist. Oder zumindest keine Krankheit."
„Hast recht. War eine blöde Idee. Was hältst du von einem Experiment? So was Pseudogesellschaftswissenschaftliches. Zum Beispiel: Die Wahrnehmung der Gesellschaft aus extrovertiert außenstehender Position. Also in Wirklichkeit geht es nicht darum, wie ich die Gesellschaft wahrnehme, sondern wie die Gesellschaft auf mich reagiert."
„Ein hochgeistiger Ansatz", prustete Maggie los. „Wäre natürlich noch besser, wenn ich ein Mann mit Lederflicken am karierten Sakko wäre."

„Richtig. Und so einem einfühlsamen, wachen, verständnisvollen Blick. Am besten noch mit einer Pfeife in der Hand, an der du erstmal in Ruhe ziehst, wenn dich irgendjemand wegen unseres Experimentes provozieren will. Weil: Könnte ja sein, dass dieser Jemand das Instrument der Provokation bewusst einsetzt, um seinen Beitrag damit rhetorisch zu überspitzen. Diese Option müsstest du erstmal in Ruhe überdenken."

„Super. Das wäre der Hammer. Ich bin zwar eher Rockabilly, aber trotzdem gut."

„Was könnte man noch erzählen?" überlegte Maiga laut. „Ja, richtig. Wir machen Werbung für Schlafmasken. Entstaubt die althergebrachten Verhaltensmuster von Schlafaccessoires. Zeigt den Schlafmasken die große weite Welt. Seht eure Stadt mit anderen Augen!"

Als Antwort hörte Maiga nur Maggies typisches glucksendes Lachen.

„Vielleicht will ich meiner Umwelt auch einfach nur zeigen, dass ich im Moment so vollkommen in mir selber Ruhe, dass sogar mein Blick nach innen geht. Ein klares Statement gegen die Schnelllebigkeit unserer Zeit: Besinnt euch auf euch selber. Nur dann seid ihr zu wahrhaft Großem fähig."

„Auch gut. Mal sehen, was der Tag sonst noch so an Erklärungen bringt. Wir sind da-a" Das letzte Wort präsentierte Maggie fröhlich singend.

Während sich Maiga nach Maggies Aufforderung vorsichtig und jetzt doch wieder mit flauem Magen aus dem Auto arbeitete, hörte sie wie Maggie fröhlich mit dem Portier über das Wetter redete und sich dabei darüber amüsierte, dass der eventuell kommende Regen ihrer Freundin offenbar wenig anhaben könne.

Kurz danach hakte sich Maggie bei Maiga unter und zog sie in Richtung Innenstadt.

„Also auf Shoppen habe ich mit deinem Handicap eigentlich keine richtige Lust. Ich würde sagen, wir gehen erstmal in unser Lieblingsstraßencafé. Was meinst du?"

„Kein Problem, solange ein Tisch im Schatten frei ist. Sonst könnte ich vielleicht wegfließen."

„Wunderbar. Du hast eine Idee wo wir gerade sind?"

„So ungefähr. Wir sind ja gerade erst an dem Hotel gestartet."

„Wunderbar. Dann darfst du uns beiden Hübschen jetzt führen. Wir machen nämlich jetzt eine ‚wie gut kenne ich meine Stadt'- Orientierungsrallye. Der erste Preis ist eine kostenlose Mitfahrgelegenheit in meinem wunderbaren Cadillac Eldorado Biarritz Convertible. Also streng dich an."

„Ich werde mein Bestes geben", versprach Maiga.

Ein paar Schritte später wollte sie dann aber doch wissen, was passieren würde, wenn sie den ersten Preis nicht erreichen würde.

„Ganz einfach. Dann musst du mit öffentlichen Verkehrsmitteln nach hause kommen", antwortete Maggie, als ob es das Natürlichste der Welt wäre. Maiga umfasste Maggies Arm automatisch etwas fester.

Einige Stunden später, als die beiden auf der Rücksitzbank des einzigen London-Taxis der Stadt saßen, ließen sie den Tag nochmals lachend Revue passieren. Es hatte erstaunlich wenig Kommentare gegeben. Die meisten Leute hatten nur mal geschaut. In ein paar Fällen war sich Maggie sicher gewesen, dass Passanten absichtlich mehrfach an ihnen vorbeigegangen waren. „Sicherlich, weil ich so ein geiles Rockabilly-Outfit trage", erklärte sie ihre Beobachtung.

Als sie in unmittelbarer Nähe des Rotlichtviertels ihren Champagner getrunken hatten, waren tatsächlich auch mal ein paar Kommentare gekommen die sich wie „soll da bleiben wo sie hingehört" oder „die hat wohl gerade Ausgang bekommen" angehört hatten. Ansonsten waren sie während ihrer Kneipen und Straßencafé Tour ziemlich unbelästigt geblieben und hatten sich über alles Mögliche unterhalten. Gerade so, als ob sie einfach nur einen lustigen Tag verbringen wollten, was sie ja letztlich auch tatsächlich gemacht hatten.

Als dann, nicht zuletzt wegen des ständigen Alkoholkonsums, die Führungstätigkeit von Maiga immer mehr zu wünschen übrig gelassen hatte, hatte Maggie erklärt, dass sie den ersten Preis gewonnen hätte, auf die Fahrt mit dem Cadillac aber leider verzichten müsse, weil die Fahrerin besoffen sei.

Vor Maigas Haus bat Maggie den Taxifahrer kurz auf sie zu warten. Sie wollte nur eben schnell ihre Freundin reinbringen.

„Willst du mich etwa alleine lassen?" wollte Maiga mit nicht mehr wirklich leichter Zunge wissen.

„Stimmt. Wenn dein Göttergatte noch nicht da ist, bleib ich besser noch ein bisschen bei dir. Meiner ist ohnehin nicht da. Insofern…"

Also bezahlte Maggie das Taxi, hakte sich zum x-ten Mal bei Maiga unter und führte sie zu ihrem Haus.

Beim Aufschließen der Haustüre hatte Maiga einiges an Problemen zu bewältigen. Zum einen musste sie den Schlüsselbund aus ihrer Handtasche fischen, dann musste sie den richtigen Schlüssel finden und zu guter Letzt auch noch das Schlüsselloch suchen. Durch Maggies ‚gute' Ratschläge, die sich das ganze Verfahren lachend an der Hauswand lehnend anschaute, wurde es nicht direkt einfacher, dafür aber unterhaltsamer.

Als Maiga es endlich geschafft hatte, stieß sie die Türe mit dem Fuß auf, reckte die Hände in die Luft, schrie „Sieg!" und stürmte in das Haus, wo sie nach wenigen Schritten von Bert aufgefangen wurde. Der Anblick von Berts verdutztem Gesicht und Maigas schlapp in seinen Armen hängendem Körper produzierte bei Maggie einen Lachkrampf, der nicht besser wurde, als Maiga dann auch noch versuchte ihren Kopf nach hinten zu legen, als ob sie dann besser erkennen könnte, wer sie da in den Armen hielt.

„Na, ihr habt ja ganz schön getankt", stellte Bert höflich lächelnd fest.

„Eigentlich gar nicht", korrigierte Maiga. „Nur eben lange. Aber genaugenommen, weiß ich das ja gar nicht. Ich kann ja keine Uhr mehr lesen. Liebst du mich?"
„Natürlich. Aber jetzt bist du glaube ich erstmal reif für das Bett."
Während er Maiga ins Haus führte, drehte er sich noch zu Maggie um.
„Wenn du willst, kannst du im Gästezimmer schlafen. Falls du noch einen Absacker brauchst, dann bedien dich. Ich leiste dir gleich gerne noch Gesellschaft, aber jetzt muss ich mich erstmal um den Pflegefall hier kümmern."

Meister Watanabe

Maiga wurde vom Telefon geweckt. Nachdem sie sich verschlafen gemeldet hatte, teilte ihr Meister Watanabes Frau mit, dass der Meister sie am Nachmittag erwarten würde. Bevor Maiga wach genug war, um darüber nachdenken zu können, ob sie überhaupt konnte, war das Gespräch auch schon wieder beendet.

Ein Blick in den Spiegel bestätigte Maiga, dass ihre Haut den langen Einschluss in die Latexkleidung gut überstanden hatte. Versonnen griff sie an den Ring ihres Halsbandes, das neben dem Septumring der einzige Schmuck war, den sie trug. Alles andere lag achtlos hingeworfen in einer Ecke des Schlafzimmers. Sie würde sich im Laufe des Tages darum kümmern alles zu reinigen und für den nächsten Einsatz, der ruhig noch ein paar Tage auf sich warten lassen durfte, vorzubereiten. Jetzt wollte sie sich erstmal eine sehr ausgiebige Dusche gönnen. Zwar hatte sie die auch schon genossen, nachdem Bert sie entblättert hatte, aber sie war sich sicher, dass noch ein letzter Rest des übermäßig geflossenen Schweißes auf ihrem Körper haften musste.

Als sie mit Handtuchturban in ihrem flauschigen Frotteebademantel in die Küche kam, fand sie einen Zettel von Bert, auf dem er ihr mitteilte, dass er für zwei Tage unterwegs sei. Sie solle ihre Zeit ohne Fesseln genießen.

Genau das hatte sie jetzt auch vor. Gemütlich frühstücken, in Ruhe recherchieren, wie Latexkleidung gepflegt werden musste und dann mit viel guter Musik Ordnung im Haus schaffen. Am besten in sehr weiter oder noch besser mit gar keiner Kleidung.

Nach dem Frühstück und ausgiebiger Zeitungslektüre schob sie die weitergehenden Pläne nach hinten und zog sich an, um Meister Watanabe den gewünschten Besuch abzustatten.

Eigentlich, überlegte sie während der Autofahrt, sollte sie sich gar nicht freuen, dass sie gleich gefesselt werde würde. Das waren doch jetzt die Tage der absoluten Bewegungs-

freiheit. Aber sie war sich sicher, dass sie es wieder aus vollen Zügen genießen würde. Wahrscheinlich lag es daran, dass sie erstens absolutes Vertrauen in Meister Watanabes Fähigkeiten hatte und dass sie zweitens komplett abschalten konnte, da sie beim Meister nicht darauf aufpassen musste, ob sie im nächsten Moment über ein unerwartetes Hindernis stolpern würde oder ob sie es schaffen würde, sich zum Beispiel einen Kaffee zu kochen, obwohl sie nichts sehen konnte.
Bei Meister Watanabe musste sie einfach nur da sein und sonst nichts. Es konnte ihr nichts passieren. Er würde vollständig über sie wachen. Das war ihr Inbegriff für ‚fallen lassen'.

„Was bedeutet der Ring, den Sie am Hals tragen für Sie, Fräulein Schorla?"

Maiga hatte, als sie im Kimono in das Atelier des Meisters getreten war, nicht damit gerechnet, dass er sie darauf ansprechen würde. Natürlich konnten ihm die beiden Veränderungen nicht entgehen. Schließlich waren sie ja auch extra so platziert, dass sie kaum zu übersehen waren, aber Maiga war davon ausgegangen, dass er dies nicht kommentieren würde.

„Wir haben unsere Beziehung überdacht und haben ihr eine neue Richtung gegeben."

„Sie haben sich also ihrem Mann vollständig unterworfen?"

Eigentlich war das die Abmachung gewesen. Insofern hätte Maiga jetzt einfach nur zurückhaltend lächelnd ‚ja' sagen müssen. Aber sie tat es nicht. Vielleicht war es diese endgültige Formulierung, die Meister Watanabe gewählt hatte. Nur diese beiden Worte ‚vollständig' und ‚unterworfen' in dieser Kombination. Nein, so wollte sie ihre Abmachung mit Bert nicht sehen.

„Ich habe ihm das Recht eingeräumt, über mich zu bestimmen, wann immer es ihm beliebt. Er darf meine Kleidung und meinen Schmuck aussuchen."

Meister Watanabe nahm, so wie sie es von ihm kannte, in aller Ruhe einen Schluck aus der Teeschüssel, bevor er sich ihr wieder mit aller Aufmerksamkeit zu wandte.

„Dann hat ihr Mann ein gutes Gefühl dafür, was eine junge Frau kleidet."

„Ah, Sie meinen, dass ich eben, als ich hier angekommen bin, ganz normale, gut zusammenpassende Kleidung an hatte? Ja, so viel redet der mir auch wieder nicht rein. In der Regel kann ich schon das anziehen, was ich anziehen möchte."

Wieder nahm er einen Schluck. Sie glaubte sehen zu können, wie es bei ihm arbeitete.

„Sie tragen einen Ring durch die Nase. Er ist an einer Stelle platziert, die früher eine eindeutige Botschaft hatte. Was meinen Sie, Fräulein Schorla? Sind all die jungen Frauen, die einen solchen Ring tragen, devote Sklavinnen ihrer Herren?"

„Wohl kaum", stimmte Maiga seiner rhetorischen Frage zu. „Selbst die Tatsache, dass meiner etwas größer ist, als bei den meisten anderen, ist wohl heute kein so eindeutiges Zeichen mehr, wie noch vor vielen Jahren."

„Und Ihr Halsband, Fräulein Schorla?"

„Naja. Grundsätzlich auch nicht mehr so besonders. Aber dieses Halsband ist abgeschlossen. Ich kann es ohne den passenden Schlüssel nicht öffnen."

„Es ist aus Leder. Schieben Sie ein Stück Blech darunter, dann haben Sie es in weniger als einer Minute mit einem scharfen Messer geöffnet."

„Klar", entgegnete sie ihm, „aber das wäre gegen die Spielregeln."

„Das wäre es vermutlich, Fräulein Schorla."

Er streckte seine Hand zu der Teeschale aus, hielt dann aber inne und schaute Maiga wieder mit seinen ruhigen Augen an.

„Ein Sänger, den ich nicht nur wegen seiner Lieder, sondern auch wegen seines sozialen Engagements sehr mag hat, wurde einmal auf seinen Körper angesprochen. Dem Sinn nach hat er das Folgende geantwortet: Ich habe es schon

einmal mit einer Diät versucht. Als die keinen Erfolg hatte, habe ich nachmittags noch mal ein paar Stunden dran gehängt. Hat aber auch nichts gebracht."
Der Meister schaute Maiga an, wobei er seine Augen lachen ließ.

Als er sie in sein Atelier mit der hohen Decke führte, sah sie genau in der Mitte einen hohen Bambusstab, der in einem passenden Loch im Boden steckte. Der Meister stellte sie mit dem Rücken an den Stab und fixierte dann der Reihe nach eines ihrer Beine, ihren Rücken und ihren Kopf an dem Stab. Für die Kopffixierung hatte Meister Watanabes Frau zuvor Maigas Haare zu einem stabilen Zopf zusammengefasst.

Als der Meister diesen ersten Teil der Bondage vollendet hatte, zog er mit einer der Kurbeln die stabile Kette hoch, die an der Spitze des Bambusstabes befestigt war. In dem Moment, in dem der Stab aus seiner Halterung im Boden gezogen wurde, merkte Maiga, wie sich entlang ihres Körpers alle Seile setzten, da sie jetzt das Gewicht ihres Körpers übernehmen mussten. Kurz bevor der Stab komplett im Freien hing, arretierte Meister Watanabe die Kette. Wie immer war es ihm scheinbar mühelos gelungen, die Knoten so zu setzen, dass Maiga gar nicht sagen konnte, welcher Teil ihres Körpers das Gewicht trug. Es war einfach perfekt verteilt.

Aber noch war er nicht fertig. Er nahm ein neues Seil und befestigte jetzt auch Maigas Unterarme an dem Bambus. Dabei legte der die Unterarme seitlich an den Stab und ließ Maigas ausgestreckte Hände nach unten zeigen. Die Fesselung umfasste die gesamten Unterarme. Obwohl Maiga dadurch natürlich einen erheblichen Zug in den Schultern spürte, war diese zusätzliche Fesselung gut auszuhalten.

Erst jetzt zog Meister Watanabe den Bambus komplett aus der Halterung, gab Maiga einen kleinen Stoß und ließ sie an der langen Kette schwingen.

Im weiteren Verlauf der Session befestigte er noch ein Seil an Maigas ‚freiem' Bein. Dadurch hatte er die Möglichkeit, dieses Bein mal gestreckt zur Seite zu fixieren und mal angewinkelt ebenfalls an dem Bambus zu befestigen.

Maiga fühlte sich nahezu schwerelos und überließ sich mit geschlossenen Augen, vollkommen entspannt, den Seilen und Meister Watanabes Kunst.

Ohne es zu wollen, erinnerte sie sich wieder an das Gespräch, das der Meister eben mit ihr geführt hatte. Sein letzter Satz und das darauf folgende Lächeln hatten sich in ihr Gedächtnis gegraben. Sie wusste, dass sie darüber noch lange nachdenken würde. Nur jetzt im Moment wollte sie es einfach nicht. Also versuchte sie das Gespräch zu verdrängen. Sie würde später noch genug Zeit haben, darüber nachzudenken. Jetzt wollte sie einfach nur an ihre unglaubliche Hilflosigkeit, gepaart mit der absoluten Sicherheit denken, die sie empfand.

Wieder änderte der Meister die Position ihres Beines. Er winkelte ihr Knie an, drehte es zur Seite und stellte ihren Fuß mit der Sohle gegen den Bambus. In dieser Stellung fixierte er das Bein. Danach nahm er ein ungewöhnlich langes Seil, das er in Höhe des Knies am Bambus befestigte und dann in gerader Linie durch die Bondage des angewinkelten Beines führte. Danach zog er Maiga mit dem Bambusstab noch ein paar Kurbelumdrehung höher. Dann nahm er das lose auf dem Boden liegende freie Ende des neuen Seiles auf und setze Maigas Körper mit einem kraftvollen Schwung in eine kreisförmige Bewegung, die bald so stabil war, dass er immer mehr von dem langen Seil auslassen konnte. Am Ende kreiste Maiga auf einer Kreisbahn von nahezu zwanzig Metern Durchmesser. Ihr zur Kreismitte ausgestrecktes Knie und das Seil bildeten eine perfekte gerade Linie. Meister Watanabe brauchte sich in der Mitte des Kreises nur noch mit seinem Körpergewicht gegen die Zentrifugalkraft zu stemmen, um Maiga in Fahrt zu halten. Maiga hatte schon lange die Augen geschlossen. Sie fuhr an einen Bambusstab gefesselt Karussell. Dabei fühlte sie sich so unglaublich leicht. Es war wie in einem Rausch. Egal, an was sie jetzt dachte. Ihr war klar, es würde gelingen. Alles war möglich.

Neuer Job

Wieder zu Hause sah die Welt dann nicht mehr ganz so rosig aus. Wenn sie ehrlich zu sich war, dann war ihr einfach langweilig. Und genauso ehrlich hatte sie überhaupt keine Lust, sich als Putzfrau in ihrem eigenen Haus zu betätigen. Mal ab und zu war das okay, aber jetzt, wo sie nicht mehr im Krankenhaus arbeitete, war die Gefahr groß, dass sie früher oder später gar nichts anders mehr machen würde. Das durfte auf keinen Fall passieren.

Einfach, um irgendwas zu machen, zog sie sich bequeme sportliche Klamotten an und fuhr in die Innenstadt. Nach einem prüfenden Blick in den Spiegel ihres Autos schlenderte sie zum Rotlichtviertel, das genau genommen eigentlich nur aus einer ziemlich kurzen Straße bestand. In der Nacht präsentierten sich auf der einen Straßenseite einige Damen in Schaufenstern. Je nach Jahreszeit mit offenen oder geschlossenen Fensterflügeln. Auf der anderen Seite hatten sich ein paar ‚Clubs' angesiedelt. So wie der, in dem sie sich neulich mit Maggie beim Männerstrip amüsiert hatte.

Wie nicht anders erwartet, herrschte kaum Betrieb. Es war einfach noch zu früh. Die Schaufenster waren leer. Auf der Straße zogen ein paar Typen herum, die wohl einfach nur mal schauen wollten. Ohne, dass sie es geplant hatte, blieb sie vor dem Laden stehen, an dem sie Bert gesehen hatte. Eine Werbetafel lud zum großen Casting für die neuen Tänzerinnen ein. Vorkenntnisse seien nicht erforderlich. Das Unternehmen würde lieber mit Naturtalenten arbeiten, als mit ausgebildeten Tänzerinnen.

Warum auch immer, fragte sich Maiga. Vermutlich einfach weil die ausgebildeten Tänzerinnen ohnehin bessere Alternativen hatten? Wobei es denen mit ihrem Leben von Engagement zu Engagement vermutlich auch nicht immer nur gold ging. Bei den Amateurinnen wiederum müsste eigentlich die Gefahr bestehen, dass sie den ganzen Abend nur eine einzige Tanzbewegung auf die Reihe bekommen würden. Dafür hatten die allerdings den Vorteil wesentlich preiswerter zu sein.

„Nur Mut schöne Frau. Wir haben noch keiner den Kopf abgerissen." Maiga hatte den Mann gar nicht kommen sehen und schreckte entsprechend zusammen. Sie war sich nicht sicher, ob es der gleiche Türsteher war, den sie mit Bert gesehen hatte. So gut war ihr Blick auf den Mann auch wieder nicht gewesen. Aber zumindest von der Statue her, konnte es passen. Wobei das vermutlich kein so tolles Argument war.

„Ich bin der Günni. Und mit wem habe ich die Ehre?"

„Elli." Fast hätte sie ihren richtigen Namen genannt. Das wäre ihr irgendwie peinlich gewesen, wobei sie gar nicht wusste warum. Aber jetzt war es ohnehin passiert. Dann hieß sie jetzt eben ein paar Minuten lang Elli.

„Na, deutlich besser als Elisabeth. Ja Elli, dann komm doch einfach mal rein und zeig unserem Ballettmeister, was du kannst."

Während er das sagte, machte er eine einladende Geste in Richtung des Eingangs und lächelte sie freundlich an. Maiga war zu ihrer eigenen Überraschung total beeindruckt. Sein Gesicht wirkte tatsächlich offen und ehrlich. Deshalb und weil es ihr einfach zu blöd war jetzt umzudrehen und wegzulaufen, lächelte sie zurück und ging in den hell ausgeleuchteten Eingangsbereich. Günni gesellte sich, höflichen Abstand haltend, zu ihr und führte sie galant in das Gebäude.

Im Showroom lief gerade irgendein langsames Musikstück, zu dem sich eine knapp bekleidete und umso greller geschminkte Frau auf der Bühne bewegte. Als der Mann, der sich die Darbietung von einem der kleinen runden Tische aus ansah, Maiga bemerkte, schob er ihr neben sich einen Stuhl zurecht und bedeutete ihr darauf Platz zu nehmen.

„Frank", raunte er ihr zu, „und mit wem habe ich die Ehre?"

Das schien wohl der Standardspruch in dem Laden zu sein, ging es Maiga durch den Kopf, als sie diese Frage in kurzer Zeit schon zum zweiten Mal hörte.

„Elli."
Sie konzentrierte sich darauf jetzt bloß nicht loszuplappern. Schließlich war sie in einer Männerwelt. Noch dazu in einer ganz besonderen. So überraschend, wie sie hineingekommen war, so klar war ihr, dass sie nicht das geringste Interesse hatte, hier irgendwas mit der Taktik ‚schmeiß dich an den ran, der am meisten zu sagen hat' erreichen wollte. Zum einen war ihr das viel zu gefährlich, weil sie keine Ahnung hatte, wo das hinführen konnte. Zum anderen war sie davon überzeugt, dass der Mann neben ihr mit Sicherheit schon viel zu oft auf diese Weise angesprochen worden war. Und vollkommen abgesehen von allen Strategien, musste sie zu allererst mit sich ins Klare kommen, ob sie wirklich da sein wollte, wo sie gerade war oder ob es nicht doch besser wäre den geordneten Rückzug anzutreten. Was für eine Schnapsidee, der Einladung zu diesem Casting zu folgen.

Wenn sie die Darbietung auf der Bühne mit dem verglich, was die Männer beim Striptease nur ein paar Türen weiter präsentiert hatten, dann konnte sie die Frau nur bedauern. Ihre Bewegungen waren teilweise noch nicht einmal im Rhythmus. Alles was die ‚Tänzerin' verstand, war ihren imposanten Vorbau in Szene zu setzen.

Als die Musik endlich zu Ende war, blieb sie auf der Bühne stehen und schaute erwartungsvoll lächelnd zu Frank, wobei sie wegen eines Scheinwerfers, der über Frank erstrahlte, unsicher war, ob sie in die richtige Richtung schaute.

„Danke schön. Du kannst dich wieder umziehen", kommentierte Frank, ohne sie länger als notwendig anzuschauen. Er zog es lieber vor, in irgendwelchen Blättern zu wühlen die er in einer Mappe auf seinem Schoß gebündelt hatte.

„Und bekomme ich den Job?"
Maiga musste sich gestehen, dass sie bei ihrer Geschlechtsgenossin eine helle, am besten piepsige Stimme erwartet hatte. Umso mehr war sie von der angenehmen festen Stimme überrascht, die sie hörte.

„Wir melden uns bei dir", antwortete Frank mit einem gequälten Lächeln. „Erstmal möchte ich alle Bewerberinnen gesehen haben. Nochmals: Besten Dank."

Die Frau argumentierte noch ein bisschen mehr herum, was Frank zusehends auf die Nerven ging. Als sie sich dann endlich von der Bühne verabschiedet hatte, atmete er einmal tief durch und wendete sich dann Maiga zu.

„Elli? So war der Name doch?"

Maiga beschränkte sich auf zurückhaltendes Lächeln und Nicken.

„Wie komme ich zu der Ehre deines Besuches?"

„Ganz einfach. Ich war vor ein paar Tagen bei dem Männerstrip ein paar Türen weiter und wollte jetzt eigentlich nur mal nachschauen, ob es hier in der Straße öfters solche Veranstaltungen gibt. Und dann bin ich an der Werbung für das Casting hängen geblieben. So einfach ist das."

„Ich verstehe nicht ganz. Nur weil du das Reklameschild gesehen hast, kannst du doch nicht ernsthaft überlegt haben, dass halbnackt vor Männern tanzen schon immer dein Ding gewesen ist."

„Man muss Gelegenheiten, die sich einem bieten, erkennen und dann den Mut haben, auch mal zuzupacken. Außerdem hat mich der Günni so nett angelächelt. Da konnte ich einfach nicht widerstehen."

„Tja", nickte Frank, „der gute Günni."

Er schaute Maiga einen Moment lang nachdenklich an, dann gab er sich einen Ruck: „Du hast natürlich nichts zum Umziehen dabei?"

„Sonst wäre meine Geschichte wohl ziemlich unglaubhaft. Meinst du nicht?"

„Stimmt. Du willst also so, wie du jetzt bist, tanzen?"

„Bleiben wohl nicht so schrecklich viele Alternativen."

Da Maiga keine Lust auf weitere Laberei hatte, stand sie auf und ging über die kleine Nebentreppe auf die Bühne. Von den ganzen Ausflügen in die Clubs der Stadt, die sie mit ihrem Bert bereits gemacht hatte, kannte sie genügend Schrittkombinationen, um sich durch das Stück durchzuarbeiten und dabei sogar noch ihre Bluse auszuziehen, um ihren verspielten BH zu präsentieren.

Danach ging sie ohne Hektik zurück zu Frank, setzte sich auf den Stuhl und schaute ihn einfach nur fragend an.

„Wir versuchen es mit dir. Wann kannst du anfangen?"

„Ab Mitternacht."

„Okay. Du arbeitest erstmal eine Woche durch. Von Mitternacht bis um fünf. Danach sehen wir weiter. Da du Anfängerin bist, bekommst du 8,50€ die Stunde. Gesetz ist Gesetz. Was dir zugesteckt wird, kannst du behalten. Sei gegen elf da. Es dauert erfahrungsgemäß immer ein bisschen, bis Outfit und Makeup stimmen. Sobald das glatt läuft, kannst du selber bestimmen, wann du kommst. Hauptsache, du bist um zwölf bühnenfertig."

„Gut. Gibt es für das Personal einen anderen Eingang?"

„In der Mühlenstraße. Auf der Stahltüre steht unser Name. Einfach klingeln."

Wieder auf der Straße überlegte Maiga, was sie jetzt eigentlich gemacht hatte. So richtig konnte sie die Frage nicht beantworten. Sie griff zu ihrem Handy und wählte Maggies Nummer:

„Du glaubst nicht, was ich gerade gemacht habe."

„Erzähl", war die erwartungsvolle Antwort ihrer Freundin. Maiga konnte deren leuchtende Augen quasi vor sich sehen.

„Nein, nicht am Telefon. Wir müssen uns treffen."

„Dann aber sofort. Wo?"

„In Pizzeria vor dem Rotlichtviertel. Wo wir letzthin gesessen haben?"

„Bin schon unterwegs."

Um schneller zu sein, war Maggie mit der Knutschkugel gekommen. Ohne besondere Rücksicht auf den Teil der Beschilderung zu nehmen, der sie in ihren Parkmöglichkeiten einengen wollte, ließ sie den Wagen halb auf dem breiten

Bürgersteig, halb auf der Straße stehen und trippelte dann mit ihren 50ziger Jahre Pumps auf Maiga zu.

„Wie schaffst du das bloß immer so echt auszusehen?" war das Erste, was Maiga von Maggie wissen wollte, nachdem sie die Begrüßungsküsschen ausgetauscht hatten und Maiga einen Schritt zurückgetreten war, um ihre Freundin besser betrachten zu können.

Maggie stellte sich gespielt vornehm lächelnd in Pose und erklärte:

„Die Frau der 50ziger trägt den Rock eng und knapp das Knie bedeckend. Die perfekten Konturen des Oberkörpers werden dem Betrachter ohne störende Spielereien präsentiert. Selbstverständlich darf auf Handschuhe", Maggie machte die entsprechende Geste, „und eine Kopfbedeckung nicht verzichtet werden. Vorzugsweise in Form eines Hutes. Es darf aber, wie in meinem Fall, auch ein eng geknüpftes Kopftuch sein, das die noch nicht akkurat gelegte Frisur verbirgt. In Wirklichkeit passt die Frisur einfach nicht zu dem Outfit. Solange ich Rockabilly-Fan bin, muss ich bei kleinen Ausflügen in die modischen Nachbarwelten eben ein bisschen improvisieren. Aber das Beste ist immer noch der trichterförmige BH. Schau dir bloß an, wie spitz der zuläuft. Ist das nicht der Wahnsinn?"

Während Maiga ihr einen entspannten Applaus für diese werbewirksame Selbstbeschreibung gab, setzte sich Maggie zu ihr und ergänzte:

„Als ich den BH gesehen habe, stand mein Entschluss fest, dass ich unbedingt mindestens ein Outfit brauche, das dazu passt. So. Aber jetzt erzähl: Was ist los?"

„Nach der Session bei Meister Watanabe hatte ich irgendwie so eine Art Einsamkeitskrise. Also bin ich ab in die Stadt und auf einmal stand ich dahinten vor dem Etablissement neben dem Männerstrip. Da hatte ich Bert nämlich letzthin noch mal kurz gesehen."

„Nein." Ganz in ihrer Rolle hob Maggie erschrocken eine Hand vor ihren Mund.

„Er stand einfach da und unterhielt sich entspannt mit dem Türsteher."

„Und das hast du mir nicht direkt gesagt?"

„War ja nur ganz kurz. Und ich wusste nicht, was du dann machst."

„Da hast du recht. Das weiß ich in solchen Momenten auch nicht immer."

„Naja", nahm Maiga den Faden wieder auf. „Jedenfalls bin ich heute da hin. Ich wollte mir den Laden mal anschauen."

„Kellner!" Maggie hob heftig winkend die Hand. „Zwei Schnaps. Was heftiges."

„Du spinnst", kommentierte Maggie lachend die Bestellung. „Noch ist doch gar nichts passiert."

„Aber gleich bestimmt. Sag schon: Was hast du gemacht?"

Maiga erzählte möglichst schnörkelfrei, wie es dazu gekommen war, dass sie ab Mitternacht ein Engagement als Tänzerin hatte.

„Wahnsinn. Ich bin sprachlos. Meine Freundin tanzt an der Stange über die Theke und lässt sich die Hunderter in den Tanga stecken. Und ich bin nicht dabei. So ein Mist."

„Naja", kommentierte Maiga, „eigentlich ist das mit den Hundertern nur ein Nebeneffekt. Die Hauptsache ist ja wohl, dass ich jetzt auf einmal in so einem Laden arbeite. Ich weiß noch gar nicht, was ich da eigentlich angefangen habe."

„Ja, ja. Das natürlich auch. Aber vor allem wirst du da tanzen. Wahnsinn."

„Nur eine Woche. Dann höre ich damit wieder auf. Wenn ich überhaupt damit…"

Ohne Vorwarnung sprang Maggie auf und rannte laut rufend zu ihrem Auto. Einer Mitarbeiterin des Ordnungsamtes schien Maggies Parkplatzwahl nicht zu gefallen.

„Was machen Sie da? Ich hatte doch einen Zettel an die Windschutzscheibe gesteckt. Ein Anruf und ich hätte das Auto weg gefahren. So einfach können Lösungen sein!"

Maiga nahm das Schnapsglas in die Hand, drehte sich ein wenig auf ihrem Stuhl, legte den Arm auf die Rücklehne, nahm einen Schluck und wartete entspannt ab, wie die Diskussion ablaufen würde.

Schlechte Karten

Ein paar Häuser weiter ging es nicht ganz so entspannt zu. „Bert, Bert, du hast jetzt schon zum dritten Mal deinen Einsatz verspielt. Wie denkst du denn, dass das weiter gehen soll?"

Wenn Bert es gewusst hätte, hätte er es gesagt, aber er wusste es nicht. Ausnahmsweise spielte er nicht auf eigene Rechnung, sondern im Auftrag des Chefs. Diese Runden hatten den Vorteil, dass er im Erfolgsfall einen festgeschrieben Gewinn ausgezahlt bekam und dass er um richtig große Summen spielen durfte, die er selber gar nicht hätte hinterlegen können.

Mit seinem Kumpel Franz sollte er die beiden Gegner erstmal ‚anfüttern', wie der Chef das nannte. Der komplette Plan sah nach dem Anfüttern dann allerdings das ‚Ausnehmen' vor, und davon waren sie im Moment meilenweit entfernt. Die beiden Opfer sonnten sich schon viel zu lange auf ihrer Siegesstraße und dachten überhaupt nicht daran aufzuhören. Wobei das genau genommen der einzige Fehler war, den sie wirklich machten. Da die Spielrunde komplett illegal war, hatte sie natürlich auch eigene Regeln. Und die sahen vor, dass man den Ausstieg mit einigen Spielen Vorlauf ankündigen musste. Die einzige Ausnahme davon war die, dass die verbrieften Einlagen aufgebraucht waren. Die beiden hatten ihre Einlagen allerdings schon fast verdoppelt. Dabei waren sie zuvor als extrem unerfahrene Spieler klassifiziert worden. Ideale Voraussetzungen, um sie um ihr Vermögen zu erleichtern. Bert wollte nicht glauben, dass er auf zwei Profis reingefallen war. Es konnte eigentlich nur Sorglosigkeit, gepaart mit unglaublichem Glück sein.

Da die Einlagen von Bert und Franz vom Chef gehalten wurden und damit unbegrenzt – weil reine Luftbuchungen - waren, durften die beiden nur dann aussteigen, wenn es der Chef erlaubte. Und selbstverständlich hatte der nicht das geringste Interesse daran.

„Also was ist los Bert?" wollte der Chef wissen, als Bert die Antwort schuldig blieb.

„Einfach Pech. Kann mit dem nächsten Blatt schon alles vergessen sein."

„Pass mal genau auf, mein lieber Freund." Die Art, wie er ‚lieber Freund' aussprach hätte auch dem größten Idioten klar gemacht, dass dies alles andere als freundschaftlich gemeint war. „Du kostest mich mit deinem dämlichen Kumpel Franz zusammen inzwischen eine halbe Mille. Das ist schon eine ansehnliche Summe. Ich will jetzt Sicherheiten von dir haben. Sonst muss ich der Pokerrunde leider mitteilen, dass du einen Zusammenbruch erlebt hast und auf dem Weg ins Krankenhaus bist."

„Wäre eine Lösung", rutschte Bert raus, der nach den Anstrengungen der letzten Spiele seine Konzentration überhaupt nicht mehr im Griff hatte. Er hatte nicht die geringste Idee, wie der die halbe Millionen wieder rein bekommen sollte. Er wusste auch nicht, warum der Chef immer ‚Mille' sagte, wenn er Millionen meinte. Und dass ihm jetzt dieser Gedanke durch den Kopf ging, beunruhigte ihn nur noch mehr.

„Du verstehst das scheinbar nicht so richtig", stellte der Chef dann auch mit leiser Stimme direkt klar. „Mal ganz abgesehen davon, dass ich mir etwas einfallen lassen muss, um die Auszahlung eurer nicht vorhandenen Einlagen herauszuzögern, wirst du dann tatsächlich im Krankenwagen liegen. Dein Zusammenbruch wird allerdings dadurch ausgelöst worden sein, dass du dir einen Haufen sehr hässlicher und sehr schmerzhafter Verletzungen zugezogen hast. Du könntest zum Beispiel bei einem Sturz sehr unglücklich auf deinem Gemächt gelandet sein. Möglicherweise würde sogar eine irreversible Beschädigung festgestellt. Um es präzise auszudrücken: Eine Beule in der Hose wäre dann mit deinen Bordmitteln nicht mehr zu bewerkstelligen." Der Chef fing an, glucksend über seinen Scherz zu lachen.

„Ich kriege das schon hin", brachte Bert raus, wobei es ihm nicht gelang seine Stimme voll und selbstsicher klingen zu lassen.

„Ja, ja, ich vertraue dir. Du wirst das schon schaffen. Ich gebe dir noch mal Hunderttausend. Du wirst jetzt deiner Liebsten mitteilen, dass du noch mal einen Tag dran hängen wirst. Und das eine kann ich dir versprechen. Deinen Eiern kannst du ,Adieu' sagen, wenn du mit Franz weiter so eine Scheiße baut. Ich hab da auch schon eine Idee, wie wir das machen."

„Das wird ein großer Spaß", schickte er versonnen hinterher.

Bert wusste, dass der Chef niemals leere Drohungen aussprach. Das Einzige, was Bert bis jetzt nicht gewusst hatte war, wie es sich anfühlte, wenn man selber Ziel dieser Drohungen war. Es gab nichts mehr zu sagen. Also zog er sein Handy hervor und gab Maiga die entsprechende Nachricht durch. Die Antwort zeigte, dass sie nicht wirklich erfreut war, aber er konnte nichts daran ändern.

Als er das Handy wieder weg stecken wollte, streckte der Chef seine Hand aus.

„Gib es mir. Ist besser so. Und gib mir auch den Code. Schließlich soll deine Liebste nicht denken, dass du keine Zeit für sie hast, falls sie dich kontaktieren will. Ich übernehme das für dich. Musst du dich bei mir nicht für bedanken. Ich halte dir doch gerne den Rücken frei."

„Das ist kein Problem. Sie weiß, dass ich ihr nicht immer antworten kann und dass ich das Handy während der Spiele ohnehin aus habe."

„Bert?"

Die Art, wie der Chef das aussprach, ließ keinen Raum für weitere Argumente. Also gab Bert ihm das Teil und nannte ihm auch direkt den Code. Nachdem der Chef das überprüft hatte, schickte er Bert mit einer Kopfbewegung zurück in den Pokerraum.

Bert war klar, dass er mit dem Handy seine eigene Frau als Sicherheit hinterlegt hatte. Um nichts anderes war es dem

Chef gegangen, als er das Handy haben wollte. Und Bert war auch klar, dass der Chef ihn ohne Skrupel so stark an den Geschlechtsteilen verletzten würde, dass es schon sehr guter Ärzte bedurfte, um das alles wieder funktionsfähig zu machen. Allerdings würde der Chef ihn nicht zu einem der besten Ärzte schicken. Für solche Fälle gab es einen Arzt, der auch nicht schlecht war, der aber den unglaublichen Nachteil hatte, sehr tief in der Schuld des Chefs zu stehen. Und der würde ohne jeden Zweifel amputieren, wenn der Chef das für richtig befand.

Diese verdammte Pechsträhne musste endlich aufhören.

Letzte Nacht

Ausschlafen war für Maiga am nächsten Tag nicht wirklich möglich. Bereits um elf Uhr wurde sie von Maggie durch beharrliches Klingeln geweckt.

„Erzähl! Wie war es? Und was hat Bert dazu gesagt?"

„Bert hat noch gar nichts Richtiges dazu gesagt. Ich hab ihm natürlich geschrieben, aber mehr als seine Standardantwort ‚hört sich interessant an. Kann im Moment nicht. Bin im Moment ein bisschen im Stress' kam nicht zurück."

„Wie Standardantwort? Wird die automatisch zurückgeschickt, wenn er die Nachricht nach – keine Ahnung – einer Stunde noch nicht geöffnet hat?"

„Hab ich ehrlich gesagt noch nicht drüber nachgedacht. Oder, nee. Du nimmst mich auf den Arm", lachte Maiga. „Dann würde ja jeder, der ihm schreibt mal irgendwann die Antwort bekommen."

„Nein. Natürlich nur, wenn die Nachricht von dir kommt. Geht bestimmt."

Maiga wusste jetzt nicht mehr so genau, ob ihre Freundin scherzte oder nicht.

„Echt? Geht das? Egal. Jedenfalls ist es nicht immer der gleiche Text. Ab und zu verschreibt der sich auch mal so derartig, dass T-keine Ahnung das auch nicht mehr retten kann."

„Und? Wo ist er jetzt? Immer noch am Pokern? Oder lümmelt der sich im Bett rum?"

„Nee. Der hat mich darüber informiert, dass er noch einen Tag länger unterwegs ist. So langsam geht mir das auf den Keks. Da hat der die schönste devote Frau des gesamten Weltalls bei sich zu Hause und was macht der Herr? Spielt Poker."

„Tja. Wenn du es nicht ändern kannst, dann reg dich auch nicht drüber auf. Bringt nix."

„Übrigens", fügte Maggie nach einer kleinen Pause an. „Ich hab ihm erklärt, dass es ziemlich verantwortungslos war, dich letzthin einfach dir selber zu überlassen."

„Und? Was hat er gesagt?"

„Blöd geguckt hat er und irgendwie dumm rumgelabert. Wäre ja wohl eher ne Sache zwischen ihm und dir. Und solange du nichts sagst, wäre es für dich ja wohl in Ordnung." Maggie ließ eine kleine Pause verstreichen, bevor sie fortfuhr. „Also, ich muss schon sagen: Ich habe mich schwer zusammengerissen um ihm nicht mal so richtig die Meinung zu geigen. Aber letztlich setze ich darauf, dass er seinen Fehler nur einfach nicht zugeben wollte. Ist glaube ich eine der Männerkrankheiten. Wir werden es ja sehen, wie er so was in Zukunft handhabt. Aber deswegen bin ich nicht hier", fügte Maggie mit leuchtenden Augen an. „Ich will wissen wie dein Tabledance war. Erzähl mir alles!"

„Okay. Also erstmal das Geld. Dann haben wir das hinter uns. 300€ haben mir die Typen in den String gesteckt."

„Echt? Erzähl. Was hast du denn an gehabt?"

„Wie schon gesagt. Einen String. Das einzige Stückchen Stoff, das an dem Teil etwas mehr Breite hatte, war mit goldenen Pailletten verziert."

„Und das war alles?"

„Nee", lachte Maiga. „Ich bin natürlich nicht nackt aufgetreten. Wo denkst du hin? Ich hatte noch zu dem String passende Highheels an."

„Echt? Keinen BH oder so?"

„Ach jetzt verstehe ich was du meinst", erklärte Maiga, der es Spaß machte, so zu tun, als ob sie Maggies Frage nicht verstehen würde. „Meine Brustwarzen waren natürlich bedeckt. Die haben mir so Klebeteile gegeben mit glitzernden Puscheln dran. War ganz lustig."

„Und ich war nicht dabei. Du musst mir das hier unbedingt mal vorführen."

„Mal schaun. Jedenfalls war das für den ersten Auftritt ziemlich viel Aufwand."

„Hört sich nicht so an. Die paar Teile hast du doch in weniger als einer Minute angezogen."

„Ja schon. Nur haben die mich erstmal noch mit brauner Farbe eingesprayt. Ich bin eben nicht ganzkörperbraun."

„Verstehe. Und jetzt bist du überall braun."
„Genau. Und in Zukunft soll ich ohne Textilien in die Sonne gehen. Stell dir vor: Die haben sogar eine Sonnenterrasse auf dem Dach. Die steht außerhalb der Öffnungszeiten dem Personal frei zur Verfügung. Cool, oder?"
„Ah. Naja." Maggie schaute sich demonstrativ in dem sonnendurchfluteten Garten um. „Für die eine Woche, die du da maximal bleiben willst, lohnt sich der Aufwand dann wohl eher nicht, nur zum Sonnenbaden da hin zu fahren. Und wie war es sonst so? Kannst du mit den anderen mithalten?"
„Die haben ein bisschen komisch auf mein Arschgeweih geschaut", lachte Maiga. „Das wäre doch wohl total out und so. Ich hab denen dann erklärt, dass mir das vollkommen egal ist. Mir gefällt es und das ist das was zählt. Ob die das verstanden haben, weiß ich nicht. Ist mir letztlich auch egal. Aber weißt du was das Schärfste ist?"
„Nein. Erzähl."
„Der Chef von dem Laden steht scheinbar auf tätowierte Blumen am Hals. Tu dir das mal weg. Bestimmt sechs von den Mädchen, die da rumlaufen haben dicke fette Blüten auf dem Hals. Direkt hier vorne." Maiga zeigte auf ihren Hals. „schön bunt. Keine Ahnung, ob die überhaupt alle existieren oder Phantasiegebilde sind."
„Ja und? Wie gehen die dann weiter? Nur so aus Interesse. Ich hatte bei mir auch schon an den Hals gedacht. Zwar eher einen fetten Diamanten und nichts Florales. Trotzdem: Die haben doch bestimmt nicht einfach nur eine Blüte auf dem Hals und das war es dann."
„Nee, natürlich nicht. Das setzt sich über das Dekolleté oder die Arme fort. Ist ganz unterschiedlich. Die Typen im Publikum scheinen jedenfalls wirklich drauf zu stehen."
„Stürmen die dann die Bühne oder was?"
„Dann würden die sofort rausfliegen", lachte Maiga. „Nein. Die Kolleginnen merken das natürlich an den Geldscheinen und daran, dass sie danach gebucht werden. Nicht vergessen. Das ist keine Tanzbar. Das ist ein Puff."

„Aber du hast doch wohl nicht…"
„Natürlich nicht. Ich bin nur zum Tanzen da. Quasi als Lückenfüllerin, wenn eine von meinen Profikolleginnen mehr Buchungen bekommen hat, als in die Pause bis zum nächsten Auftritt passt. Das passt dann ganz gut."
„Und in den Pausen müssen die dann mit allen möglichen Männern bumsen?"
„Männer ja; Bumsen nein. Also zumindest nicht immer. Also, soweit ich so etwas überhaupt richtig mitbekommen habe. War schließlich mein erster Tag. Das ist ja alles noch ziemlich neu."
„Will ich eigentlich auch gar nicht wissen", winkte Maggie ab. „Lust auf eine kleine Spritztour mit meinem schicken Cadillac?"

Nachdem sie die Stadt hinter sich gelassen hatten, glitten sie mit dem riesigen Auto gemütlich über eine Landstraße. Beide hatten sich wieder Kopftücher und Sonnenbrillen angezogen.
Als Maggie wieder vor dem gleichen Landgasthof anhielt, wie beim letzten Mal, war Maiga wieder eingeschlafen.
„Irgendwie habe ich gerade ein Déjà-vu", erklärte Maggie, nachdem sie Maiga wachgerüttelt hatte. „Willst du jetzt jedes Mal einschlafen, wenn wir mit meinem wundervollen Cadillac-Schatz aufs Land fahren?"
„Eigentlich nicht, aber wenn du mich so früh aus dem Bett schmeißt, dann bleibt mir nichts anderes übrig."
„Okay. Punkt für dich. Hast du denn wenigstens von so was aufregendem, wie deinem nächsten Arbeitstag geträumt?"
„Nee. Nicht wirklich. So viel Spaß macht das nun auch wieder nicht. Außerdem weiß ich nach wie vor eigentlich noch immer nicht, ob diese spontane Idee von mir wirklich so toll war. Und dass Bert sich noch gar nicht vernünftig dazu geäußert hat, macht es auch nicht besser."

„Nimm es einfach als eine Bereicherung deiner Lebenserfahrung. Wer kann schon von sich sagen, dass er in einem Bordell unbehelligt über die Gänge stiefeln könnte?"

„Das stellst du dir glaube ich ein bisschen zu einfach vor", lachte Maiga. „Die haben überall Kameras und natürlich diese Typen mit den Bodybuilderkörpern. Ich kann mir nicht vorstellen, dass ich länger als ein paar Minuten unentdeckt in dem Laden herumgehen kann. Jedenfalls haben die mir gestern direkt gesagt, dass ich nicht auf die Idee kommen soll, mir einfach mal alles anzuschauen. Es gibt Bereiche, die nur den Kolleginnen offen stehen, die – wie soll ich sagen – engen Kundenkontakt haben."

„Tja. Dann eben nicht. Trotzdem muss das aufregend sein."

„Wenn ich mir vorstelle, dass ich da wirklich drauf angewiesen wäre, würde mir glaube ich die Düse gehen. Aber so ist es tatsächlich einfach nur aufregend. Da hast du recht. Ich werde diese Woche beim Tanzen einfach noch mal alles geben und dann erhobenen Hauptes gehen."

„Mach das. Leider kannst du mir das erst in einer Woche erzählen. Mein Mann nimmt mich mit nach New York. Irgendso ein Kongress für ihn und eine Woche Shopping für mich."

Zweiter Arbeitstag

„Hast du Lust, noch ein bisschen mit auf die Terrasse zu kommen? Entspannen?" schlug Annett vor. Das war die Kollegin, die sich bisher am meisten um Maiga gekümmert hatte. „Die Kunden sind alle weg. Wir haben das ganze Reich für uns."
„Warum nicht? Ob ich jetzt oder in einer oder in zwei Stündchen ins Bett gehe, ist eigentlich auch egal. Und warum sollen wir die wenigen Tage im Jahr, an denen die Sonne schon so früh am Tag wirklich warm ist, nicht entsprechend ausnutzen? Mein Mann kommt ohnehin erst heute Abend."
„Na, dann folge mir einfach unauffällig."

„Sieht wirklich nett aus hier", kommentierte Maiga, als sie es sich auf einem der Stühle bequem gemacht hatte. „Ich kann mir vorstellen, dass sich die Kunden hier wohl fühlen."
„Du hast nicht wirklich viel Ahnung oder?" lachte Annett.
„Warum?"
„Naja. Die meisten Kunden sind ein bisschen verklemmt oder gehemmt oder was auch immer. Leute, die sich in Anwesenheit von Frauen souverän bewegen sind eher die Ausnahme. Du kannst dir schon denken warum?"
„Die kriegen auch so gute Frauen ab?"
„Genau." Annett schaute sich demonstrativ auf der Terrasse um. „Nichts gegen unsere Kunden. Da sind schon wirklich nette bei. Aber so einen richtig entspannten Aufenthalt auf der Terrasse, also so wie unter Freunden, den erleben wir hier eher selten. Letztlich spielt hier jede und jeder seine Rolle. Das ist so drin, dass das ganz automatisch abläuft."
„Wo du das so sagst. Kann schon sein. Ich werde das jedenfalls nicht erleben und bin ehrlich gesagt auch nicht scharf drauf. Mit dem Tanzen ist ganz nett. Oder eigentlich sogar sehr nett. Macht mehr Spaß, als ich gedacht hätte."
„Unser ‚Ballettmeister' ist auch ganz zufrieden mit dir."

„Du meinst Frank? Der mich eingestellt hat? Ich hab den die ganze Zeit noch nicht ein einziges Mal gesehen."

„Wenn du den gesehen hättest, dann nur, weil er dich rausgeschmissen hätte. Dir wird kaum verborgen geblieben sein, dass es hier und da mal eine Kamera gibt. Unser Schutz zum einen und gute Kontrolle für Frank zum anderen."

„Ist Frank etwa der Chef?" wollte Maiga überrascht wissen. „Ich dachte der wäre nur für die Tanzeinlagen zuständig. Dann ist Frank der Typ, der euch zu den ganzen Blumentattoos gedrängt hat?"

„Ja und nein. Frank ist der Chef von dem Laden hier, aber mit den Tattoos hat er nichts zu tun. Wobei er in letzter Zeit echt ziemlich unangenehme Andeutungen gemacht hat, als ob er diese ‚Tradition', wie er das nennt, wieder aufnehmen will. Nur etwas klarer und härter. Ich bin mir ziemlich sicher, dass ich nicht wissen will, was er damit meint. Aber ich habe ja mein Blümchen. Damit bin ich von seinen neuen Ideen wohl eher nicht betroffen." Nach einer Pause fügte sie an: „Jacque hätte solche Sprüche nicht losgelassen. Jacque war der Voreigentümer. Bis zu dem Moment, an dem er uns mitgeteilt hat, dass er alles verkauft hat, haben wir den echt gut gefunden. Immer fair. Hat immer zu seinem Wort gestanden."

Sie zeigte auf ihren Hals.

„Das ist übrigens eine Inkalilie. Die Farben sind ein bisschen abgewandelt, aber im Großen und Ganze ist es eine Inkalilie. Ich will jetzt nicht behaupten, dass die mir nicht gefällt, aber wenn ich gewusst hätte, das Jacque ein halbes Jahr später wegen so einer blöden Unternehmertussi alles hinwerfen würde, hätte ich mir das schon noch ein paar Nächte mehr überlegt."

„Wie? Der hat alles verkauft um dann echt den Klassiker zu machen? Noch mal ganz neu anfangen?"

„So in etwa. Hast du das nicht mitbekommen? Die Frau war schon mit einem Fuß im Knast. Hat angeblich bei einem Autounfall eine Frau und deren Kind umgenietet und dann Fahrerflucht begangen. Ob das jetzt wirklich so war, werden wir wohl nie erfahren. Obwohl es eine Zeitlang sogar hieß, dass es ein Video davon geben würde. Hat man aber nie gefunden. Jedenfalls hat sie einen extrem guten Anwalt gehabt, der sie da schön rausgehauen hat. Danach hat es nicht mehr lange gedauert bis Jacque alles verkauft hat und weg waren sie. Wir haben echt ganz schön dumm geguckt."

„Das ist ja wohl krass. Und jetzt? Frank hat doch bestimmt auch seine eigenen Connections gehabt und dann eigene Leute mitgebracht."

„Klar hat er das. Das gesamte Türsteherpersonal ist von ihm. Er hat es auch irgendwie geschafft an dieses Gebäude hier zu kommen. Mit Jacque waren wir ein Stück weiter außerhalb. War irgendwie schöner. Naja, wie dem auch immer sei. Natürlich sind von den wenigen Mädels, die es sich erlauben konnten, auch ein paar gegangen. Ich gehöre jedenfalls nicht dazu. Aber lass uns nicht nur von den alten Zeiten reden. Was machst du denn so, wenn du nicht gerade bei uns tanzt, Elli?"

Obwohl Maiga ihren Künstlernamen jetzt schon öfters gehört hatte, war sie immer noch versucht zu fragen, wer Elli sei, statt direkt darauf zu reagieren.

Gerade, als sie sich eine Antwort zusammenreimen wollte, hörte sie aus dem Haus laute, ängstliche Schreie.

„Was ist das denn?" wollte sie erschrocken von Annett wissen.

„Keine Ahnung. Vermutlich Stress im Nachbarhaus?"

Annett, die sich nach Maigas Eindruck im ersten Moment auch erschreckt hatte, schien jetzt etwas übertrieben ruhig zu sein. Inzwischen konnte Maiga deutlich ausmachen, dass es sich um eine panische Frauenstimme und mindestens zwei Männerstimmen handelte. Entschlossen stand sie auf, um nachzuschauen, was los war.

„Setzt dich besser wieder, Elli. Glaub mir."

Annett versuchte Maiga noch an der Hand zurückzuhalten, was ihr aber nicht gelang, da sich Maiga entschlossen frei machte und kurz danach auch schon im Haus verschwand.

In dem Moment, in dem sie sah, wie eine wild zappelnde Frau von einem der Türsteher in einen Raum geschleift wurde, bekam sie von hinten irgendetwas Schwarzes über den Kopf gestülpt und wurde, bevor sie sich überhaupt wehren konnte, ebenfalls mit einem enorm festen Griff von hinten gepackt. Wenn sie in irgendwelchen Romanen gelesen hatte, dass das Opfer mit schraubzwingenähnlichem Griff umklammert wurde, dann wusste sie jetzt genau, was damit gemeint war. Der Mann hatte sie auf Taillenhöhe umklammert und ihre Arme direkt mit gegriffen. Jetzt konnte er sie mühelos hoch heben und wegtragen. Das Einzige, was Maiga in dem Moment durch den Kopf schoss war der Gedanke, dass sie besser auf Annett gehört hätte und dass sie erst recht nicht laut rufend durch den Flur hätte rennen sollen. Aber jetzt war es vorbei. Jetzt hatte sie ein echtes Problem.

Als sie an ein Andreaskreuz gefesselt wurde, hatte sie nicht die geringste Chance sich zu widersetzen. Das Einzige, was sie konnte, war Schreien. Die Möglichkeit wurde ihr allerdings genommen, als ihr ein Knebel in den Mund gepresst wurde. Der Knebel wurde dadurch, dass er den Sack einfach mit in ihren Mund drückte, noch unangenehmer, als er es ohnehin schon war.

Danach ließ man sie einfach stehen. Allerdings nicht lange genug, um sich zu beruhigen. Denn schon bald hörte sie, wie die Türe ging und wie sich Frank zu Wort meldete.

„Habe ich deine volle Aufmerksamkeit?"

Maiga hätte ihm zwar am liebsten an seine empfindlichste Stelle getreten, aber da sie nicht in der Lage war Bedingungen zu stellen, nickte sie.

„Das ist schön. Ich möchte dir auch gar nicht so viel von deiner wertvollen Zeit rauben. Es geht mir mehr um eine Zusammenfassung der Situation und einen Ausblick in die Zukunft. Da ich von dir keinen Wortbeitrag erwarte und selbst, wenn du einen hättest, diesen nicht hören möchte, bleibt der Knebel drin. Sieht nach meinem Empfinden auch irgendwie ästhetischer aus."

Er macht eine Pause, in der Maiga nicht wusste, ob sie diesem Schwachsinn jetzt wieder nickend zustimmen sollte. Bevor sie das allerdings zu Ende gedacht hatte, hörte sie wieder Franks Stimme.

„Die Fakten: Du arbeitest hier unter dem Künstlernamen Elli und hast das erstaunlich gut gemacht. Ich war nahezu begeistert. Dass du mir deinen wahren Namen verschwiegen hast, ist in dem Zusammenhang eigentlich gar nicht so schlimm, Maiga. Ein bisschen blöd ist, dass du den kleinen Zwischenfall eben mitbekommen hast. Eine von unseren Frischimporten hat ein bisschen rumgezickt. Und das ist eines der beiden Probleme, die du hast. Die Sache mit den Importen ist nämlich nicht so richtig legal. Insofern echt blöd, dass du das jetzt weißt. Halten wir also fest: Ich muss sicherstellen, dass du mir nichts rausplapperst, sobald du meinen unmittelbaren Kontrollbereich verlassen hast. Kannst du mir soweit folgen?"

Maiga musste mit sich kämpfen, nicht zusammenzusacken. Frank hatte sie gerade zu seiner Gefangenen gemacht und ihr außerdem erklärt, dass sie eine echte Gefahr für ihn darstellte. Hätte sie doch bloß nicht die bescheuerte Idee gehabt, als Tabledancerin zu arbeiten.

„Gut. Ich nehme mal an, du hast es verstanden. Aber damit nicht genug. Ich hatte dir ja gerade eben noch ein zweites Problem in Aussicht gestellt. Das zweite Problem ist dein Mann. Wie soll ich sagen? Er hat uns sehr enttäuscht. Eigentlich ein brillanter Pokerspieler. Aber in der letzten Partie, die er für unsere kleine Gemeinschaft gespielt hat, hat er uns einen ziemlich großen finanziellen Schaden zugefügt. Das war gar nicht gut. Es lag an mir eine vernünftige Lösung zu finden. Deshalb habe ich ihn darum gebeten mir doch einfach mal seine Frau zu überlassen. Du verstehst? Quasi als finanzieller Ausgleich. Sagen wir mal für mindestens einen Monat. Danach könne man weiter sehen, habe ich ihm versprochen. Verstehst du das? Zwei Probleme die sich dank einer glücklichen Fügung gleichzeitig lösen lassen. Eigentlich schon fast so, als ob es nur ein Problem wäre."

Wieder ließ er Maiga einen Moment Zeit, um das Gesagte sacken zu lassen.
„Zu deiner Beruhigung. Dein Mann war nicht glücklich über meine Forderung. Er scheint dich wirklich zu lieben. Aber er hatte keine Chance. Wie auch? Er hatte es schließlich mit mir zu tun. Nachdem er mir dann sein Handy überlassen hat, war es nicht mehr wirklich schwer herauszufinden, wo du dich aufhältst. Ich bin sogar so ehrlich zu sagen, dass ich, um dich zu finden, sein Handy gar nicht gebraucht hätte. Zumindest, wenn ich meine Gedanken besser beisammen gehabt hätte. Denn ich hatte dich schon einmal mit dem guten Bert zusammen gesehen. Allerdings mit anderer Frisur und überhaupt insgesamt anderem Styling. Als du mir vorgetanzt hast, hatte ich schon irgendwie so ein Gefühl gehabt, dich schon mal gesehen zu haben. Nun ja. Die Anmache ‚Haben wir uns nicht schon mal irgendwo gesehen' ist nicht so meins. Alles in allem hat das aber an deinem Schicksal nichts geändert."

Maiga war nicht ansatzweise in der Lage irgendeinen klaren Gedanken zu fassen. Irgendetwas in ihr konnte oder wollte nicht verstehen, was er ihr gerade erzählt hatte. Was hatte er jetzt über Bert gesagt? Sollte sie das so verstehen, dass Bert sie verkauft hatte?

„Tja, liebe Maiga. Das sind soweit erstmal die Fakten. Jetzt stellt sich natürlich die Frage: Was tun?" Mit jovialer Stimme gab er sich selbst die Antwort: „Bei Bert weiß ich, dass er den Mund halten wird. Wir kennen uns schon lange und haben schon so manches Problem zusammen gelöst. Er wird die Schulden, die er bei unserer kleinen Gemeinschaft hat, schon begleichen. Ein paar Pokerpartien im Internet. Wir würde ihm auch ausreichend Zeit lassen. Das ist schon alles durchgesprochen und nicht das Problem. Weißt du? Erwachsene Männer, die keine Flausen mehr im Kopf haben. Das passt schon."

Maiga war klar, dass sie erst den ersten Teil der Antwort gehört hatte. Auf den zweiten Teil ließ Frank sie nicht lange warten.

„Das Problem bist du. Frauen quasseln immer so viel. Man muss jede einzelne schon lange kennen, um ihr wirklich vertrauen zu können. Und, seien wir mal ehrlich, dich kennen wir noch gar nicht. Da ist also keine Basis vorhanden. Es ist vollkommen unmöglich mit dir einen Deal einzugehen, der auf gegenseitigem Vertrauen basiert. Die einfache Lösung ist normalerweise die beste. Wir bringen dich einfach um. Tote reden nicht."

Maigas Beine gaben für einen Moment nach. In der vollkommen irrwitzigen Hoffnung, dass Frank das nicht bemerkt haben könnte, straffte sie sich wieder und versuchte weiter regungslos an dem Andreaskreuz zu stehen.

„Bei dem Frischfleisch von eben werden wir das vielleicht tatsächlich irgendwann machen müssen. Obwohl das schade wäre, weil wir da schon ein paar Stunden Arbeit rein gesteckt haben. Bei dir ist es ein bisschen komplizierter. Dein Mann würde seine eigentlich sichere Kooperation einstellen, wenn wir dich einfach über die Klinge springen lassen. Wenn wir den aber auch abschreiben müssten, hätte das natürlich zur Folge, dass wir auf unserem finanziellen Verlust hängen bleiben. Und spätestens da hört bei uns der Spaß auf."

Frank räusperte sich ein paar Mal. Maiga wusste nicht, was jetzt kommen würde. Jedenfalls nichts Gutes. Sie wartete ab und füllte die Zeit mit dem sinnlosen Versuch, ihren Puls zu beruhigen.

„Also hatte ich vorgeschlagen, dass wir dich ebenfall in unseren Laden aufnehmen. Du würdest ein wirklich nettes Tattoo bekommen. So wie die von nebenan. Und dann ab in eine andere Stadt zu guten Freunden und dort ein bisschen arbeiten. Richtig arbeiten. Nicht nur Tanzen. Du glaubst gar nicht wie viele Kunden auf Frauen mit wirklich auffälligen Tattoos stehen. Wollte die oberste Führungsebene unserer kleinen Organisation aber auch nicht hören. Es sollte nichts gemacht werden, das Berts Kooperation gefährden könnte. Zumindest nicht jetzt.

Konsequenz aus dem Ganzen: Du wirst zu einem guten und langjährigen Mitglied unserer Gemeinschaft gebracht.

Er wird auf dich aufpassen. In einem Monat werden wir uns wieder sprechen. Dann werden wir sehen, was sich für Möglichkeiten für deine Zukunft bieten. Bis dahin wird der liebe Bert sicherlich auch seine Schulden beglichen haben. Dann sieht die Welt schon ganz anders aus. Hätte schlimmer kommen können für dich. Sieh es einfach als Urlaub."

Als ob es so geplant gewesen wäre, hörte Maiga in dem Moment, in dem Frank die Türe öffnete um den Raum zu verlassen, wieder Geschrei auf dem Gang.

Sie hat sich befreit, schoss es Maiga durch den Kopf. Die arme Frau, die von Arschloch Frank als ‚Frischfleisch' bezeichnet worden war, hatte es geschafft, sich zu befreien. Bevor Maiga daran denken konnte, dass die Frau damit noch lange nicht aus dem Haus raus war, hörte sie noch mehr Schreie, eine berstende Glasscheibe und dann Stille.

„Ihr Vollidioten", brüllte Frank, „wie kann man so dämlich sein, eine einzige blöde Tussi nicht festhalten zu können! Habt ihr überhaupt eine Ahnung, was ich für die bezahlt habe? Das zieh ich euch vom Gehalt ab ihr Schwachmaten!!"

„Bleib ruhig Chef. Sie ist in den Innenhof gesprungen", ließ sich eine tiefe Stimme vernehmen. „Das kriegen wir schon hin."

„Was willst du denn da hin kriegen? Die ist im Arsch, verdammte Scheiße!"

Danach fiel die Türe mit einem lauten Knall zu und Maiga konnte nur noch sehr gedämpfte Geräusche hören. Je mehr Zeit sie hatte, über die Situation nachzudenken, umso weniger wollte sie das alles wahr haben. Wenn sie Bert doch bloß nicht zu dieser blöden Abmachung gedrängt hätte.

Blind

Bevor sie aus Franks Bordell weggebracht worden war, hatten Franks Helfer ihr den Sack vom Kopf gezogen und durch eine eng anliegende Latexhaube ersetzt, die nur ihren Mund frei ließ. Natürlich hatten sie ihr auch den Knebel wieder eingesetzt und drin gelassen, bis sie am Ende der Fahrt angekommen waren. Ihre Hände waren von Anfang an hinter ihrem Rücken gefesselt.

Wieviel Tage vergangen waren, seit sie bei ihrem neuen ‚Gastgeber' – so hatte Frank ihn beim Abschied genannt - angekommen war, wusste sie nicht wirklich. Ihr kam es wie eine halbe Ewigkeit vor. Vor allem deshalb, weil einfach nichts passierte. Sie wurde immer mal wieder mit Essen und Trinken versorgt und sie wurde auch immer wieder ins Bad geschickt, wo ihr die Handschellen gelöst wurden, damit sie sich vernünftig waschen und auch die Toilette benutzen konnte. Ansonsten passierte nichts. Ihr Versuch, sich mit Egbert – so hatte sich ihr Gastgeber vorgestellt - zu unterhalten wurde nach dem ersten Mal mit einem klaren Sprechverbot beantwortet. Sie zog es vor sich daran zu halten. Sie hatte eine halbe Ewigkeit gebraucht, bis sich ihre vollkommen verkrampfte Zunge von dem Knebel erholt hatte. Das wollte sie nicht erneut riskieren.

Am Anfang hatte sie Frank die Geschichte über Bert geglaubt. Sie führte das auf den extremen Stress zurück in dem sie gesteckt hatte. Aber später, als sie übermäßig viel Zeit zum Nachdenken bekommen hatte, wurde ihr immer klarer, dass es so einfach nicht stimmen konnte. Bert hatte immer nur auf eigene Rechnung Poker gespielt. Und er war wirklich gut darin. Wieso hätte er damit anfangen sollen, für jemanden anderes zu spielen? Maiga konnte sich zwar nicht erklären, wie Frank überhaupt hatte auf die Idee kommen können, Bert mit in die Geschichte zu ziehen, aber so, wie er ihr das erzählt hatte, konnte es einfach nicht sein.

Trotzdem hatte Frank scheinbar auch etwas gesagt, das wirklich stimmte. Nämlich, dass ihr in dem Monat bei ihrem

‚Gastgeber' nichts wirklich Schlimmes passieren würde. Sie musste also nur ruhig bleiben und auf keinen Fall die Nerven verlieren.

Bert hatte sie inzwischen mit Sicherheit schon vermisst gemeldet. Danach konnte die Polizei nicht lang brauchen, um Franks Puff zu finden. Der Rest konnte nur Routine sein. Und selbst wenn das alles nichts nutzen würde, dann würde spätestens Maggie richtig Dampf machen. Nur musste Maiga dafür warten, bis Maggie aus New York zurück war. Wenn Maggie nicht sogar schon vorher Alarm schlug. Schließlich war auch ohne gesonderte Verabredung klar, dass sie ab und zu mal chatten würden.

Je länger sie darüber nachdachte, umso sicherer fühlte sie sich. Ihr konnte nichts passieren. Alles war nur eine Frage der Zeit. Bert und Maggie würden alles regeln. Das Einzige, was jetzt noch nervte, war die Langeweile und das Jucken unter der Haube. Es bestand keine Gefahr.

Wenn sie sich wenigstens mit jemandem unterhalten könnte. Dann wäre das Jucken besser zu ertragen. Diese unglaubliche Langeweile. Immer nur herumzuliegen oder sitzen oder mal ein paar Schritte im Zimmer gehen. Wenn sie etwas lesen könnte oder Musik hören. Ihre Gedanken kreisen immer wieder um das gleiche Thema.

Lange bevor sie es erwartet hatte, hörte sie, wie die Tür geöffnet wurde. Sie drehte ihren Kopf erwartungsvoll in die Richtung, in der sie Egbert vermutete.

„Wird Zeit, dass du dich nützlich machst", erklärte er ihr, während er ihr ein breites Halsband anlegte, das mit einigen Befestigungsringen ausgestattet war. Berts Halsband hatte er schon lange vorher mit einem Messer entfernt. Genauso, wie Meister Watanabe es beschrieben hatte.

Ohne ihr irgendwelche weiteren Erklärungen zu geben, hakte er eine Kette ein und zog sie hinter sich her in einen anderen Raum, wo er sie mit einem Schekel an einer Edelstahlsäule einhakte. Maiga, die bis auf die Haube vollkommen nackt war, stand aufrecht an der Säule und musste abwarten, was Egbert unter ‚nützlich machen' verstand. Es würde schon nicht so schlimm werden. Das Risiko etwas wirklich Schlimmes zu machen war für Egbert viel zu groß. Schließlich waren ihm Bert und Maggie mit der Polizei schon lange auf der Spur. Vielleicht würde sie schon gerettet, bevor Egbert mit dem, was er jetzt machen wollte, fertig war.

„Nur, damit du weißt, was auf dich zukommt. Wir machen jetzt eine kleine Bondagesession. Das ist eigentlich etwas ganz Nettes. Schon fast künstlerisch. Du wirst deinen Spaß daran haben."

Maiga hatte ernsthafte Zweifel daran, dass Egbert ihrem Bondagemeister Watanabe auch nur das Wasser reichen konnte. Insofern machte sie sich auf unprofessionelles Herumgeknote gefasst. Trotzdem war es eine gute Nachricht. Bondage kannte sie. Sie würde es überstehen, auch wenn es schlecht gemacht sein würde.

Nachdem Egbert ihr die Handschellen abgenommen hatte, fing er sofort mit der Bondage an. Dafür legte er die Seilmitte des ersten Bondageseils an Maigas Nacken an und führte die beiden langen Enden nach vorne und unter ihren Achseln hindurch zu ihren Oberarmen. Nach mehreren Windungen um die Oberarme, befahl er Maiga die Unterarme hinter ihrem Rücken zu verschränken und mit den Händen den jeweils anderen Ellenbogen zu umfassen. Als Maiga die Arme in der geforderten Weise hielt, fixierte er ihre Unterarme mit mehreren Windungen und Knoten der beiden Seilenden. Die beiden losen Reste des Seiles führte er wieder zum Nacken hoch, einmal unter dem Stück Nackenseil, mit dem er angefangen hatte, hindurch und wieder zu den Unterarmen zurück, wo er sie verknotete.

Maiga nahm den Anfang der Bondage mit Erleichterung war. Offenbar wusste Egbert, was er tat. Dann aber merkte sie ziemlich schnell, dass ihre Blutzirkulation eingeschränkt wurde. Es war nicht so schlimm, dass sie Angst haben musste, das Gefühl in ihren Händen und Unterarmen komplett zu verlieren, aber es war ein deutliches Zeichen dafür, dass Egbert kein Profi war.

„Diese Art der Fesselung werde ich übrigens noch öfter machen. Jetzt, quasi zum Eingewöhnen, habe ich die harmloseste Variante gewählt. Später werde ich deine Arme mit der gleichen Technik auch mal als Reverse Prayer fesseln. Vermutlich hast du keine Ahnung, was das ist. Insofern warte einfach ein paar Tage ab."

Ohne, dass Maiga wusste warum, ließ er sie eine Zeitlang ohne jeden weiteren Kommentar einfach stehen. Was sie nicht sehen konnte, waren die fest installierten Kameras, die er jetzt laufen ließ, um damit Maigas Bewegungen und verschiedene gezoomte Sequenzen auf ihren Kopf und die gefesselten Arme zu drehen.

Als es dann für Maiga weiterging, zog er ihr zunächst ein ziemlich knappes Latexhöschen an und knotete darüber mit einem weiteren Seil einen Keuschheitsgürtel. Danach löste er die Befestigung an der Stange und führte Maiga zu einer Liege auf die sie sich bäuchlings legen musste. Dann verband er mit einem weiteren Bondageseil ihre Füße miteinander, zog die beiden langen Enden des Seiles bis zu dem Nackenseil hoch, steckte die Enden durch und zog diese dann weiter zu den Unterarmen. Um möglichst viel Seil zur Verfügung zu haben, drückte er Maiga Füße Richtung ihres Pos und verknotete dann den Rest des Seiles, nachdem er es durch die Fesselung ihrer Füße hindurchgeführt hatte, an dem Taillenseil des Keuschheitsgürtels.

„Na? Das ist die komfortabelste Form des Hogtie, die ich mir nur vorstellen kann. Ab morgen mache ich den nur noch so, dass dein Oberkörper zusammen mit deinen Oberschenkeln eine schöne gebogene Linie abgibt. Genieße es also."

Danach überließ er Maiga wieder sich selbst und ihren Gedanken. Je länger sie hilflos und ohne jede Chance auf Selbstbefreiung auf der Liege lag, umso mehr gelang es ihr zunächst, sich zu entspannen und sich in das Studio von Meister Watanabe zu träumen. Als ob es nicht fast unendlich viele Möglichkeiten geben musste, jemanden zu fesseln, hatte Maiga den Eindruck, dass Egbert das versucht hatte, was der Meister in der ersten Session auch gemacht hatte. Nur diesmal spürte Maiga jede einzelne Fessel. Wie sollte das bloß werden, wenn Egbert sein amateurhaftes Wissen bei schwierigeren Bondagefiguren anwenden würde? Maiga dachte schon jetzt mit Grauen daran. Sofort merkte sie, dass sie diesen Gedanken nicht hätte zulassen dürfen. Sie fing an zu verkrampfen und damit mehr unter der unprofessionellen Bondage zu leiden, als in den ersten Minuten.

Irgendwann endlich, als Meister Watanabe schon lange Schluss gemacht hätte, schaltete Egbert die Kameras ab und befreite Maiga. Anders als von ihr erwartet, verschloss er ihre Handgelenke danach nicht mit den Handschellen. Stattdessen legte er ihr breite, abschließbare Lederriemen direkt oberhalb der Ellenbogen um die Oberarme und zog daran ihre Arme mit einer kurzen Kette hinter ihrem Rücken zusammen.

„Das ist ein bisschen Training für dich. Die Kette mache ich morgen ein bisschen kürzer und Übermorgen werden sich deine Ellenbogen schon dauerhaft berühren. Für jetzt habe ich erstmal noch ein paar Zentimeter Abstand gelassen. Ich hoffe, dass du das zu würdigen weißt. Du darfst reden."

Maiga war von der Sprecherlaubnis so überrascht, dass ihr im ersten Moment nur einfiel, zu fragen, was das alles solle und wie es überhaupt weitergehen solle.

„Dein Mann hat beim Poker viel Geld verloren", antwortete Egbert leicht genervt. „Ich dachte, Frank hätte dir das schon erzählt. In der wahnsinnigen Annahme, er könne das Blatt noch mal wenden, hat dein Mann tatsächlich dich als Einsatz angeboten und verloren. Nachdem er dich verloren hatte, hat er auch noch die Rechte an den Videos, die wir – also meine Frau und ich - mit dir drehen werden, an uns abgetreten. Wobei das vielleicht etwas missverständlich formuliert ist. Wir drehen zwar diese Videos, es ist aber zu erwarten, dass wir dadurch nicht wirklich viel Geld gewinnen werden. Etwas anderes ist dabei viel interessanter. Dein Wert für den Rückkauf wird sich mit jedem Klick um zehn Euro erhöhen. Verstehst du?"

Maiga dachte keine Sekunde darüber nach, ob sie die Story abkaufen wollte. Sie war ganz offensichtlich falsch. Bert würde das niemals tun. Das stand außerhalb jeder Frage. Frank und Egbert versuchten mit diesen durchsichtigen Lügenmärchen einfach nur dafür zu sorgen, dass sie Angst bekommen würde. Aber nicht mit ihr. Sie hatte ihren Verstand noch vollständig zusammen. Bert und Maggie waren schon lange zur Polizei gegangen und bald würde sie befreit werden. Sie durfte es sich nur nicht anmerken lassen. Sonst würde Egbert noch auf die Idee kommen, sie wegzuschaffen und damit die Suche zu erschweren. Als sie die Antwort schuldig blieb, setze Egbert seine Erklärung fort.

„Dein Mann ist dazu verpflichtet, alles dafür zu tun, dass er dich in einem Monat zurückbekommt. Du musst also keine Angst haben, dass er dich einfach dir selber überlässt. Wir machen bis dahin einfach nur ein weiteres kleines Spiel. Mehr nicht. Die kleine harmlose Session, die wir eben mit dir gemacht haben, ist der erste bescheidene Beitrag. Sozusagen das harmlose Einsteigervideo für ‚Die Maskierte'. Toller Name oder?"

„Soll ich die Haube etwa die ganze Zeit aufbehalten?"

„Ist besser so. Außerdem eine wunderbare Chance für dich. Du wirst automatisch deine anderen Sinne schärfen."

„Einen Monat soll ich blind bleiben? Außerdem juckt die."

„Jetzt mal ganz im Ernst, Maiga. Es gibt massenweise Menschen, die ihr ganzes Leben lang blind sind. Und nicht einfach nur wegen einer undurchsichtigen Haube. Und was das Jucken angeht: Ab und zu darfst du die auch mal abnehmen. Quasi am Waschtag. Na? Ist doch was. Ich bin doch kein Unmensch."

„Und meine Arme?"

„Das ist natürlich anders nicht möglich. Du könntest sonst auf die Idee kommen, dir selber die Haube abzunehmen und dann vielleicht sogar versuchen zu fliehen. Deine Arme bleiben hinter dem Rücken. Damit wird dir dauerhaft die Chance genommen, dich zu befreien. Ich habe schließlich auch eine Verantwortung gegenüber deinem Mann."

„Und", wollte Maiga zögerlich wissen, „du wirst jetzt jeden Tag Bondagevideos mit mir drehen?"

„Das ist der Plan. Ich kenne deinen Mann schon etwas länger. Ist ein komischer Typ manchmal. Zumindest, wenn du mich fragst. Der nimmt das mit dem Spielen für Geld ein bisschen zu ernst. Eigentlich schade um dich. Du bist eine schöne Frau. Du hättest so einen Typ mit festem Einkommen verdient, der viel im Ausland ist und dir die Chance gibt, dir einen Bündel von Lovern zu halten. Aber nein. Du musst unbedingt an unseren lieben Berti geraten. Pech. Aber egal. Nimm es einfach als ein kleines Spielchen unter Erwachsenen. Du bist die entführte Prinzessin oder so. Einfach nur ein Spiel."

„Spiel und Realität ist nicht das Gleiche. Ich bin nicht freiwillig in deinen Händen. Schon mal drüber nachgedacht?"

„Ja, ja, laber, laber. Ich habe nicht die Absicht dir oder mir irgendwas vorzumachen. Natürlich bist du gegen deinen Willen hier. Aber gerade das ist es ja, was den Reiz der ganzen Geschichte ausmacht. In einem Monat kannst du dich bei deinem Mann dafür bedanken. Außerdem: Wenn mich nicht alles täuscht, dann hat dir die Session von eben doch gefallen. Zumindest hast du dich nicht gewehrt. Genieße es also."

Nach dem kleinen Plausch, wie Egbert das nannte, wurde sie wieder in ihr Zimmer geführt und mittels ihres Halsbandes festgekettet. Damit hatte sie zwar innerhalb des Raumes Bewegungsfreiheit, aber eben auch nicht mehr. Das Verlassen des Raumes war genauso wenig möglich, wie das Aushängen der Kette. Das war Maiga zumindest für den Moment relativ egal. Viel interessanter fand sie, dass Egbert sich scheinbar vollkommen sicher fühlte. Er schien vollkommen zu verdrängen, dass nach ihr gesucht wurde. Umso besser für sie. Nicht nur, weil sie bald frei sein würde, sondern auch weil sie die Anzahl der weiteren unprofessionellen und damit gefährlichen Bondagesessions beschränkt sein würde. Stärker, als es sich dieser selbstsichere Idiot namens Egbert vorstellte. Bald würde sie Bert und Maggie in ihre Arme schließen.

Bevor Egbert noch für einen späten Termin in seine Firma fuhr, schickte er Bert eine unverfängliche Textnachricht, die ihm signalisierte, dass der erste zehnminütige Clip der Maskierten in Kürze ins Netz gestellt werden würde.

Das Aufbereiten und Hochladen der Videos war Carmens Job. Nicht nur dafür liebte Egbert seine Frau.

Verzweifelter Ehemann

„Herr Schorla? Bert Schorla? Mein Name ist Rednich, meine Kollegin Smidt."

„Ja kommen Sie bitte rein. Endlich kümmert sich mal jemand um meine Frau. Das ist doch unfassbar. Sie ist jetzt bereits seit vier Tagen weg. Nicht die geringste Spur! Das Handy ist tot oder wie das auch immer heißt. Und was macht die Polizei? Nichts! Erzählt mir so einen Mist von ‚die meisten Vermissten kommen nach einem oder zwei Tagen wieder zurück'. Und? Sehe ich meine Frau hier irgendwo? Nein!"

Er machte eine kleine Pause, um sich wieder zu beruhigen und schaute dann die Kommissarin an.

„Aber okay. Jetzt sind sie ja da. Also: Was passiert jetzt?"

„Vielleicht zeigen Sie uns erstmal ein Foto Ihrer Frau, das wir gegebenenfalls zur Fahndung benutzen dürfen?" schlug Smidt vor. Normalerweise war das zwar nicht das Erste, das sie in solchen Fällen forderten, aber nach einem guten Monat, angefüllt mit Misserfolgen im Fall der toten Frau mit dem Drachentattoo, hatte sie Lust, mal etwas von den Regeln abzuweichen. Zumal, wenn es sich ohnehin mit großer Wahrscheinlichkeit um alles Mögliche, aber kein Verbrechen handelte.

„Selbstverständlich. Damit habe ich gerechnet und mich entsprechend vorbereitet."

Bert griff zu einer bereitgelegten Mappe und schob sie geöffnet zu den beiden Kommissaren, die sich einen Moment Zeit nahmen, um die Bilder zu betrachten.

„Wir werden jetzt erstmal recherchieren, was Ihre Frau gemacht hat, bevor sie verschwunden ist. Bitte erzählen Sie uns der Reihe nach."

„Nicht, dass ich das alles schon ihren uniformierten Kollegen erzählt hätte, aber gut. Ich werde es Ihnen gerne nochmals sagen. Ich habe letztes Wochenende mit zwei Kumpels eine mehrtägige Wanderung durch die Eifel gemacht. Freitag ging es los. Wandern und Skat spielen. Wild

Campen, frei sein. Wir machen das öfters. Zum Abschalten. Wir machen immer die halben Nächte durch. Am nächsten Mittag geht es dann weiter. Als ich Montagmorgen wieder gekommen bin, wollte ich mich eigentlich zu meiner Frau ins Bett legen. Sie müssen wissen, dass wir beide absolute Nachtmenschen sind und normalerweise erst am Morgen ins Bett gehen. Sie war aber nicht da. Fand ich komisch, aber wer versteht schon die Frauen? Und welche Frau versteht schon die Männer? Diese Skatwochenenden jedenfalls hat sie nie verstanden. Was ich wiederum nicht verstanden habe. So ein glücklicher Ehemann ist doch auch was wert. Mein ich zumindest. Ist jetzt aber auch egal. Ich habe sie jedenfalls angesimst, wo sie steckt."

Er griff zu seinem Smartphone, wischte auf dem Bildschirm herum und hielt es den beiden dann hin. „Lesen Sie selbst."

„Ihre Frau ist in Paris?" wollte Smidt wissen.

„Das steht da. Richtig. Aber sie würde niemals alleine nach Paris fahren."

„Warum?"

„Weil wir verheiratet sind. Weil wir uns lieben. Weil sie das vorher nie erwähnt hat. Was wollen Sie denn noch für Gründe haben? Ist das etwa normal, dass die Ehefrau einfach so, ohne es auch nur ein einziges Mal erwähnt zu haben, nach Paris fährt? Und ist es auch normal, dass sie sich dann nicht mehr meldet? Ich hab es noch zigmal versucht. Aber es kommt einfach nichts mehr. Gerade so, als ob ihr Handy in der Seine gelandet wäre, oder wie der Fluss da heißt."

„Herr Schorla, ich muss Sie das fragen. Hat es in der letzten Zeit irgendwie Stress zwischen Ihnen und Ihrer Frau gegeben?"

„Ja klar. Der Täter ist immer im Bekannten- und Verwandtenkreis zu suchen. Nein. Wir hatten keinen Streit. Mein Festhalten an den Skatwochenenden wollen Sie ja wohl hoffentlich nicht zu einem Ehekrach aufblasen."

„Nein, natürlich nicht", bestätigte Rednich lächelnd. „Gerade bei Skat halte ich das für übertrieben. Sie sagten, Sie haben wild gecampt? Wie darf ich mir das vorstellen? Einsame Lichtung, kleines Dreimannzelt?"

„Nein", antwortete Bert, wobei einen kurzen Moment lang ein Anflug von Lächeln auf seinem Gesicht erschien. „Franz hat ein Wohnmobil. Aber damit ist es dann tatsächlich so, dass wir uns einfach irgendwo auf kleine Waldparkplätze stellen."

„Sie haben sicherlich Leute getroffen, die das bestätigen können?"

„Getroffen ja, aber bestätigen? Wie soll das gehen?" wollte Bert genervt wissen. „Ich bin jedenfalls nicht zu jedem hin gerannt, um ihm zu erklären, dass ich am Montag feststellen werde, dass meine Frau verschwunden ist und dass die Polizei bestimmt wissen will, was ich am Wochenende gemacht habe."

„Nein natürlich nicht", beschwichtigte Smidt. „Trotzdem könnte es ja sein, dass Sie jemanden getroffen haben, der sich an Sie erinnert. Vielleicht haben Sie mal was gegessen. Einen Kaffee getrunken. So was eben."

„Nichts dergleichen. Wir sind reine Selbstversorger. Hört sich vermutlich kindisch an, aber wir tun immer so, als ob wir alleine in der Wildnis wären. Ich wünschte, es wäre nicht so. Dann müssten Sie sich nicht damit aufhalten, mein Alibi zu prüfen."

„Männer", kommentierte Smidt mit einem belustigten Blick zu ihrem Kollegen. „Also, um da nicht groß um den heißen Brei rumzureden. So, wie Sie das vortragen und so seltsam, wie so ein Verhalten ist, haben Sie die halbe Miete schon drin, was die Glaubwürdigkeit Ihres Alibis angeht. So sagt man doch beim Skat? Halbe Miete."

Zwei Männerköpfe nickten unisono.

„Wir würden natürlich gerne mit ihren Skatfreunden reden", fuhr sie lächelnd fort. „Nur der Vollständigkeit halber. Wie Sie schon sagten: Der Täter ist oft im Verwandten- und Bekanntenkreis zu finden. Es wäre also ein schwerer formaler Fehler von uns, wenn wir das nicht prüfen würden. Haben Sie mal eben die Namen und Telefonnummern? Mein Kollege kann das mit ein bisschen Glück direkt telefonisch erledigen."

„Muss ich raussuchen. Einen Moment bitte. Sie werden allerdings nur Franz erreichen können. Der andere Skatbruder ist wieder im heißen Wüstensand und baut da an irgendwelchen Stadien herum."

„Was meinst du?" wollte Smidt wissen, als sie etwas später das Haus verlassen hatten.

„Ungewiss. Wenn da was faul ist, dann haben sich die beiden Herren zumindest abgesprochen. Wäre aber auch ziemlich dämlich, wenn die sich gegenseitig ein Alibi geben würden ohne ein paar Eckdaten festzulegen. Dass wir da nachfragen ist schließlich klar. Wobei dieser Franz Müller schon irgendwie ein bisschen durch den Wind war. Kann aber auch einfach die Aufregung gewesen sein. Die meisten Leute sprechen nun einmal nicht täglich mit der Polizei. Mal schauen, wann wir den Skatbruder aus der Wüste erreichen."

„Behalten wir Müllers Unsicherheit einfach mal im Hinterkopf. Was haben wir sonst? Wem gehört das Haus mit Grundstück? In dieser Lage ist das einen Haufen Geld wert. Wir werden mal einen Blick ins Grundbuch werfen müssen. Wenn es ihr gehört, wäre es eventuell ein mögliches Motiv, sie verschwinden zu lassen."

„Du meinst, sie ist nicht einfach nur abgehauen?" wollte Rednich von seiner Kollegin wissen.

„Naja. Jedenfalls sieht die Kosmetikabteilung im Bad ziemlich vollständig aus. Wenn sie tatsächlich aus freien Stücken abgehauen ist, würde das bedeuten, dass sie erstmal aufs Schminken verzichten will oder, dass sie so viel Kosmetika hat, dass es mir zumindest nicht auffallen kann, wenn so etwas wie eine Reiseausstattung fehlt."

„Was sonst? Ist dir bei deinem Rundgang noch mehr aufgefallen?"

„Für Kleidung und Schuhe gilt das Gleiche. Die hat so viele Schuhe, dass es garantiert nicht auffällt, wenn ein paar davon fehlen. Bei den Klamotten sieht es ähnlich aus. Wirklich schwer zu sagen."

„Bei den Akten ist es schon ein bisschen eindeutiger. Zumindest bei meinem kurzen Blick sind mir keine Lücken in den Regalen aufgefallen. Heißt natürlich nichts."

„Dann die Nummer mit diesem schrägen Skatwochenende. Irgendwie komisch. Egal von welcher Seite ich da drauf schaue, ist die Story irgendwie schief. Das kann auch ein Alibi sein nach dem Motto: ‚So dämlich, dass man nicht drauf kommt, wenn man es sich konstruieren will'. Also finde ich zumindest."

„Dieser dezente kleine Ausraster am Anfang?"

„Naja. Ich habe das schon um einiges verzweifelter gesehen", urteilte die Kommissarin, „Kann natürlich sein, dass Herr Schorla einfach so ist. Aber irgendwie kam mir das ein bisschen einstudiert vor. Auch dieser Blick, den er mir danach zugeworfen hat. Irgendwie nicht so richtig echt."

Beide schauten einen Moment in Gedanken auf die vor ihnen liegende Straße, bis Rednich das Schweigen brach.

„Fall oder nicht Fall?"

„Fall. Definitiv."

„Warum?"

„Er hat uns gerufen. Warum sollte er eine Welle machen, wenn er weiß, was mit ihr passiert ist? Wir haben eine vermisste Person und damit werden wir aktiv."

„Und wenn er sehr genau weiß, wo sie ist? Wenn er gerade deshalb unsere Hilfe haben will?" gab Rednich zu bedenken.

„Dann versucht er uns mit seiner Vermisstenmeldung zu verarschen. Warum? Weil ihre Freundinnen ohnehin irgendwann merken würden, dass etwas nicht stimmt. Er kommt dem also nur zuvor. Kluger Mann. Aber natürlich erst recht Grund zu ermitteln."

„Okay. Wir brauchen Unterstützung für die Befragungen. Einen oder zwei Tage. Dann sehen wir weiter."

„Das werden wir wohl alleine machen müssen. Schließlich sind alle im Fall ‚Drachentattoo' unterwegs. Wirklich zu ärgerlich, dass nicht nur die DNA keinen Treffer gelandet hat, sondern auch sonst keine heiße Spur aufgetaucht ist."
„Insofern eigentlich gar nicht so schlecht, dass wir jetzt mal einen kleinen Routinefall dazwischen schieben können. Der sollte den Kopf eigentlich frei machen."
„Und du meinst ernsthaft, dass wir mit freiem Kopf endlich den Tätowierer finden, der ihr diesen Riesendrachen gestochen hat? Oder diesen seltsamen Fetischisten, der ihr den Halsschmuck angelegt hat? Um ehrlich zu sein. Ich bezweifle das."
„Wenn nicht das, dann wird vielleicht wenigstens die Stimmung ein bisschen besser. Das können wir nämlich auch gut gebrauchen."

Die Nachricht kam gerade in dem Moment auf seinem Smartphone an, in dem die beiden Polizisten sein Haus verlassen hatten. Er würde am Abend oder am nächsten Tag nachschauen, was Egbert mit Maiga gemacht hatte. Er konnte es ohnehin nicht ändern und genau genommen, war es ihm auch gar nicht so wichtig. Seinetwegen konnte Maiga auch ruhig länger bei Egbert bleiben. Sie hatte doch ohnehin in seinen Ohren gelegen, endlich mal ihre devote Seite ausleben zu dürfen. Jetzt hatte sie das im Übermaß. Auch nicht schlecht. Vielleicht gefiel es ihr ja sogar. Wer konnte das schon wissen? Je länger sie jedenfalls weg war, umso weniger würde die Polizei forschen, wenn Maiga nach ihrer Rückkehr irgendwas von ‚Durchgebrannt' erzählen würde. Auch wenn ihm Maiga im Grunde eigentlich doch leid tat, wusste er, dass die Alternative ‚Frank die Stirn bieten' vollkommen aussichtslos war. Zum einen, weil Frank Spaß daran hatte skrupellos zu sein und zum anderen, weil Frank nicht der Boss des gesamten Unternehmens war. Die Geschichten, die man sich vom wahren Boss erzählte, waren nicht dazu geeignet irgendwas zu machen, das Maiga stärker in den Fokus

vom Boss bringen würde. Für den Moment war die Zusage, dass ihr einen Monat nichts passieren würde alles was er bekommen konnte. Damit verbannte er die Gedanken an Maiga aus seinem Kopf.
Jetzt war es wichtiger, den Besuch der Polizisten Revue passieren zu lassen. Eigentlich war alles gut gelaufen. Er hatte nicht den Eindruck gehabt, dass die beiden auch nur ansatzweise Lunte gerochen hatten. Wie auch? Er hatte mit dem Wochenende nichts wirklich Falsches gesagt. Es hatte nur eben nicht am Freitag sondern erst am späten Samstag begonnen.
Er beschloss jetzt erstmal einen ausgiebigen Spaziergang zu unternehmen. Das würde ihm sein Gehirn frei machen.

Als er nach ein paar Stunden zurückkam, stand ein fremdes Auto in seiner Einfahrt. Waren die Polizisten etwa schon wieder zurückgekommen? Eigentlich rechnete er vor dem nächsten Tag nicht damit, jemanden von denen zu sehen.
Ein paar Schritte später sah er seinen Besuch. Er saß ungeduldig auf der Bank vor dem Eingang.
„Franz? Was machst du denn hier? Was ist das für ein Auto?"
„Ist neu. Für meine Frau. Aber deswegen bin ich nicht hier. Wo treibst du dich denn rum? Ich hab' versucht, dich zu erreichen."
„Ich war im Wald. Ist gut für die innere Ruhe und den klaren Kopf", erklärte Bert, während er die Türe aufschloss und Franz mit einer Geste hinein bat.
„Die Bullen waren bei mir. Ich hatte eigentlich gedacht, dass es mit dem Anruf vorbei gewesen wäre", eröffnete Franz das Gespräch.
„Dann sind die eben ein bisschen sorgsamer, als wir gedacht haben. Das ist doch kein Grund dafür, direkt hier hin zu fahren."
Bert beobachtete besorgt, dass sich auf Franz Stirn Schweißperlen sammelten.

„Ja. Ich war aber nicht da. Ich hab nämlich das Auto abgeholt. Konnte doch nicht ahnen, dass die Bullen nach dem Anruf noch bei uns vorbeikommen würden."

„Und? Was hat deine Frau gesagt?"

„Na die Wahrheit."

„Was ist so schlimm daran? Wir sagen den Polizisten doch alle nichts anderes, als die Wahrheit."

Franz schaute Bert einen Moment lang ungläubig an, bevor er anfing mit seinen Fingern auf Berts Stirn zu klopfen.

„Hat der Wald dich so frei geblasen, dass da jetzt gar nichts mehr drin ist? Meine Frau hat auch gesagt, wann ich mit dem Wohnmobil los bin."

Während Bert unwirsch Franz's Hand wegschlug, wurde ihm klar, was er gerade gehört hatte.

„Bist du eigentlich bescheuert? Hast du deine Frau nicht instruiert? Wie dämlich kann man sein?"

„Die hat in der letzten Zeit immer mehr Stress gemacht. Ich sollte endlich mit dem Spielen aufhören und mir andere Freunde suchen und all so einen Scheiß. Deshalb habe ich ihr nichts davon gesagt, dass ich offiziell schon am Freitag weg war. Schien einfacher zu sein, als mir wieder irgendeine Lüge aus den Fingern zu saugen. Wie gesagt: Franziska ist echt schon ziemlich angenervt. Der Bulle am Telefon hatte doch nur der Form halber angerufen. Wir haben sogar ein bisschen über Skat geredet. Der war völlig entspannt."

„Das ist ein Bulle! Es ist der Job von Bullen, Leute wie uns in Sicherheit zu wiegen."

„Ja, ja. Sag mir lieber, was wir jetzt machen."

Der Schweiß hatte sich inzwischen auch deutlich auf Franz's Hemd breit gemacht. Bert kannte zwar noch keine Lösung, aber er wusste eines mit absoluter Sicherheit: Franz hatte den Überblick verloren und das war ganz schlecht.

„Setz dich erstmal. Wir werden eine Lösung finden. Wir müssen nur in Ruhe nachdenken. Es gibt immer eine Lösung."

Bert nahm eine Whiskyflasche und zwei Gläser aus der Bar, setze sich zu Franz an den Tisch und schenkte ein.

Zufall

Noch bevor die beiden Kommissare nach dem aufschlussreichen Besuch bei Franz Müllers Frau ins Präsidium zurückfahren konnten, wurden sie zu einem Leichenfund gerufen. In der Nähe des Fundortes stellten sie ihren Wagen auf einer frisch gemähten Wiese ab. Einer der uniformierten Kollegen führte sie zu einer niedergefahrenen Bresche in mannshohem Gestrüpp.

„Was ist das denn?" wollte Smidt wissen. „Doch wohl nicht von uns?"

„Nein natürlich nicht, Frau Kollegin. Wenn man so will, ist das überhaupt der Grund, warum die Leiche gefunden wurde. Das ganze Areal dort hat man jahrelang sich selber überlassen. Heute Morgen ist der Bauer, dem das gehört ausgerückt, um alles platt zu machen. Er kann das als Baugrund an die Stadt verkaufen und wollte es heute ein bisschen aufhübschen."

„Seit Jahren sagten sie?" stöhnte Smidt. „Das bedeutet, dass wir es mit einer verwesten Leiche zu tun haben?"

„Nein. Ich will mich hier nicht als Mediziner aufspielen, aber die ist noch nicht lange tot. Der Körper sieht noch ganz… manierlich aus." Überflüssigerweise zeigte er auf eine kleine Gruppe die neben einem großen Traktor arbeitete. „Da vorne, Kollegen. Der Mann neben dem Traktor ist übrigens der Landwirt, dem das hier alles gehört und der sie gefunden hat. Die Personalien sind bereits aufgenommen. Keine Vorstrafen, wenn ich das noch kurz anmerken darf."

Wie der Zufall es wollte, hatte die gleiche Medizinerin Dienst, die den beiden die Analyse zu der Leiche mit dem Drachentattoo geliefert hatte.

„Ihr schon wieder", war alles, was sie als Begrüßung zu bieten hatte, bevor sie sich wieder der Leiche zuwandte. „Also, das ist natürlich schon ein lustiger Zufall, dass Ihr immer dann kommt, wenn es eine nicht identifizierte Leiche gibt."

Smidt und Rednich schauten sich irritiert an, was der Medizinerin scheinbar relativ egal war.

„Also der Reihe nach und Genaueres im Zweifel dann, wenn ich sie auf dem Tisch hatte. Die Frau hat eine Menge Schnittverletzungen. Möglicherweise ist sie durch eine Glasscheibe gestürzt." Zur besseren Verdeutlichung ihrer Idee hielt sie ihre Unterarme angewinkelt in die Höhe und erinnerte damit an einen Boxer mit offener Deckung. Danach wischte sie sich mit der Hand seitlich an ihrem Körper entlang und zeigte dann auf die Leiche, deren Kopf mit einem weißen Tuch abgedeckt war. „Seht Ihr? Lange Schnittwunden an den Unterarmen und seitlich entlang des Körpers? Werde ich natürlich noch genauer anschauen. Woran sie gestorben ist? Ich hab eine Vermutung aber weiß es natürlich noch nicht. Zum Glas würde ein Sturz passen. So, wie sich der Gesamtzustand des Körpers meiner ersten Untersuchung nach darstellt, werde ich wohl eine ganze Menge Frakturen finden."

„Danke für die Spekulationen", unterbrach Rednich sie etwas genervt. „Wann können Sie Genaueres sagen?"

„Ach ja, ich plappere aber manchmal auch einfach so drauf los. Im Moment liegt bei mir nicht viel rum, was Eile braucht. Ich denke, dass ich Euch morgen Nachmittag Fundiertes sagen kann. Aber, wo wir gerade bei Fakten sind. Da gibt es noch etwas, was Ihr unbedingt sehen müsst."

Damit beugte sie sich zu der Leiche hinunter und schwang das Tuch, das den Kopf verdeckte, zur Seite.

„Ach du Scheiße" entfuhr es Smidt. „was ist das denn?"

Trotz des Schmutzes, der sich aus Erde und geronnenem Blut zusammensetze war zu erkennen, dass der größte Teil des Gesichtes tätowiert war.

„Ein Pfau", belehrte die Medizinerin sie überflüssigerweise. „Wobei genaugenommen sollte ich wohl sagen, dass es sich um einen Pfau gehandelt hätte, wenn das", sie zögerte, als sie nach dem richtigen Wort suchte, „Kunstwerk ist wohl der falsche Ausdruck? Also wenn das fertig geworden wäre."

„Sie meinen, dass das noch frisch ist? Also nicht so, dass die Frau sich zwischendurch überlegt hat, dass sie es doch nicht haben will?"

„Genaueres Morgen. Würde mich aber sehr wundern, wenn ich Euch morgen erzählen würde, dass das Tattoo alt ist."

„Scheiße, wie durchgedreht können Menschen sein?" murmelte Smidt.

„Lass uns schauen, was wir hier an Fakten haben", schlug Rednich vor. „Erstmal. Wie ist die Leiche hier hingekommen?"

„Da kann ich helfen." Der Fahrer des Traktors, der bisher breitbeinig mit verschränkten Armen und tief in die Stirn geschobenem Cordhut neben seiner Maschine gestanden hatte, machte einen Schritt auf die beiden zu.

„Ich habe sie schließlich auch gefunden. Natürlich habe ich die Maschine keinen Millimeter mehr bewegt, als ich das gesehen habe."

„Das haben Sie gut gemacht Herr…?"

„Franzmann. Ich habe meine Daten schon dem Polizisten gegeben, der Sie her geführte hat. Mir gehört das hier alles. Ist inzwischen als Bauland ausgewiesen. Das ist ja überhaupt nur der Grund, warum ich hier bin."

„Okay Herr Franzmann", nahm Rednich die eigentliche Frage wieder auf. „Sie sagten, sie wüssten, wie die Leiche hierhin gekommen ist?"

„Naja, nicht dass sie mich falsch verstehen. Ich habe natürlich nur eine Vermutung." Er wies mit der Hand vor seine Maschine. „Da können Sie es noch sehen. Hier lief so ein kleiner Pfad her. Wildschweine. Vielleicht mal ab und zu ein Hund oder so. Aber nichts für Menschen. Würde jedenfalls keinen Sinn machen. Ist irgendwie keine Verbindung, die es lohnt, zu gehen. Verstehen Sie?"

Rednich ging ein paar Schritte, um sich den Pfad besser ansehen zu können. Er war, nicht zuletzt wegen des dornigen Gestrüpps für Menschen tatsächlich denkbar ungeeignet.

„Wo komme ich hin, wenn ich dem folge?"

„Wieder auf eine Weide."

„Gibt es da einen Feldweg? Irgendwas in der Art?"

„Ah", meinte der Landwirt. „Sie wollen wissen, ob die arme Frau von dort aus hier durchgeschafft worden ist. Nein. Also der Mörder muss schon den gleichen Weg gekommen sein, den ich auch gekommen bin. Ich fürchte, ich habe Ihnen da mit meiner Maschine einen Haufen Spuren vernichtet."

„Haben Sie denn welche gesehen?"

„Wie jetzt? Ach so. Nein. Also keine Reifenspuren oder so. Also mit einem Auto war garantiert keiner hier drin. Da war ich der Erste. Der muss schon hinten, wo Sie auch hergekommen sind, geparkt haben. Also wenn Sie mich fragen."

Damit trat er einen Schritt zurück, verschränkte wieder die Arme und stellte sich breitbeinig vor seinen Traktor. ‚Hugh, ich habe gesprochen', kam Rednich in den Sinn, als er den Mann so stehen sah.

Smidt zeigte auf den schwarzen aufgeschnittenen Müllsack, auf dem die Leiche lag.

„Da steckte sie drin?"

„Jepp", kam es vom Traktor.

Smidt schaute in verschiedene Richtungen des Grundstücks. Erst jetzt stellte sie fest, dass es anders als bei anderen sich selbst überlassenen Grundstücken hier zu keinem Vandalismus gekommen war. Auch die oft unvermeidliche illegale Mülldeponie war diesem Grundstück erspart geblieben. Der Müllsack musste einfach auffallen.

„Der war ein bisschen zugedeckt. Aber wahrscheinlich haben ihn Wind und Wild wieder freigelegt. Sie sehen ja selber. Ist eigentlich alles ziemlich sauber hier. Deswegen ist der Sack mir ja auch sofort aufgefallen", erklärte der Bauer und zog sich dann endgültig zu seiner Maschine zurück.

„Glück für uns und Pech für den oder die, die die Leiche hier abgelegt haben", fasste Rednich die Untersuchungen zusammen. „Wenn der gute Mann nicht zufälligerweise hätte aufräumen wollen, wäre die Leiche vielleicht erst in Jahren entdeckt worden. Mit der Erschließung von Baugrundstücken kann das echt manchmal lange dauern. Vielleicht hätte man die Reste sogar gar nicht mehr als Leichenteile erkannt."

„Wie war das eigentlich noch mal? Fressen Wildschweine Aas?" wollte Smidt wissen.

„Machen sie. Wenn der Bauer recht hat und hier laufen wirklich Wildschweine herum, dann würde ich mal tippen, dass die irgendwann angefangen hätten, ein bisschen zu knabbern."

„Widerlich."

„Natur. Die Wildschweine sind so, wie sie sind."

Alkohol am Steuer

Die beiden Streifenpolizisten hatten nur noch die Aufgabe, den Unfallort zu sichern. Da der Fahrer vermutlich schon im Moment des Unfalles verstorben war und nicht klar war, warum er gegen den Baum geprallt war, sollten noch ein paar Kollegen ohne Uniform kommen, um sich alles genauer anzuschauen.

„Besoffen hinters Steuer gesetzt und dann hat es ihn erwischt. Wenn du mich fragst, dann bin ich froh, dass er außer einem Baum niemanden mit ins Grab gerissen hat. Verständnis habe ich für so was nicht."

Der zweite Streifenbeamte stimmte ihm nickend zu, während er den Feuerwehrleuten dabei zuschaute, wie sie das Werkzeug wegräumten, mit dem sie das Autodach geöffnet hatten. Der Einsatzwagen, mit dem die Unfallstelle beleuchtet wurde, würde noch eine Zeitlang stehen bleiben.

„Kein schöner Anblick. Wenn ich bedenke, dass die Unfallopfer vor ein paar Jahrzehnten fast alle so ausgesehen haben... Wie kann man nur so blöd sein mit besoffenem Kopf unangeschnallt in der Gegend rum zu fahren. Mann oh Mann. Da ist der Airbag vollkommen nutzlos."

Als Bert eine Stunde früher die Martinshörner gehört hatte, wäre er fast losgesprintet, um zu sehen, was passiert war. Normalerweise war er überhaupt nicht sensationsgierig. Nur in dem Fall konnte es wirklich sein, dass sein Skatfreund, der mehr als nur einen Whisky getrunken hatte, tatsächlich der Anlass für den Lärm war.

Normalerweise hätte er darauf bestanden ihm ein Taxi zu rufen. Nur war die Gesamtsituation bei dem kurzen Abschied irgendwie nicht danach gewesen. Und genaugenommen hatte er es ja auch genau darauf abgesehen gehabt. Also hatte er ihn fahren lassen.

Ein paar Minuten später hatte er die Einsatzfahrzeuge gehört, sich die Jacke gegriffen und das Fahrrad aus der Garage geholt. Dann hatte er glücklicherweise doch noch angefangen, zu überlegen.

Die Unfallstelle würde auf der Landstraße liegen. Dort gab es keine Schaulustigen. Er konnte auf keinen Fall einfach aufs Fahrrad steigen und mal ganz harmlos daran vorbeifahren. Die Polizisten würden seine Alkoholfahne zwar vermutlich nicht bemerken, da sie anderes zu tun hatten, aber wenn doch, dann säße er ganz schnell in der Falle. Dann würde nur noch die Verbindung zu ihm fehlen, die man früher oder später ohnehin herausbekommen würde.

Also hatte er beschlossen einfach abzuwarten. Aufräumen, Spülmaschine anschmeißen, abwarten, abwarten, abwarten.

Hogtie

Tatsächlich hielt Egbert schon am nächsten Tag Wort. Zum ersten Mal in ihrer Gefangenschaft nahm er Maiga die Haube ab. Um sicherzustellen, dass sie auf keine dummen Gedanken kommen würde, hatte er ihre Füße mit einer kurzen Kette verbunden. Ansonsten war sie komplett frei. Sie genoss es, sich unter der Dusche ausgiebig zu waschen.

Nach der Dusche gab er ihr noch die Zeit, die Haare zu fönen. Danach hielt er ihr eine neue Haube hin.

„Meine Frau kümmert sich um die andere Haube. Einmal ordentlich durchwischen und ein bisschen auslüften lassen."

Maiga schaute sich die Haube an. Diesmal war sie aus stabil wirkendem Leder gefertigt. Die Augen waren wieder komplett geschlossen. Es gab noch nicht einmal eine Möglichkeit die Augen über eine Klappe oder Ähnliches zu öffnen. Neben der Schnürung am Hinterkopf, war die einzige Öffnung, die Maiga an der Haube sah, die Öffnung für ihren Mund und die Nasenlöcher. Sie hatte sich solche Hauben schon häufig angeschaut. Manchmal war sie stundenlang durchs Internet gesurft. Nur um Frauen mit solchen Hauben in allen möglichen Fesselungen zu sehen. Bevor Bert sie damit überrascht hatte, hatte sie sogar schon überlegt, sich eine anzuschaffen. Das Problem war nur: Wenn sie sich die Haube selber über den Kopf zog, konnte sie sich selber natürlich nicht mehr beobachten und gleichzeitig hätte es auch keinen anderen gegeben, der sie hätte beobachten können. Deshalb hatte sie es gelassen und auf den Vertrag mit Bert gehofft. Und der hatte dann ja auch tatsächlich mit ein paar Tagen Verzögerung eine Latexhaube präsentiert und sie darin sofort für einen ganzen Tag eingesperrt. Sobald Bert sie aus den Fängen von Egbert befreit haben würde, musste sie dringend mit ihm darüber reden, ob sie den Vertrag nicht auflösen sollten. Oder zumindest ein paar Tage aussetzen. Wahrscheinlich würde sie sich erstmal einfach nur erholen wollen. Sie war sich sicher, dass Bert dafür Verständnis haben würde. Die Frage war nur, wo er blieb. So langsam musste die Polizei die Spur zu Egbert doch gefunden haben. „Genug geschaut. Zieh dir die Haube über den Kopf." Maiga nahm das lederne Ungetüm und zog es sich über den Kopf. Danach spürte sie, wie Egbert die Schnürung zuzog, mit ein paar Riemen sicherte und ihr dann das Halsband umlegte, das die bis zu ihrem Schulteransatz reichende Haube zusätzlich sicherte. Sie spürte und hörte deutlich, wie er mehrere Schlösser einrasten ließ. Wenn das jetzt bei ihr zuhause gewesen wäre und wenn es Bert gewesen wäre, dann hätte sich in ihr garantiert das wahnsinnig geile Gefühl, eingeschlossen zu sein, breit gemacht. So aber war es einfach nur beängstigend. Sie war wieder blind und würde es vermutlich viele Stunden bleiben.

Auch die Freiheit ihrer Arme wurde ihr wieder genommen, als Egbert, ohne ihr eine Pause zu gönnen, ihre Handgelenke hinter ihrem Rücken mit einem Seil zusammenband. Was sie natürlich nicht sehen, sondern nur erahnen konnte war, dass er den Rest des Seiles mit mehreren nebeneinander liegenden Windungen um ihre Unterarme aufbrauchte.

Im Videoraum knotete er ihr einen Brustharnisch. Dafür begann er wieder mit einer Schlaufe am Nacken. Die beiden Seilenden führte er dann nach vorne zwischen ihre Brüste, wo er sie kreuzte und dann zweimal unterhalb der Brüste um ihren Körper herum führte. Mit den immer noch sehr langen Enden stabilisierte er die Lage der beiden vom Nacken kommenden Seilabschnitte und führte dann alles nochmals oberhalb ihrer Brüste um den Körper. Die Reste verknotete er zwischen ihren Brüsten. Ob es an seiner Unkenntnis in Sachen Bondage lag oder ob es pure Absicht war, dass er den Ansatz ihrer Brüste viel zu stark einengte, konnte und wollte Maiga nicht beurteilen. Stattdessen versuchte sie durch Körperbewegungen den Sitz des Seiles ein bisschen angenehmer zu machen.

Das Grinsen, das dabei auf Egberts Gesicht erschien, entging ihr natürlich. Er hakte eine Kette in ihr Halsband ein und ließ Maiga für die Filmaufnahmen eine Viertelstunde stehen. Da Maiga zwar ahnte, dass Kameras liefen, aber nicht wissen konnte, wo sie standen, drehte sie sich mal in die eine, mal in die andere Richtung weg und lieferte damit, ohne es zu wollen, genau die bewegten Bilder, die Egbert sehen wollte.

Nachdem er die Kameras wieder ausgeschaltet hatte, nahm er die langen Enden der Handgelenkfesselung und führte sie unter den beiden auf dem Rücken liegenden Teilen des Brustharnisch hindurch und wieder zu den Handgelenken zurück. Dabei positionierte er Maigas Handflächen so, dass sie von hinten gegen ihren Rippenansatz drückten. Auch ohne die Bondage wäre das schon fast eine natürliche Haltung gewesen. Etwa so, als ob sie sich den Rücken ein wenig durchdrücken wollte. Nur eben mit nach außen weisenden Fingern.

Und tatsächlich war die Fesselung für Maiga, die schon immer ziemlich gelenkig gewesen war, ausnahmsweise mal nicht wirklich unangenehm. Das änderte sich erst, als Egbert die immer noch sehr langen Reste des Seiles verarbeitete. Die beiden rückwärtigen Teile des Brustharnischs waren inzwischen entlang der Wirbelsäule eng zusammen gefasst. Egbert führte die Seilenden erneut unter dieser Stelle her. Nur führte er sie diesmal nicht zurück zu den Handgelenken, sondern zu den Ellenbogen. Mit einigen schnell gelegten Windungen an den Oberarmen zog er Maigas Ellenbogen komplett zusammen. Ihre Unterarme lagen jetzt eng aneinander und die Ellenbogen waren in etwa um neunzig Grad angewinkelt. Um dem Druck der dadurch entstand nachgeben zu können, musste Maiga ihre Brust weit herausstrecken.

Egbert trat einen Schritt zurück und betrachtete die Fesselung mit einem zufriedenen Blick. Wieder schaltete er die Kameras ein und überließ Maiga sich selber.

Die dritte und letzte Runde begann damit, dass er Maiga bäuchlings auf den Boden legte und ihre Füße über kreuz fesselte. Danach drückte er Maiga Fersen gegen ihren Po und nutzte die beiden langen Enden des Seiles dazu, die

Oberschenkel und ihre zugehörigen Unterschenkel miteinander zu verbinden. Dadurch war die Bewegung der Beine auf ein absolutes Minimum beschränkt. Maiga war jetzt nur noch in der Lage die Beine zu öffnen und zu schließen. Mehr ging nicht mehr. Und wieder einmal merkte sie, wie ihre Blutzirkulation eingeschränkt war. Warum Egbert so dämlich gewesen war, ihr eine Seilwindung in die Kniebeuge zu legen und dann die Oberschenkel-Unterschenkelfesselung zu machen, konnte sie nicht verstehen. Jedenfalls drückte dieses Seil ganz erheblich an der falschen Stelle. Sie bewegte die Füße, um wenigsten den Moment mitzubekommen, an dem die Zirkulation kurz vor dem Erliegen sein würde. Das wäre dann der Moment, in dem sie das Sprechverbot würde brechen müssen. Sie hoffte, dass der Bondagedilettant Egbert darauf vernünftig reagieren würde.

Den Abschluss bildete die Fesselung, die Maiga ins Hohlkreuz zwingen würde. Dafür begann er mit der Seilmitte an der Schlaufe, die er ganz am Anfang an Maiga Nacken gelegt hatte. Von dort zog er die Seilenden an die Fesselung der Fußgelenke und wieder zurück zum Nacken. Als er das Seil jetzt anzog, konnte er beobachten, wie sich Füße und Nacken langsam immer mehr näherten und er konnte noch mehr beobachten: Automatisch musste er grinsen, als er bemerkte, dass er durch die Fesselung der Arme eine Blockade geschaffen hatte, die ein Anziehen des Hogtie, wie er es eigentlich vor gehabt hatte, unmöglich machte. Also ließ er es bei einem Mittelding. Noch immer kopfschüttelnd zog er die Seile erneut durch die Fußgelenkfesselung und dann zu einer Öse an der Kopfhaube. Dadurch konnte er wenigstens noch erreichen, dass Maiga ihren Kopf schön hoch hielt. Für die Filmaufnahmen von der Seite war das ziemlich wichtig, weil dadurch das nicht so stark ausgeprägte Hohlkreuz nicht so sehr auffiel.

Die danach fälligen Filmaufnahmen dauerten etwas länger, weil er eine Kamera auf Bodenniveau neu justieren musste. Letztlich stellte sich das für ihn als Glück heraus, weil sich sein Opfer in der über die Zeit rapide unangenehmer werdenden Fesselung immer stärker bewegte.

Als Maiga endlich wieder in ihrem Zimmer auf dem Bett lag, hatte sie zwischen denn Ellenbogen wieder die kurze Kette. Ansonsten trug sie außer der Haube und der Halsbandkette nichts mehr. Warum kam Bert nicht endlich? Egbert würde es mit seinen amateurhaften Bondagekenntnissen noch schaffen, sie ernsthaft zu verletzen.

Franziska

„Hallo Bert. Hier ist Franziska."

„Hallo Franziska. Was gibt's?"

Obwohl er beim Annehmen des Anrufes nicht wusste, wer am anderen Ende der Leitung war – die Nummer war unterdrückt – wusste er genau, dass er auf den Punkt richtig reagiert hatte. Genau die richtige Mischung aus Überraschung und Interesse. Immerhin war das der erste Anruf überhaupt, den er von Franziska jemals bekommen hatte.

„Franz ist tot. Das gibt's."

„Oh Gott. Wie ist das denn passiert? Mein Beileid", antwortete er nach einer gut getimten Überraschungssekunde.

„Das kannst du dir ruhig sparen. Der war doch gestern noch bei dir. Er wollte irgend so eine krumme Sache gerade biegen, wenn ich mich nicht irre."

Die Freude darüber, dass es Franz tatsächlich erwischt hatte, ging so schnell, wie sie gekommen war. Denn jetzt musste Bert sich ohne erkennbare Verzögerung darauf festlegen, ob Franz gestern tatsächlich bei ihm war oder nicht.

„Klar. Er war gestern noch bei mir. Aber das war eigentlich mehr ein spontaner Besuch. Ich weiß nicht was du mit ‚krumme Sache' meinst. Ist aber auch egal. Franz ist tot. Das ist eine schlimme Nachricht. Was ist denn passiert?"

„Das frage ich dich, Bert. Franz hatte viel getrunken und dann die Kontrolle über das Auto verloren. Patsch gegen einen Baum und das war es dann. Das ist passiert."

„Was?" Er hoffte, dass seine Stimme ungläubig klang. „Wie kann er nur? Ich meine, wo hat er denn... Moment. Du bist doch jetzt hoffentlich nicht der Meinung, dass wir zusammen was getrunken haben und ich ihn dann mit deinem neuen Auto weggelassen habe?"

„Natürlich meine ich das!" schrie Franziska mit plötzlich hysterischer Stimme ins Telefon. „Was denn sonst? Ihr habt gesoffen, euch über eure miesen kleinen Spielchen unterhalten und Franz ist dann besoffen ins Auto gestiegen! Genau so ist es gestern passiert!"

„Mensch, Franziska", versuchte Bert sie zu beruhigen. „Du bist jetzt natürlich komplett durch den Wind. Kann ich dir irgendwie helfen?"

„Du verdammtes Arschloch hättest mir helfen können, indem du Franz nie kennengelernt hättest! Du und deine windigen Kumpanen!" Bevor Bert etwas antworten konnte, unterbrach sie das Gespräch.

‚Verdammter Mist', war alles, was Bert in den nächsten Minuten durch den Kopf ging. Die ganze Angelegenheit würde jetzt in jedem Fall richtig kompliziert. Er zweifelte keine Sekunde daran, dass Franziska der Polizei von der Spur zu ihm erzählt hatte. Also würden die beiden Kommissare mit Sicherheit ziemlich schnell wieder vor seiner Türe stehen. Was konnte er tun?

Bevor in ihm der Plan ‚Koffer packen und abhauen' richtig reifen konnte, sah er schon, wie die beiden Kommissare auf sein Haus zu gingen. Verdammter Stress. Andererseits: Er war Spieler. Er konnte mit Stress umgehen.

Bevor die beiden nach ein paar belanglosen Begrüßungsformeln zur Sache kommen konnten, übernahm er die Leitung des Gespräches.

„Ich nehme an, Sie sind wegen meines Skatfreundes Franz Müller hier. Seine Frau hat mich eben angerufen und die schreckliche Nachricht überbracht. Ich bin noch ganz geschockt. Immer schlimm, wenn jemand so plötzlich aus dem Leben scheidet. Ein Autounfall sagte sie. Noch dazu betrunken. Ich bin fassungslos."

Jetzt war der Moment für betroffenes Schweigen gekommen. Und in jedem Fall warten, bis einer der beiden etwas sagen würde. Er beobachtete, wie die Kommissarin ihrem Kollegen einen Blick zuwarf.

„Hatten Sie denn noch Kontakt zu Herrn Müller?" wollte sie dann wissen.

„Sie meinen, nachdem Sie ihn wegen meines Alibis befragt hatten?"

Statt einer Antwort schaute die Kommissarin ihn einfach nur aufmunternd nickend an.

„Ja. In der Tat. Das habe ich eben auch Franziska, also seiner Frau, gesagt. Franz war gestern kurz bei mir. Einfach mal ein kurzer Besuch unter Kumpels."

„Wann genau war das? Ich frag nur, weil die Kollegen bei einem Unfall mit Todesfolge immer recherchieren, was das Opfer vor seinem Tod gemacht hat."

„Ja. Klar. Aber ich hoffe, Sie haben Verständnis, wenn ich bei seinem Besuch nicht auf die Uhr geschaut habe. Jedenfalls war er nachmittags da. So zwischen 2 Uhr und 4 Uhr würde ich sagen."

„Weshalb, sagten Sie hatte er Sie besucht?"

„Einfach so. Er kam bei mir einfach so vorbei."

„Einfach so", wiederholte die Kommissarin, wobei Bert eine Spur Ungläubigkeit in ihrer Stimme schwingen hörte.

„Ja. Einfach so." Er merkte sofort, dass er damit nicht durch kam. Obwohl es doch wirklich so hätte sein können. Deshalb entschloss er sich blitzschnell, seine Linie ein wenig zu verlassen.

„Okay. Er war nicht einfach so bei mir. Er hatte mal wieder Stress mit seiner Frau. Wegen unserem Wochenende. Sie mag das nicht. Nur... Ich dachte, jetzt, wo er tot ist und Franziska verständlicherweise sehr aufgewühlt ist, wollte ich nicht noch mehr Öl ins Feuer gießen. Sorry. Ich glaube, ich habe das auch noch nicht so richtig verdaut. Franziska hat ja erst kurz bevor Sie gekommen sind, bei mir angerufen. Ich weiß es also auch erst seit ein paar Minuten."

Er wischte sich kurz durchs Gesicht. Eine Geste, mit der er beim Pokern schon oft unerfahrene Spieler irritiert und in falscher Sicherheit gewogen hatte. Tatsächlich fielen die beiden Kommissare ebenfalls darauf herein. Nach ein paar belanglosen Fragen in die Richtung, ob er wisse, wo Franz Müller danach noch hingefahren sei, räumten die beiden das Feld und ließen Bert hochzufrieden zurück. Es war einfach ein tolles Gefühl, wenn man den Plan so gekonnt variieren konnte, wie er das gerade gemacht hatte. Mit einem Schlag war er den Stress wieder los. Nix Koffer packen. Einfach hier bleiben und in Ruhe zuschauen, wie alles seinen Weg ging. Bloß nichts überstürzen.

Wenn Bert den beiden Kommissaren im Auto hätte zuhören können, hätte seine euphorische Stimmung einen schweren Dämpfer bekommen.
„Übrigens Respekt, Jasmin", meinte Rednich zu seiner Kollegin. „Du hast super auf die Neuigkeit reagiert. Ich glaube nicht, dass er gemerkt hat, dass wir von Müller's Ableben noch gar nichts wussten."
„Danke. Manchmal hat frau eben auch mal ihre genialen Momente. Du übrigens auch. Und damit können wir die Selbstbeweihräucherung erstmal abschließen. Sonst noch was?"
„Was soll sonst sein? Er wollte gar nicht wissen, wie weit wir mit der Suche nach seiner Frau gekommen sind. Ich finde, dass er das mit dem plötzlichen Tod seines gescheiterten Alibis nicht ausreichend erklären kann."
„Das sind die Momente, in denen ich froh bin, genau dich als Partner zu haben.", meinte Smidt grinsend, während sie hier Handy herauszog. Kurz darauf hatte sie sich mit den Unfallermittlern darauf geeinigt, dass sie mit Rednich alleine zu der Witwe fahren würde.
„Dieser Schorla wird mir immer unsympathischer", teilte sie mehr sich, als ihrem Partner mit. „Wenn ich bedenke, dass wir das Verschwinden seiner Frau mangels Anhaltspunkte für ein Verbrechen und wegen der neuen Leiche eigentlich auf kleiner Flamme kochen wollten… Bin gespannt, wie sich die Version von Frau Müller anhört."

„Es fing alles vor zwei Jahren an. Mein Mann kam vollkommen überdreht nach Hause, wollte mir aber nicht erzählen, weshalb er so war", erklärte Franziska Müller den beiden Kommissaren wenig später.

„Natürlich war ich direkt alarmiert. Mein Mann war wirklich ein lieber Kerl. Aber er war auch sehr einfach an der Nase herumzuführen. Und tatsächlich blieb er dann immer öfter über Nacht weg. Skatabende nannte er das. Mal hier, mal bei seinen Skatkumpels. Ziemlich bald fast nur noch bei seinen Kumpels."

„Und? Was hat er dazu gesagt? Warum kamen seine Kumpels nicht mehr hier hin?"

„Der Verlierer war immer der nächste Gastgeber, hat er mir erzählt. Männer haben manchmal seltsame Ideen."

„Hat sich denn herausgestellt warum Ihr Mann vor zwei Jahren so aufgedreht war? Ist das danach noch öfter vorgekommen?"

„Ist es. Das letzte Mal letztes Wochenende, als sie wieder mit dem Wohnmobil los sind. Eigentlich war er sogar schon vorher ziemlich aufgekratzt. Sie hatten mich ja gestern danach gefragt, ob mein Mann mit seinen Freunden, insbesondere mit Bert unterwegs gewesen ist. Ich hab Ihnen gesagt, dass sie am Samstag los sind. Was ich Ihnen nicht gesagt habe, weil mir das in dem Moment nicht wichtig war, ist, dass die diese komischen Wohnmobilwochenenden eigentlich immer freitags begonnen haben. Und außerdem hat mir Franz bisher zumindest immer gesagt, wann so ein Wochenende anstand. Diesmal war alles vollständig ansatzlos. Da war garantiert etwas oberfaul."

Franziska Müller schaute die Kommissarin einen Moment lang traurig an. Dann gab sie sich einen Ruck.

„Denken Sie bitte nicht schlecht von meinem Mann. Er war eigentlich ein ganz Lieber. Natürlich habe ich eine Idee, was er in Wirklichkeit gemacht hat. Bitte versuchen Sie es nicht öffentlich zu machen. Ich könnte die mitleidigen Blicke der Nachbarn nicht ertragen."

Sie zeigte auf ein Notebook, das neben dem Sofa auf einem Beistelltisch lag.

„Er hatte mal versehentlich das Teil da angelassen. Ich konnte nicht anders und habe einen kurzen Blick drauf geworfen. Widerlich. Oder um es neutral zu sagen: Meine Welt ist es nicht. Keine Ahnung, ob die Frauen das wirklich freiwillig machen. Keine Ahnung, ob das strafbar ist, was ich da gesehen habe. Nehmen Sie ihn einfach mit. Sie werden sicherlich Experten habe, die das Passwort knacken können."

„Pornographie?" wollte die Kommissarin wissen.

„Bondage nennt sich das wohl. Aber ziemlich heftig, wie ich finde. Mehr kann ich Ihnen dazu nicht sagen, weil ich das Notebook ziemlich schnell wieder zugeklappt hatte. Nehmen Sie es einfach mit und machen Sie sich ihr eigenes Bild. Ich persönlich glaube, die einzigen Skatabende, an denen die Skat gespielt haben, waren die bei uns."

„Haben Sie ihn damals denn zur Rede gestellt?"

„Nein. Nach meinen Wertmaßstäben, steckte ich in einer Zwickmühle. Ich hätte nicht in sein Notebook schauen dürfen. Das war ein Vertrauensbruch. Also habe ich darauf gewartet, dass ich eine andere Gelegenheit bekam. Und ehrlich gesagt hatte ich auch Angst vor dem, was kommen würde, wenn ich ihn darauf angesprochen hätte. Also wegen Scheidung und so. Deshalb hatte ich mich ein bisschen in dem Warten auf die Gelegenheit eingeigelt."

„Und?" hakte die Kommissarin nach. „Sie haben die Gelegenheit, als sie sich bot verstreichen lassen?"

„Wahrscheinlich ja. So genau hab ich das gar nicht gemerkt. Mir wird das erst jetzt so langsam klar. Ich habe ihm gestern gesagt, dass ich Ihnen gegenüber die Wohnmobiltour bestätigt habe. Als er mich dann gefragt hat, ob ich auch den Tag der Abreise genannt habe, wurde er auf einmal ziemlich nervös. Er hat sich dann ziemlich schnell ins Auto gesetzt und ist zu Bert gefahren. Übrigens mein neues Auto. Hatte er mir gerade ein paar Minuten vorher geschenkt. Scheinbar wollte er mich damit irgendwie wieder ruhig stimmen. Wie die Fahrt geendet hat, das wissen Sie ja."

Hohlkreuz

Diesmal hatte er den Hogtie so vorbereitet, dass er Maiga problemlos ins Hohlkreuz zwingen konnte. Der gleiche Fehler, wie am Vortag würde ihm kein zweites Mal passieren. Ihre ausgestreckten Unterarme lagen eng aneinander. Mit den Händen reichte sie bis zu ihrem Po. Die Beine waren leicht gespreizt. Wie beim letzen Mal hatte er die Oberschenkel und Unterschenkel fest miteinander verbunden. Damit lagen die Fersen links und rechts der Hände.

Als er jetzt das Seil zwischen den Fußfesseln und der Nackenschlaufe spannte, rutschten Maiga Hände noch weiter nach hinten und ihr Rücken krümmte sich langsam. Das war genau das Bild, das er sehen wollte. Das Stöhnen, das der Knebel dämpfte, hatte er so erwartet. Für ihn war es nur eine Bestätigung. Gut, dass er ihr das Teil angelegt hatte. So wirkte sie insgesamt viel authentischer.

Mit dem nächsten Schritt vollendete er sein Kunstwerk. Dafür zog er ein Seil durch die Fußfesselung, von dort weiter durch die Nackenschlaufe und dann durch einen Haken, der über Maiga angebracht war. Nachdem er die beiden Enden des Seiles verknotet hatte, hing das Seil frei verschiebbar in Dreiecksform von dem Haken herab. Jetzt musste er nur noch die Winde betätigen und damit den Haken langsam nach oben ziehen. Vor laufenden Kameras hoben sich bei jeder Drehung der Winde, Beine und Nacken ein Stück weiter nach oben, bis Maiga schließlich nur noch mit einem letzen Rest des Bauches Bodenkontakt hatte. In dieser Stellung blockierte er die Winde.

Außer Stöhnen kam von Maiga nicht viel. Das letzte Körperteil, das noch über ausreichende Bewegungsfreiheit verfügte, war ihr Kopf, den sie immer wieder zur Brust und in den Nacken brachte. Er konnte sich für die Filme nichts Besseres wünschen.

Nach einiger Zeit nahm er Maiga auch diese letzte Möglichkeit, indem er die Haube über eine ihrer Ösen mit der Fußfesselung verband. Damit verlängerte ihr Kopf den wunderbaren Bogen, den der Rest ihres Körpers bildete.

Von Maiga wurde es mit lauterem Stöhnen und hilflosen Versuchen ihre Fesseln durch Zappeln und Zucken zu lösen, begleitet.

Egbert konnte sein Glück nicht fassen. Die Aufnahmen würden, wenn sie erst einmal bekannt würden, massenweise Klicks bringen.

Als er auch davon ausreichend Filmmaterial hatte, zog er Maiga noch höher. Jetzt hing ihr gesamter Körper an den Seilen. Hatte sie vorher noch gedacht, dass es schlimmer nicht mehr kommen konnte, wurde sie jetzt eines besseren belehrt. Mit aller Selbstbeherrschung, die ihr noch geblieben war, konzentrierte sie sich darauf, eine Muskelspannung zu finden, bei der sie am wenigsten Sorge um ihre Wirbelsäule hatte. All ihre Gedanken waren nur auf ihre Muskeln konzentriert. Darüber, dass Egbert ein dilettantischer Vollidiot war, konnte sie sich später noch genügend aufregen.

Nachdem Egbert die jetzt gar nicht mehr so zappelige Maiga ein paar Minuten gefilmt hatte, gab er ihr einen kleinen Schubs und filmte sie dann, während sie sich langsam in die eine und dann in die andere Richtung drehte.

Erst danach ließ er Maiga wieder runter, löste die Bondage und kettete ihre Ellenbogen hinter ihrem Rücken zusammen. Ohne abzuwarten, was als nächstes kommen würde, zog Maiga vorsichtig die Beine an und machte – soweit es ihre Armfesseln zuließen - einen Katzenbuckel. Als Egbert das sah, ließ er Maiga einfach auf dem Boden liegen. Seine Frau konnte sich später drum kümmern. Für den Moment sollte Maiga ruhig ein bisschen Gymnastik machen. Er selber hatte ohnehin viel mehr Lust dazu, die Filme zu sichten.

„Hallo Maiga, ich bin's. Carmen. Egbert meinte, er ist zufrieden mit dem Filmmaterial. Du musst also keine zweite Runde in Sachen ‚Hogtie' einlegen. Ist doch eine gute Nachricht, oder?"

Maiga stöhnte kurz in den Knebel.

„Upps. Hat Egbert doch tatsächlich vergessen, dir den Knebel rauszunehmen. Dann will ich das mal nachholen.

Für dich macht das zwar in punkto ‚Reden' keinen Unterschied, aber für deinen Kiefer ist es natürlich angenehmer. Am Besten, du stehst jetzt mal auf."

Nachdem Carmen ihr den Knebel herausgenommen hatte, führte sie Maiga ins Bad und gönnte ihr eine außerplanmäßige Duscheinheit. „Wir sind ja keine Unmenschen", hatte sie als Begründung für diese unerwartete Wohltat genannt. Im Gegensatz zu Egbert, der sich stets bemühte, einen jovialen Eindruck zu machen, konnte Maiga in Carmens Stimme nichts als Gefühlskälte hören.

War Carmen deshalb gefährlicher? Nein. Bestimmt nicht. Beide waren gefährlich. Egbert gelang es nur besser, dies hinter seiner jovialen Fassade zu verstecken. Alleine die Bondagesessions bei ihm waren Gefahr genug. Insofern war eigentlich sogar Egbert der wirklich Gefährliche der beiden. Carmen hatte bisher immer nur im Hintergrund gearbeitet. Sie hatte Maiga noch keine Schmerzen zugefügt. Und schließlich war es ja jetzt auch Carmen, die diese außerplanmäßige Duscheinheit eingeschoben hatte. Maiga schloss die Augen und genoss das warme Wasser, das auf ihre geschundenen Muskeln prasselte. Eigentlich verrückt, ging es ihr durch den Kopf. Jetzt wo sie mal ausnahmsweise keine Haube trug, schloss sie die Augen freiwillig.

Hottel

„Hi", war alles, was er zur Begrüßung sagte, als er in das Büro der beiden Kommissare schlurfte.

„Hallo Hottel", begrüßte ihn die Kommissarin, „hast du was gefunden?"

„Jepp. Die unterhalten so eine Art Privatpornoseite. Hat ein bisschen gedauert, bis ich den Zugang gefunden habe. Aber… Naja. Jetzt hab' ich ihn. Wollt ihr mal einen Blick drauf werfen?"

Ohne auf die Antwort der Kommissare zu warten, stellte er den Laptop, den sie bei Müller sichergestellt hatten, auf den Schreibtisch und wischte einmal über das Mauspad, um ihn wieder zum Leben zu erwecken.

„Die stellen da alle immer wieder Clips rein. Teilweise sehen die mir so aus, als ob die einfach nur aus den bekannten Plattformen und so zusammenkopiert sind. Manche sind aber scheinbar echte Unikate. Und da wird es dann auch schon interessant. Seit Frau Schorla nämlich verschwunden ist, gibt es hier eine neue kleine Serie."

Er klickte auf eines der Videos und die beiden Kommissare sahen eine maskierte, gefesselte Frau, der es scheinbar gar nicht gefiel, dass ihr Rücken durch die Fesseln in ein starkes Hohlkreuz gezwungen war.

„Das ist eins der Videos", erklärte Hottel in seiner typischen entspannten Stimmlage. „Sehr originell: Man hat die Frau ‚Die Maskierte' genannt."

„Und?" wollte die Kommissarin wissen. „Ist das unsere Gesuchte?"

„Bin mir nicht sicher. Ihr seltsamer Ehemann war ja nicht besonders ergiebig bei der Beschreibung seiner Frau. Sei denn, ihr habt mir irgendein Detail vorenthalten."

„Haben wir natürlich nicht", erklärte ihm die Kommissarin schmunzelnd. Sie wusste, dass Hottel irgendetwas in Petto hatte. Und sie wusste auch, dass Hottel alle Informationen bekommen und durchsucht hatte.

„Hier: Schaut mal auf ihren Rücken. Also über dem Hintern."

„Sieht aus wie ein Tattoo, das da noch so gerade unter den Seilen hervorschaut", stellte die Kommissarin fest.

„Richtig. Die gute Frau hat ein Arschgeweih. Und zwar ein ziemlich großes. Das geht ja fast schon bis zur Seite durch."

„Also ist es nicht unsere Gesuchte", stellte der Kommissar, der der kurzen Vorführung ebenfalls interessiert gefolgt war, resigniert fest.

„Nur die Ruhe Günther", meinte Hottel. „Ich bin noch nicht durch. Mich hat natürlich interessiert, ob auf die Schnelle etwas über die Nutzer zu finden ist."

Die beiden Kommissare schauten ihn erwartungsvoll an.

„Also. Ihr kennt das ja von den großen Seiten. Die Nutzer können sich meistens mit irgendwelchen sinnvollen oder sinnfreien Beiträgen verewigen. So auch hier bei der Maskierten. Die Typen machen tatsächlich Vorschläge, was man mit den Opfern alles machen kann. Echt krank. Vor allem, weil man in späteren Videos sieht, dass darauf eingegangen wird. Also habe ich mal bei den anderen Serien nachgeschaut, die vor dem Verschwinden von Frau Schorla schon voll im Gange waren. Und was habe ich da gesehen?"

Ohne auf eine Antwort der Kommissare zu warten, fuhr er fort: „Den flotten Berti habe ich gefunden."

„Aha? Was sagt uns das?"

„Sehr viel. Der flotte Berti hat nämlich überall seinen Senf abgesondert. Egal was für ein Video. Der flotte Berti hatte was zu sagen. Nur bei der Maskierten. Bei der ist er schweigsam. Kein einziger Beitrag."

„Du meinst, dass das Bert Schorla ist? Nur wegen ‚Berti'?"

„Jepp. Das meine ich. Mein Tipp wäre, dass er sehr genau weiß, was mit seiner Frau gerade passiert. Er will es euch nur aus irgendeinem Grund nicht sagen."

„Nicht, dass wir den nicht auch schon auf dem Kicker hätten, aber das hier finde ich jetzt echt noch nicht zwingend", gab der Kommissar zu bedenken. „Das wird schwie-

rig ihn damit so weit zu bekommen, dass er uns erzählt, was da passiert. Wenn er auf Draht ist, dann fällt er uns erst vor lauter Freude um den Hals und verlangt dann von uns, seine Frau sofort zu befreien. Wir müssen ihm schon nachweisen können, dass er die Seiten kennt."
„Okay. Hab ich mir gedacht", meinte Hottel, nachdem er einmal tief eingeatmet hatte. „Ist aber nicht so, dass ich nicht noch eine Kleinigkeit gefunden hätte. In einem der Chats zu der Maskierten wird der ‚flotte Berti' von einem gewissen ‚Chef im Ring' immer wieder aufgefordert doch auch mal was zu sagen. Insbesondere der Kommentar hier", Hottel scrollte ein Stück herunter, „ist schon ziemlich direkt. Lest selber."

„Hey flotter berti! Ich wette, du hast sie so noch nie gesehen. Geil oder? Zu dumm, dass du jetzt nur noch gucken kannst."

„Okay. Ist natürlich immer noch dünn, also zumindest rein formal, aber ich denke wir sind mehr als sicher wer der flotte Berti ist", meinte die Kommissarin zu Hottel. „Aber egal, ob er das ist oder nicht. Du hast aller höchstwahrscheinlich seine Frau gefunden."
„Seh ich auch so."
„Dann fühlen wir dem flotten Berti mal auf den Zahn. Zumindest, wenn es tatsächlich Schorla ist. Ich denke mal, wir bekommen ihn über das Tattoo am Rücken."
„Was versprichst du dir davon Jasmin?" wollte der Kommissar wissen. „Wenn er es ist, dann zeigen wir ihm nur, dass wir die Seite geknackt haben. Damit geben wir denen Zeit, um Frau Schorla in Ruhe verschwinden zu lassen. Wenn er es nicht ist, dann wird es schnell peinlich."
Die Kommissarin schaute einen Moment lang auf den Laptop und das dort laufende Video der Maskierten. Schließlich nickte sie. „Du hast recht. Solange die noch nicht wissen, was wir wissen, ist es besser so."
Sie stockte und schaute dann Hottel an.

„Bekommen die eigentlich nicht mit, dass du mit dem Rechner von Müller eingeloggt bist?"

„Naja. Sicher ist das natürlich nicht. Aber ich denke mal, dass es nicht auffällt. Ich bin den einen oder anderen Umweg gegangen. Jedenfalls steht da jetzt nicht, dass ‚Grand Hand' eingeloggt ist. Wäre ja ein bisschen blöd. Schließlich ist Grand Hand ja tot."

„Grand Hand?"

„So hat sich Skatfreund Müller genannt. Irgendwie alles ziemlich einfach gestrickt. Entweder die sind dämlich oder die glauben, dass ihre kleine Privatseite so sicher wie Fort Knox ist. Wahrscheinlich irgendso eine Mischung aus beidem."

„Und jetzt? Wo finden wir den Rechner, von dem aus das alles reingestellt wird?"

„Tja", grinste Hottel, „ich hab ihn mal angepingt. Man weiß ja nie."

„Was hast du?" wollte Rednich wissen.

„Angepingt. Die IP-Adresse ausgelesen. Das is nix besonderes. Ohne die IP würde dieser Rechner hier", zur Verdeutlichung tätschelte er den Laptop, „niemals auf die Domain von diesen Porno-Typen kommen. Damit habe ich jetzt aber auch den Provider, bei dem die diese Seite eingerichtet haben. Bei dem hab ich eben mal angefragt, wer die Webseite bei ihm angemeldet hat. Immer schön, wenn man die Polizei ist. Ich denke, dass ich sehr bald die Info bekomme, die der Provider hat. Muss natürlich nicht die echte Adresse sein. Das heißt also noch lange nicht, dass ihr eure Pferde satteln und die Prinzessin mit gezogenem Schwert im stürmischen Galopp befreien könnt. Aber ist schon mal ein ganz guter Schritt."

Nicht zum ersten Mal warf Rednich sich vor, so wenig über Computer und den ganzen Kram zu wissen.

Lachen!

„Wir machen heute noch eine zweite Session, Maiga", eröffnete Egbert ihr unerwartet.

Da Carmen ihr nach der Dusche wieder einen Haube über den Kopf gezogen hatte, die nur den Mund und die Nasenspitze frei ließ und da sie noch immer Sprechverbot hatte, konnte Maiga sich nur überraschen lassen. Inzwischen war sie schon so häufig ohne Augenlicht durch Egberts Haus geführt worden, dass ihr schnell auffiel, dass er sie diesmal nicht in den Raum brachte, in dem er die bisherigen Bondagesessions gemacht hatte. Diesmal wurde sie in einen neuen Raum geführt.

Dort drückte Egbert sie auf einen Sitz, löste die Ellenbogenfesseln, drückte sie nach hinten an eine weiche, komfortable Lehne und befestigte ihre komplett zur Seite ausgestreckten Arme an den Handgelenken. Bevor sie überlegen konnte, ob er sie jetzt an einem Kreuz mit Komfortsitz befestigt hatte, hob er ihre Beine hoch und legte sie leicht gespreizt in zwei kleine Mulden. Einen kleinen Moment später hörte sie das Einrasten eines Schlosses. Ihr vorsichtiger Test, die Beine ein Stück anzuheben, brachte ihr die Gewissheit, dass sie auf Höhe der Knöchel gefesselt war. Allerdings mal ausnahmsweise nicht mit unprofessionell gelegten Seilen.

„Ganz recht Maiga. Deine Füße stecken in einem mittelalterlichen Pranger. Du weißt schon. Diese Dinger aus grobem Holz, die normalerweise eine Aussparung für den Hals und zwei Aussparungen für die Handgelenke haben. Bei dem hier gibt es nur die Aussparungen für die Füße. Ehrlich gesagt, weiß ich gar nicht, ob das Teil dann einen anderen Namen hat."

Fußstock heißt das, ging es Maiga durch den Kopf. Dieser Vollpfosten wusste noch nicht einmal, wie die Teile heißen, die er benutzte. Trotz ihrer Lage fühlte sie sich dadurch ein stückweit überlegen.

„Dürfte dir allerdings ziemlich egal sein", fuhr Egbert mit seinen Ausführungen unbekümmert fort. „Mit dem Fesseln bin ich jetzt gleich übrigens auch schon fertig. Einen kleinen Moment Geduld noch."

Er legte mit einer dünnen Schnur eine Schlaufe um ihren Dicken Zeh und befestigte ihn an dem Fußstock. Nachdem er das Gleiche auch am anderen Fuß gemacht hatte, war Maiga der größte Teil der Bewegungsfreiheit ihrer Füße genommen.

Maiga hoffte, dass er jetzt nicht anfangen würde mit irgendeinem Stock auf ihren Fußsohlen herum zu kloppen. Sie war sich sicher, das nicht aushalten zu können.

Umso überraschender kam dann die zarte kitzelige Berührung, die sie an den Fußsohlen spürte. Er hatte tatsächlich angefangen, sie mit einer Feder zu kitzeln. Natürlich versuchte sie automatisch ihre Füße wegzudrehen. Dabei wurde ihr die Fesselung ihrer Zehen schmerzhaft bewusst.

„Du darfst ruhig lachen, Maiga. Heute ist einfach mal ein bisschen Spaß angesagt."

Nach der anfänglichen Angst, er könnte sie schlagen, war Maiga so erleichtert, dass sie ihm den Gefallen fast getan hätte. Sie hielt sich dann aber doch zurück und beschloss es mit der Feder an ihrer Fußsohle aufzunehmen. Sie konzentrierte sich vollkommen auf ihre Fußsohlen. Sie würde es schaffen, ihm zu widerstehen. Ihre Füße würden sich keinen Millimeter bewegen.

Eine Zeitlang klappte das sogar. Sie merkte, dass sie es wirklich kontrollieren konnte. Innerlich jubelte sie schon fast. Sie war Egbert und seinen dämlichen Ideen überlegen. Er verlor seine Macht über sie. Dann allerdings wurde sie vollkommen unerwartet unter ihren Achseln und an den Körperseiten gekitzelt. Binnen Sekundenbruchteilen brach ihre gesamte Konzentration zusammen. Egbert konnte nach belieben jeden ihrer Körperteile angreifen. Sie hatte nicht die geringste Chance, dem zu widerstehen.

„Na, Maiga? Hast du es jetzt verstanden? Natürlich bekommst du gleich noch einen Preis für deinen heroischen Widerstand. Jetzt aber rate ich dir, zu kooperieren. Also noch mal: Heute ist ein lustiger Tag. Du wirst gekitzelt und du wirst es lustig finden und viel lachen. Du darfst sogar unter dem Lachen um Gnade flehen. Ist das jetzt soweit verstanden?"

Hatte sie sich wegen dem bisschen Widerstand tatsächlich eine Strafe eingehandelt? Sie konnte sich kaum vorstellen, dass er mit ‚Preis' etwas anderes meinte.

Weiter kam sie in ihren Gedanken nicht mehr. Die Kitzelattacke auf ihre Fußsohlen hatte begonnen. Sie wand sich mit ihrem gesamten Körper, um irgendwie damit klar zu kommen und irgendwann war sie so sehr von den Reizen gefangen, dass sie unfreiwillig genau das machte, was Egbert von ihr verlangte. Sie lachte, quiekte und winselte um Gnade.

Erst, als ihr gesamter Körper über und über mit Schweiß bedeckt war, ließ Egbert sie in Ruhe. Da sie noch eine Zeit in der Fesselung verbringen sollte, legte er eine Decke über Maiga. Er hatte keine Lust auf irgendeine Erkältung. Der Schweiß sollte in Ruhe trocknen. Danach konnte Carmen kommen und ihr den versprochenen Preis verleihen.

Trotz der Fesselung war Maiga eingeschlafen, als Carmen in den Raum kam. Carmen rieb Maigas Oberkörper mit einem feuchten Tuch ab und rubbelte sie dann mit einem Handtuch trocken.

„Egbert hat mir aufgetragen, dir einen Preis für Standhaftigkeit gegen Kitzelattacken zu verleihen. Hast du schon eine Idee? Kopfschütteln oder Nicken reicht."

Maiga zuckte mit den Schultern. Natürlich hatte sie keine Idee. Irgendetwas Unangenehmes mit Sicherheit. Aber was? Sie würde es ohnehin gleich erfahren.

Während Carmen an Maiga Brust herumwerkelte erklärte sie ihr, dass sie jetzt Piercings in ihre Brustwarzen bekommen würde.

„Nein!!!"

„Keine Angst, ich bin ausgebildete Piercerin und Tätowiererin. Ich weiß also sehr genau, was ich tue. Du bist in guten Händen."

„Nein, Bitte nicht. Bondage ja. Die macht mir nichts aus. Aber bitte mach das nicht."

„Na, seit wann darfst du denn sprechen? Ich kann dir nur empfehlen, damit sofort wieder aufzuhören." Carmen griff nach einem Mundspreizer, setzte ihn ohne Rücksichtnahme ein und arretierte ihn.

„So einen Mist kannst du dir wirklich sparen. Eigentlich hatte ich gedacht, dass du das inzwischen gelernt hast."

Zehn Minuten später waren ihre Brustwarzen mit Ringen geschmückt. Unnötigerweise hatte Carmen sie noch darüber aufgeklärt, dass die Ringe ‚mal gerade' eine Materialstärke von einem Millimeter hatten. Maiga interessierte das nicht. Maiga taten die beiden Löcher, die Carmen in ihren Körper gestochen hatte, einfach nur weh.

Am Ende dieses ‚wunderbaren lustigen Tages', ging es Maiga sarkastisch durch den Kopf, sitze ich noch immer unbeweglich auf der Folterbank. Jeder einzelne Muskel in meinen Armen zieht, weil die noch immer gespreizt angebunden sind, meine Füße hängen in einem mittelalterlichen Folterinstrument, mein Kiefer wird durch einen Spreizer offen gehalten und meine Brustwarzen sind frisch gepierct. Ich muss aufpassen, nicht wahnsinnig zu werden. Ich muss nur noch auf Bert und Maggie warten. Die stehen vielleicht sogar schon vor der Türe. Begleitet von Polizisten im Kampfanzug, die laut brüllend das Haus stürmen werden und im Handumdrehen Egbert und Carmen auf den Boden werfen und fixieren. Ohne, dass sie es merkte ging ein Lächeln über ihr Gesicht, das Carmen wegen des Mundspreizers allerdings nicht wahrnehmen konnte.

Endlich löste Carmen Maigas Arme und kettete sie, wie immer an den Ellenbogen hinter ihrem Rücken zusammen. Danach öffnete sie den Fußstock und brachte Maiga in ihr Zimmer zurück, wo sie ihr auch den Mundspreizer abnahm.

„Du bist für heute noch nicht fertig. Egbert will noch kurz etwas ausprobieren. Genieß also die Stunden in deinem Zimmer und erhole dich noch ein bisschen. Leg dich nicht auf den Bauch. Ist für deine Brustwarzen nicht gut. Du willst hoffentlich keine Entzündung riskieren. Immer dran denken. Das tut nicht mir weh. Das tut dir weh."

Nach ihrem Empfinden kam Egbert viel zu früh zu ihr.
„Ich habe gute Nachrichten für dich Maiga. Diese Nacht darfst du ohne deine Ellenbogenfesseln schlafen."
Maiga merkte, wie er die Verschlüsse löste.
„Stattdessen habe ich eine ganz besondere Fesselung deiner Hände dabei."
Er legte Maigas Hand in eine halbkugelförmige Halbschale und klappte dann die andere Hälfte an einem Scharnier darüber. Den Verschluss sicherte er an dem breiten, eingearbeiteten Verschlussband am Handgelenk mit einem großen Vorhängeschloss. Maiga trug jetzt eine silberglänzende Kugel um ihre Hand. Nachdem er die gleiche Prozedur an der anderen Hand wiederholt hatte, verband er die beiden Kugeln mit einem weiteren Vorhängeschloss, das er in dafür vorgesehene Ösen an den Kugeln einhakte.
„Ist doch schön, wenn du mal eine Nacht mit den Händen vor dir, statt hinter dir verbringen kannst. Oder? Carmen kommt gleich noch und füttert dich. Bis morgen. Schlaf gut."
Maiga, die damit beschäftigt war, zu ergründen, in was er ihre Hände gesteckt hatte, schaffte es über sein ‚Schlaf gut' hinwegzuhören. Dass sie ihm die schlechtesten Nächte wünschte, die man sich nur vorstellen kann, dessen hatte sie sich in ihrem Kopfkino schon mehr als einmal versichert.

Beweismaterial sammeln

„Na, da seid Ihr ja!"

Die neue Medizinerin schaute die Kommissare kaum an, sondern wendete ihren Blick sofort wieder dem Körper zu, den sie auf dem Tisch hatte.

„Also legen wir los. Da wäre erstmal das Tattoo im Gesicht. Die Haut war noch nicht einmal verkrustet. Das muss also wenige Stunden bis unmittelbar vor ihrem Tod gestochen worden sein. Ich sag es gleich. Mein Kumpel hat auch Tattoos. Den habe ich mal testhalber gefragt, was er von Gesichtstattoos hält und was er glaubt, was andere tätowieraffine Menschen davon halten. Die Antwort war so vorhersehbar, wie deutlich. Wenn einer das unbedingt will, dann soll er eben. Aber als überhaupt aller, allererstes Tattoo würden seriöse Tätowierer sicherlich davon abraten oder sich am besten sofort klar mit einem ‚Nein, mach ich nicht' positionieren. Ist natürlich nur eine einzelne Meinung. Soweit mein kleiner laienhafter Ausflug in Euer Geschäft."

„Es gibt also keine anderen Tattoos bei ihr?" wollte Smidt zur Sicherheit wissen.

„Nein. Gibt es nicht. Dafür ist sie frisch enthaart. Epiliert, gewachst oder irgendwas in der Art. Jedenfalls nicht einfach rasiert. Und sie hat Piercings. Ebenfalls frisch."

„Echt? Ist mir am Fundort gar nicht aufgefallen", rutschte es Smidt unbedacht heraus.

„Der Schmuck ist ihr auch entfernt worden. Ich habe eine ganze Reihe frischer Löcher in ihren Ohren und der Nase gefunden. Insgesamt fünfzehn. Welche genau, könnt Ihr dem Bericht entnehmen. Dann in ihren Brustwarzen und noch mal jeweils zwei in ihren Schamlippen. Alle frisch. Die Arme muss ganz schön gelitten haben. Ich will Euch da nicht vorgreifen, aber wenn die das alles freiwillig mit sich hat machen lassen, dann… Keine Ahnung, was ich dann mache.

Wäre jedenfalls echt verwunderlich. Nicht, dass Ihr glaubt, ich wäre irgendwie weltfremd. Natürlich gibt es inzwischen ziemlich viele Menschen, die noch viel mehr Piercings und Tattoos haben. Aber das hier ist, von den beiden Klassikern in den Ohrläppchen abgesehen, alles total frisch. So durchgedreht kann man doch normalerweise nicht sein."

„Drogen?"

„Negativ. Wenn das wider Erwarten freiwillig war, dann wusste sie, was sie gemacht hat. Wie gesagt: Ich kann mir das nicht vorstellen. Ich hoffe, Ihr findet diesen Menschen endlich."

„Wir tun unser bestes", erklärte Rednich. „Sie sagen ‚endlich'. Das bedeutet Sie denken, dass dieser Fall und die Frau mit dem Drachentattoo zusammenhängen?"

„Das müsst Ihr entschuldigen. Geht immer wieder mit mir durch. Ich denke in der Richtung natürlich gar nichts. Jedenfalls habe ich hier nichts im Sinne von ‚gleiche Handschrift' vorliegen. Sorry für die Spekulation. Machen wir mit den Fakten weiter:

Der DNA-Test legt mit 70% eine osteuropäische Herkunft nahe. Vorsicht: 70% heißt rein mathematisch nicht viel. Sie kann also genauso gut direkt hier um die Ecke in die Schule gegangen sein und Osteuropa nur von der Landkarte kennen. Das Gleiche kann für ihre Eltern gelten. Hütet Euch also jetzt, nur in die Richtung zu denken."

Vollkommen unerwartet schaute sie von ihren Aufzeichnungen auf und fixierte die beiden Kommissare wechselweise, bis sie sich sicher war, dass die Information bei den beiden angekommen war.

„Das war es dann auch schon fast. Die Frau wusste, was Arbeiten bedeutet. Die Haut ihrer Hände ist auf ständige Belastung ausgelegt. Gleiches gilt für die Fingernägel, die sehr kurz geschnitten sind. Der Termin für lange Krallen stand wohl noch aus, würde ich tippen. Aber zurück zu meinem Bericht: Möglicherweise bäuerliches Umfeld. Da könnt Ihr dann auch mal selber eure Phantasie walten lassen."

„Verletzungen im Genitalbereich?"

„Von den Piercings abgesehen, nein. Sie war zwar keine Jungfrau mehr, aber das ist bei einem geschätzten Alter von zwanzig auch nicht soo ungewöhnlich."

„Wenigstens ist ihr das erspart geblieben", kommentierte Smidt.

„Bei dem, was mit ihr in so kurzer Zeit gemacht wurde, habe ich die Befürchtung, dass ihr das bereits bevorgestanden hat", ergänzte Rednich. „Todesursache?"

„Oh, sorry, fast vergessen. Typische Verletzungen nach Sturz aus großer Höhe und Landung auf einer harten Fläche. Sie ist zu Tode gestürzt. Ich bleib dabei. Erst durch ein Fenster und dann ein Sturz."

„Mit dem Fenster kann ich Ihnen nicht ganz folgen. Das war früher mal so. Bei den alten einfachen Verglasungen. Durch die aktuellen Fenster kommt man nicht mehr so einfach durch", gab Smidt zu bedenken.

„Dann sucht eben nach einem unsanierten Altbau", schlug die Medizinerin vor.

„Eine Kurzzusammenfassung meines Eindrucks gefällig?" wollte Smidt wissen, als sie mit Rednich auf dem Weg zu ihrem Auto war.

Auf sein Nicken erklärte sie: „Sieht für mich so aus, als ob sie unter falschen Versprechungen nach Deutschland gelockt wurde und spätestens bei ihrer Ankunft die bittere Erkenntnis hatte, dass sie in den Händen von Menschenhändlern gelandet ist. Endergebnis: Zwangsprostitution."

„Deutet alles draufhin. Beim Drachentattoo hat sich zwar keine Spur ins Rotlichtmilieu aufgetan, aber zumindest wissen wir von den Kollegen, dass dieser Frank Berg seinen Laden um einiges rigoroser führt, als der Vorbesitzer Jacque Tombé, der uns damals mit seiner lieben Doris Weberlein so wunderbar von der Schippe gesprungen ist. Wir sollten diesen Frank Berg mal ins Auge fassen."

„Sorry mal eben." Smidt zog ihr Handy raus und meldete sich mit „Was gibt's?"

Kurz danach war das Gespräch auch schon wieder beendet und Smidt erklärte ihrem Kollegen, dass sich eine Zeugin gemeldet habe, die ihre Freundin Maiga Schorla vermissen würde.

„Sie wartet auf der Wache vom dritten Revier auf uns."

Von der Frau, die den beiden Kommissaren in dem kleinen Vernehmungsraum gegenüber saß, ging eine irritierende Botschaft aus. Zum einen wirkte sie durch die kräftigen Farben ihrer Rockabilly-Kleidung fröhlich und selbstbewusst, zum anderen passte ihr besorgter Gesichtsausdruck so wenig dazu, das sie schon fast verkleidet wirkte.

„Erzählen Sie einfach, so wie es Ihnen in den Sinn kommt", forderte Smidt sie auf. „Sie machen sich Sorgen um Ihre Freundin. Frau Maiga Schorla."

„Ich denke ich sollte mit dieser Abmachung anfangen, die Maiga mit Bert – also ihrem Mann – gemacht hat. Maiga war ganz aufgeregt deswegen und hat sich schon ewig darauf gefreut. Denken Sie deswegen nicht falsch von ihr. Sie ist schon eine, die weiß was sie will."

„Was ist das für eine Abmachung?"

„Sie hat mit Bert vereinbart, dass sie seine Sklavin und er der Meister ist. Hört sich erstmal ziemlich hammermäßig primitiv an, aber letztlich war es ja ihr Wunsch und ihre Idee. Und bevor da irgendwas passiert wäre, was sie so gar nicht gewollt hätte, hätte sie immer noch die Reißleine ziehen können."

Maggie schaute die beiden Kommissare an und stellte dann fest: „Er hat es Ihnen nicht gesagt. Hab ich recht? Das ist nicht gut. Also: Es ging stürmisch los. Er hat ihr einen Septum stechen lassen und ihr so ein Sklavenhalsband umgelegt, das mit einem kleinen Vorhängeschloss gesichert ist. Maiga war ganz aus dem Häuschen, weil er damit zwei Volltreffer gelandet hatte. Danach war dann erstmal ein paar Tage tote Hose, bis er sie in so ein Latexgesamtoutfit eingeschlossen hat. Mit einer Vollmaske. Oder Fast-Vollmaske. Der Mund und die Nasenlöcher waren noch frei. Damit hat dieser Idiot sie einfach alleine gelassen. Stellen Sie sich vor, es wäre was passiert. Ich habe ihn deswegen auch zur Rede gestellt. Allerdings kamen da nur so dämliche Ausflüchte. Naja. Letztlich habe ich mir dann meine Freundin geschnappt und wir haben uns einen schönen Tag in der Stadt gemacht."

„Wie muss ich mir das vorstellen?"

„Ganz einfach. Ich hab ihr noch eine Lage alltagstaugliche Kleidung drüber gezogen und dann sind wir los. Wegen ihrer Augenpartie – der Rest steckte unter einem Kopftuch – haben die Leute zwar komisch geschaut, aber das bin ich ohnehin gewohnt. Wir haben unseren Spaß gehabt."

Maggie machte eine kurze Pause, um das Thema damit abzuschließen.

„Dann gab es allerdings noch etwas anderes. Sie hat mehr zufällig einen Job als Tabledancerin bekommen. In unserer kleinen beschaulichen Rotlichtmeile. Ist irgendwie auch ganz komisch gelaufen. Dieser Frank – so heißt der Chef von dem Laden – hat ein Casting veranstaltet und sie hat einfach mal mitgemacht und den Job für eine Probewoche bekommen."

Wieder schaute sie die beiden Kommissare an.

„Ich setze mal ne Bank da drauf, dass Bert Ihnen diese kleine unbedeutende Info auch vorenthalten hat? Hätte ja schließlich sein können, dass Sie auf die abwegige Idee kommen, dort mal nachzufragen, wann die meine Freundin das letzte Mal gesehen haben. Also ich sag mal so: Ich war jetzt fast eine Woche in New York. Und ich habe keine einzige Antwort von Maiga bekommen, wenn ich ein bisschen mit ihr chatten wollte. Das ist für sich schon sehr ungewöhnlich. Ich wüsste gar nicht, ob das überhaupt schon mal passiert ist. Ich habe mir dann eingeredet, dass ihr Handy kaputt ist oder geklaut oder so. Nachdem ich heute Morgen wiedergekommen bin, bin ich direkt zu Maiga. Und wer empfängt mich? Bert. Und der erzählt mir dann, dass er Maiga vermisst gemeldet hat und die Polizei keine einzige Spur hätte. Fast hätte ich ihn gefragt, ob er die Nummer mit dem Tabledance angegeben hat. Ich meine im Puff arbeiten und verloren gehen. Da geht einem ja direkt die Phantasie durch. Aber die Art, wie er mir das erzählt hat. Da war irgendwie so ein komischer Blick. So in der Art von ‚Nimmt sie es mir ab oder nicht?'. Und das obwohl er professioneller Pokerspieler ist. Verstehen Sie? Vielleicht bin ich nach der verantwortungslosen Nummer mit den Latexklamotten aber auch ein bisschen übersensibel. Jedenfalls habe ich ihn nicht gefragt."

„Wie kam es denn eigentlich zu dem Job? Ich meine, es ist ja nicht gerade alltäglich mal eben ganz spontan bei so einem Casting teilzunehmen. Hat Ihre Freundin da irgendwas zu erzählt?"

„Ach du je, das hätte ich ja fast vergessen. Maiga meinte, dass ihr an dem Tag langweilig war und dann hätte sie auf einmal vor diesem Puff gestanden. Aber wahrscheinlich spielt da eine wesentliche Rolle, dass sie ihren Mann ein paar Tage vorher abends – also bei Betrieb – vor dem Laden gesehen hat. Wir beide sind an dem Tag nebenan zum Männerstrip gegangen. So eine Art privater Mädelsabend."

„Wann war das?"

„Keine Ahnung. Muss jetzt so etwa zwei Wochen her sein. Am nächsten Tag haben die beiden dann mit diesem Sklave-Meister-Kram angefangen. Dann noch mal ein paar Tage bis zu der Latexnummer und dann war ich auch schon bald für eine Woche weg. Ja", nickte Maggie sich selber zu, „das müsste passen. Können Sie in dem Laden ja vorsichtshalber mal nachfragen. Ist keine tägliche Veranstaltung."

Smidt schaute Maggie fragend an „Das war es dann, was Sie uns erzählen wollten?"

„Ja. Ich hoffe, ich habe nichts vergessen."

„Kein Problem. Sie können uns das jederzeit nachreichen." Sie schob Maggie ihre Karte hin.

„Das machen die im Fernsehen auch immer", erklärte Maggie. „Ich hoffe, dass Maiga der dramatische Moment erspart bleibt, bei dem die Karte im Fernsehen dann immer eine wichtige Rolle spielt."

Die beiden Kommissare schauten sich amüsiert an, bevor Smidt wieder übernahm.

„Wir werden den Spuren, die Sie uns genannt haben natürlich nachgehen. Da wären dann noch ein paar andere Dinge, die ich gerne von Ihnen wüsste. Zumindest, soweit Sie das beantworten können."

„Natürlich. Nur zu. Dafür bin ich schließlich hier."

„Wenn Sie ihre Freundin beschreiben sollten. Mal abgesehen von Körpergröße und aktueller Haarfarbe. Was würde Ihnen an gut erkennbaren Merkmalen einfallen?"

„Natürlich ihr Arschgeweih. Ein richtig fettes Teil. Darauf ist sie richtig stolz. Das hat sie sich übrigens stechen lassen, als es den Namen schon gab."

„Würden Sie das Tattoo erkennen, wenn wir Ihnen ein Bild zeigen? Oder könnten Sie es sogar aufmalen?"

„Malen nicht. Aber ich kann Ihnen den Laden aufschreiben, wo sie es hat stechen lassen. Vielleicht haben die ja noch ein Foto davon. Ist jetzt allerdings schon so um die drei Jahre her. Und erkennen? Schwierig. Also, wenn Sie mir ein ähnliches Tattoo hinlegen, könnte ich nur tippen und damit durchaus auch daneben liegen. Ich kann aber mit Sicherheit erkennen, wenn es vollkommen anders ist. Und die meisten sind vollkommen anders."

Rednich hatte schon während Maggie noch redete, sein Handy vorgezogen und das Bild hervorgeholt, dass Hottel von der Webseite kopiert hatte. Er hielt es Maggie hin.

„Schaun Sie mal?"

Schon, als Maggies Augen für den Bruchteil einer Sekunde größer wurden, wussten die beiden Kommissare, dass sie einen Treffer gelandet hatten.

„Also, wenn Sie mir versprechen, dass Sie mich nicht verhaften, wenn ich falsch liege. Das ist es. Haben Sie die Aufnahme auch schärfer?"

Erst in dem Moment, in dem sie das fragte, erkannte Maggie, warum die Aufnahme unscharf war.

„Scheiße. Das ist von einem Video."

Rednich schaute sie fragend an. „Mit dem Tattoo sind Sie sich sicher?"

„Auf den ersten Blick. Ja. Falls Sie mir das Video zeigen können, wird der Gesamteindruck natürlich besser. Nur vorsichtshalber." „Könnten Sie morgen Vormittag aufs Präsidium kommen?"

„Ich kann auch jetzt aufs Präsidium kommen. Es geht um eine wirklich gute Freundin von mir. Sie glauben doch wohl nicht ernsthaft, dass ich da lieber zu Hause rumsitze und Handtücher falte."

Eine gute Stunde später hatten sie Gewissheit. Das Video zeigte Maiga Schorla. Rednich bracht Maggie zum Ausgang, dankte ihr nochmals für die Zusammenarbeit und erklärte ihr:

„Wir folgen Ihrer Einschätzung, dass Herr Schorla uns etwas verschweigt, was uns helfen würde, seine Frau zu finden. Warum er das macht, werden wir herausfinden. Um noch mal auf ihren Scherz mit dem Fernsehen einzugehen: Wir sind hier nicht im Fernsehen. Deshalb müssen wir unsere nächsten Aktionen sauber abstimmen und so unternehmen, dass die Ergebnisse später gerichtlich verwertbar sind. Für Sie bedeutet das, dass Sie die Füße still halten müssen. Haben Sie Herrn Schorla eigentlich gesagt, dass Sie zu uns kommen? Ich weiß gar nicht, wie wir die Frage vergessen konnten."

„Nein, habe ich nicht. Ich habe ihm gesagt, dass ich mich darauf verlasse, dass er der Polizei schon Feuer unterm Hintern machen wird. Und natürlich habe ich ihn gebeten, mich auf dem Laufenden zu halten."

„Kennt er Sie gut genug, um beurteilen zu könne, dass das eine vorhersehbare Reaktion von Ihnen ist?"

„Ist es nicht. Aber ich habe ihm gesagt, dass ich morgen schon wieder für zwei Tage unterwegs bin. Besuch bei der Verwandtschaft in Bayern. Da heiratet meine Cousine."

„In echt, oder haben Sie das erfunden?"

„Zufall. Stimmt wirklich."

„Okay. Ich wüsche Ihnen trotzdem viel Spaß. Bitte vertrauen Sie uns. Je weniger die Verdächtigen wissen, wenn wir kommen, umso besser."

„Keine Angst. Ich bin zwar manchmal etwas hyperaktiv, aber ich bin nicht Miss Marple oder irgendwas in der Art. Bitte finden Sie meine Freundin."

„Wir tun unser Bestes."

Als er in den Besprechungsraum kam, fasste Smidt gerade die Lage zusammen.

„Also: Wir haben die Leiche mit frischem Pfauentattoo im Gesicht und Schnittverletzungen. Möglicherweise osteuropäischer Herkunft. Die Identität ist unklar, was nicht verwunderlich ist, solange sie in ihrer Heimat nicht vermisst wird und von dort in geregelten Verhältnissen mit ihrem Liebhaber nach Deutschland ausgereist ist. Außerdem haben wir die vermisste Maiga Schorla: Wenn uns die Zeugin Maggie Schuster nicht von vorne bis hinten angelogen hat, dann hält Herr Schorla mit hoher Wahrscheinlichkeit Informationen zurück, die uns zu seiner Frau oder zumindest in deren Nähe führen würden. Von beiden führt eine Spur zu Frank Berg. Die Spur der Leiche mit Gesichtstattoo sieht nach Zwangsprostitution aus, ist aber rein formal dünn. Die Spur von Frau Schorla ist stabil. Sie hat dort getanzt. Es wird also Leute geben, die sich an sie erinnern. Damit kommen wir dort rein und können uns umhören und umsehen."

Sie schaut in die Runde, um den Kollegen die Gelegenheit für Reaktionen zu geben. Im gleichen Moment schlurfte Hottel in den Raum. Er schaute erstaunt zu seinen schweigenden Kollegen.

„Hey Leude, ihr müsst doch nicht aufhören zu reden, nur weil ich gerade komme. Aber, wo ihr alle so schön ruhig seid, kann ich ja auch direkt erzählen, was ich habe. Also: das mit dem Provider von der Pornoseite ging erstaunlich schnell. Ich habe hier Name und Adresse von dem Typen, der den Provider für dessen Dienste bezahlt. Oder besser gesagt ist es eine Typin. Der Name ist Barbara Berg. Ich hab natürlich direkt mal nachgeguckt, ob wir die kennen. Nein, tun wir nicht. Aber sie ist mit einem gewissen Frank Berg verheiratet. Davon haben wir hier in der Stadt – ach so, hatte ich gesagt, dass die hier in unserer Stadt wohnt? Also die Typin? Ist ja nicht selbstverständlich. Also, die ist mit Frank Berg geehelicht. Was für ein bescheuertes Wort. Das ist dann allerdings einer, den wir schon mal kennengelernt haben. Also natürlich nie als den Bösen. Klar. Der ist ja nicht vollkommen doof. Naja, ich denke ihr habt es euch schon selber zusammengereimt. Na? Wer will?"

„Er betreibt ein Bordell", stellte jemand aus dem Team fest.

„Bingo", lobte Hottel ohne, dass seine Stimme die Euphorie in vollem Umfang transportieren konnte, die normalerweise mit dem Wort verbunden ist. „Tja, das wäre es dann auch schon von meiner Seite. Ich geh dann mal wieder in meine digitale Welt zurück."

Am frühen Abend hatten sie die notwendigen Papiere von der Staatsanwaltschaft und rückten mit dem Team in zwei Gruppen aus. Smidt leitete die Gruppe, die sich in Bergs Bordell umschauen sollte und Rednich ging mit seinen Leuten zu Bergs Privatadresse.

Er hatte Hottel, eine Kollegin und einen weiteren Kollegen aus seinem Team bei sich. Die Frau, die ihnen öffnete, sah von Haus aus wahrscheinlich ziemlich gut aus. Allerdings war davon nicht so viel zu sehen, da sie sich eine unnatürliche Bräune zugelegt hatte, die gepaart mit der knappen Kleidung, der üppig benutzten Schminke und den fast neonorangen, langen Fingernägeln auf Rednich nicht den Eindruck hinterließ, der auf lange intellektuelle Gespräche hoffen ließ.

„Frau Berg?"

Als sie mit hoher leiser Stimme, „wer will das wissen?" antwortete, musste Rednich einen Moment an Maggie Schuster mit ihrer Bemerkung zu den Fernsehkrimis denken.

„Rednich, Kriminalpolizei. Wir haben hier einen Durchsuchungsbeschluss. Zeigen Sie uns bitte Ihre Rechner."
„Tut mir leid. Frau Berg ist nicht da. Ich darf Sie bestimmt nicht rein lassen."
„Sie dürfen Frau Berg. Und Sie dürfen uns auch ihren Ausweis zeigen. Ich bin zuversichtlich, dass wir Ihnen damit nachweisen können, dass Sie Frau Berg sind."
„Naja. Man kann es ja mal versuchen", maulte sie.
„Immer schlecht, wenn ich Ihnen den Tipp geben darf. Immer schlecht. So. Sie zeigen uns jetzt bitte Ihre Rechner."
„Ich bin nicht so mit den Dingern. Das macht alles mein Mann."
„Sie haben natürlich auch kein Handy?"
„Doch, klar hab ich eins."
„Zeigen Sie das bitte mal meinem Kollegen."
Kurz danach hatte Hottel seinen Laptop angeworfen, das Handy daran angeschlossen und sich in dessen Daten vertieft.
Rednich, der Frau Berg nicht aus den Augen gelassen hatte, seit sie das Haus betreten hatten, bekam Zweifel daran, ob die Frau wirklich ein so übersichtliches Denkvermögen hatte, wie er es ihr am Anfang attestieren wollte. Ihr Blick jedenfalls war alles, nur nicht naiv.
„Frau Berg, Sie betreiben eine Seite im Netz auf der verschiedene SM-Videos zu sehen sind. Das alleine ist noch nicht so unmittelbar strafbar. Zumindest nicht, wenn Sie belegen können, dass dies mit dem Einverständnis der Frauen passiert, die dargestellt werden."
Er glaubte förmlich sehen zu können, wie es in ihr arbeitete. Sie schaute mehrfach zwischen ihm und Hottel hin und her.
„Das wird Ihr Kollege auf meinem Handy früher oder später finden." Ihre Stimme war plötzlich nicht mehr ganz so hoch. Automatisch wirkte sie weit weniger naiv. „Aber da die Frauen das gerne machen, ist es kein Problem. Genau, wie Sie sagen. Ich kann Ihnen im Büro die entsprechenden Unterlagen heraussuchen."

„Das ist sehr freundlich und verkürzt unseren Aufenthalt in Ihrem Haus mit Sicherheit um einiges. Vorher würde ich Ihnen gerne noch ein Foto zeigen."

Er hielt ihr den gleichen Snapshot hin, den er ein paar Stunden zuvor Maggie Schuster gezeigt hatte.

„Muss ich die kennen?"

„Wäre seltsam, wenn nicht."

Wieder ging ihr Blick zu Hottel.

„Das ist von der Seite?"

„Ein Neuzugang, würde ich sagen", half ihr Rednich auf die Sprünge.

„Ach, die Maskierte? Ist auf dem Foto nicht zu sehen. Sorry. Die Videos sind allerdings nicht von mir hochgeladen. Ist so ein Ding vom ‚Bondagemeister'. So nennt der sich."

Sie sah sich unsicher im Raum um.

„Na wunderbar, dann müssen Sie uns nur noch sagen, wer sich dahinter verbirgt und schon haben wir einen wirklich wichtigen Schritt hinter uns gebracht."

Irgendwie konnte Rednich sich nicht zurückhalten. Nachdem sie am Anfang versucht hatte, den Eindruck zu vermitteln, dass sie im Denken nicht allzu flott war, drängte es ihn, sie jetzt wie ein kleines trotziges Kind zu sehen, das man mit guten Zureden zum Ziel bringen musste. Er musste sich dringend zusammenreißen.

„Da muss ich Sie leider enttäuschen. Unsere Mitglieder müssen uns ihren wahren Namen nicht nennen."

Im Augenwinkel sah Rednich, wie sich Hottel zufrieden zurücklehnte. Er ging zu ihm rüber und sah auf dem Laptop die Videos mit Maiga Schorla in der Hauptrolle.

„Tja, Frau Berg, wie kommen Sie jetzt aus der Nummer wieder raus? Ich nehme mal an, Sie wissen was mir mein Kollege gerade gezeigt hat?"

„Nein?"

„Ihr Handy kennt die Maskierte."

„Ich habe doch gerade schon gesagt, dass ich die Videos kenne."

„Stimmt. Nur haben wir es jetzt sozusagen Hieb und Stichfest. Die Frage ist, ob sich der wahre Name ihres Mitgliedes ‚Bondagemeister' auch irgendwo in Ihrem Handy verbirgt. Bei der ‚Maskierten' sind sie meinem Kollegen ja noch so gerade eben zuvorgekommen."

Wieder huschte ihr Blick zu Hottel, der erneut in die Datensuche vertieft war.

„Ich will meinen Mann anrufen. Keine Ahnung. Vermutlich will ich einen Anwalt."

„Das kann ich Ihnen nicht verwehren. Aber Ihren Mann können Sie im Moment nicht anrufen. Außerdem verstehe ich ehrlich gesagt nicht, warum Sie gleich einen Anwalt wollen, nur weil sie nicht wissen, wer dieser ‚Bondagemeister' ist."

Sie verschränkte die Arme ineinander. „Dann sage ich jetzt nichts mehr."

„Ihre Entscheidung. Setzen Sie sich doch einfach hier irgendwo hin und dann findet sich schon alles von ganz alleine."

Die Kollegin von Rednich, die sich im Haus umgeschaut hatte, lehnte schon seit ein paar Minuten im Türrahmen und wartete darauf, dass Rednich Zeit für sie hatte.

„Wenn Hottel hier fertig ist, kann er sich im Büro die beiden PC's anschauen. Außerdem gibt es dann noch einen Laptop, der ein bisschen versteckt stand. Quer hinter Aktenordnern."

Trotz der Schminke und der tiefen Bräune konnte Rednich erkennen, dass Frau Bergs Gesicht einen Moment lang nicht so gut durchblutet war.

„Komme", antwortete Hottel an Stelle des Kommissars, der sich wieder Frau Berg zuwandte.

„Tja, das dauert jetzt gar nicht mehr so lange. Die Computer werden wir natürlich mitnehmen. Gibt es noch weitere Geräte? Andere PCs, Laptops, Notebooks, all so was, womit man ins Internet kann?"

Frau Berg hielt nur abweisend die Handflächen hoch. Sie schien es mit dem Schweigen ernst zu meinen.

Stunden später saß sie in einer Arrestzelle im Präsidium. Rednich, der dringend den Schlaf benötigte, den sich Smidt und der Rest des Teams bereits genehmigten, wartete nur noch auf den Segen der Staatsanwaltschaft, um sie zumindest eine Nacht wegen des dringenden Tatverdachts des Menschenraubes in der Zelle schlafen zu lassen, dann verabschiedete er sich ebenfalls und ging nach Hause.

Am Pfosten

Maiga schwante nichts Gutes, als Egbert ihr erkläre, er würde mal was ganz Neues ausprobieren. Danach half Carmen ihr erst in einen Latexcatsuit, der nur ihre Brüste frei ließ und brachte sie zu Egbert zurück, nachdem sie Maigas Hände wieder in die Kugeln eingeschlossen hatte. Der stellte sie mit dem Gesicht gegen einen Pfosten, zog die Arme an den Kugeln, rechts und links hoch und befestigte die Kugeln an stabilen Metallhaken. Nach Maigas Gefühl war das ungefähr die Haltung, wie bei einer Fesselung an einem Andreaskreuz.

Danach fixierte er sie mit einem mehrfach um Pfosten und Taille gewundenen Seil an dem Pfosten. Das war noch immer gut auszuhalten. Zumal Maiga nach der Nacht mit der vergleichsweise komfortablen Armhaltung verrückterweise in eine Art Hochstimmung verfallen war, die sie sich trotz der Bedenken gegenüber Egberts ‚mal was ganz Neues probieren' unbedingt möglichst lange erhalten wollte. Natürlich fand sie es widersinnig, sich darüber zu freuen, dass ihr eine Nacht in Fesseln gut tun konnte. Aber - so hatte sie sich dann beruhigt – es war ja nur im Vergleich zu den anderen Nächten eine angenehme Nacht.

Als sie nicht mehr von dem Pfahl weg konnte, hob Egbert einen ihrer Füße nach hinten an und begann damit, ihr einen Stiefel anzuziehen. Irgendwie kam ihr der Stiefel seltsam vor. Vielleicht lag es ja daran, dass sie ihren Fuß so hielt, wie Pferde ihre Hufen halten, wenn der Hufschmied daran arbeitete. Irgendwann war der eng an den Waden anliegende Stiefel dann geschlossen und Egbert ließ ihren Fuß wieder herab.

Als Maiga den Fuß aufsetze, merkte sie, was falsch war. Ihr Fuß blieb nämlich gestreckt. Vorsichtig probierte sie, ob ihr wenigstens ein Absatz etwas Halt geben würde. Aber, selbst als sie das Bein nach vorne führte konnte sie keinen Absatz erfühlen. Stiefel ohne Absatz! Entweder hatte sie tatsächlich diese Pferdehufstiefel an, oder es waren Ballettboots ohne Absatz. Als ihr klar wurde, dass sie ausschließlich auf den Zehenspitzen stehen würde, entschied sie sich für die Balletts. Bei den Pferdehufstiefeln würde sie auf dem Ballen stehen. Das alleine wäre schon echt heftig geworden. Aber das, was er ihr jetzt angezogen hatte, war vermutlich noch um einiges schlimmer.

Bevor sie sich weiter Gedanken dazu machen konnte, merkte sie, wie der Zug an ihren Armen zunahm. Die Winden, die ihre Hände hoch zogen, blieben erst stehen, als Maiga merkte, wie ihr Körper einen deutlichen Zug auf die Bondage ihrer Taille ausübte. Danach wurde ihr bereits in dem Ballettboot steckender Fuß nach hinten gezogen, bis das dazugehörige Bein nahezu ausgestreckt war und die Zehenspitzen noch ‚stabil' auf dem Boden standen. Da sie ursprünglich mit nackten Füßen an den Pfahl gebunden worden war und die Boots ihr sicherlich um die fünfzehn Zentimeter zusätzliche Körpergröße beschert hatten, konnte sie sich vorstellen, dass ihre Fußspitze ein gutes Stück vom Pfahl entfernt war.

Aber noch konnte sie es gut aushalten, da sie ihr Körpergewicht problemlos mit dem anderen Bein abfangen konnte. Natürlich war das nur eine Frage der Zeit. Und wie sie schnell feststellte, war diese Zeit sehr kurz. Ohne besondere Vorwarnung wurde ihr anderer Fuß hoch genommen. Damit sackte sie schmerzhaft tiefer in die Fesseln, was ihr ein unwillkürliches kurzes Stöhnen entlockte. Sie brauchte nicht viel Phantasie, um sich zu überlegen, was Egbert mit ihrem anderen Fuß machen würde. Und tatsächlich war er bald ebenfalls in einem Ballettboot verschwunden und ein Stück hinter ihr fixiert. Jetzt standen – sie korrigierte ihren Gedanken – lehnten beide Beine in vollkommen gestrecktem Zustand auf den Zehenspitzen. Gerade so, als ob man ein langes Stück Holz an eine Wand lehnen würde.

Danach war Ruhe. Ruhe, die Maiga automatisch dazu nutze, um auszuprobieren, wie sie sich mit ihren Fesseln am besten arrangieren konnte. Die Arme, die vorher so stark nach oben gezogen worden waren, erwiesen sich als eine echte Entlastung für die Taillenfesselung. Sie merkte schnell, dass sie keine Angst haben musste, mit ihrer Taille tiefer zu rutschen. Zwar wäre das ohnehin schwierig gewesen, da Egbert diese Fesselung ziemlich straff ausgeführt hatte, aber trotzdem war sie froh über die Erkenntnis, dass sie sich darüber keine Sorgen machen musste.

Sie stellte schnell fest, dass sie die Füße wechselseitig heben und zur Seite bewegen konnte. Scheinbar waren die Seile, die an ihren Knöcheln befestigt waren, ziemlich lang und boten damit relativ viel Bewegungsspielraum. Allerdings brachte ihr das keine Entlastung, da an den Füßen ohnehin kaum etwas von ihrem Körpergewicht ankam.

Ihr Oberkörper war nach wie vor in senkrechter Haltung fixiert. Von der Seite, stellte sich Maiga vor, sah sie vermutlich ziemlich bekloppt aus. Gerade so, wie jemand der an einer Säule mit den Füßen nach hinten weggerutscht ist und mitten im Rutschen angehalten wurde. Da Egbert bisher immer Aufnahmen von ihr gemacht hatte – zumindest hatte er ihr das erzählt – fürchtete Maiga, dass ihre Körperstellung sicherlich noch ‚verbessert' werden würde. Also machte sie das Einzige, was sie in der Situation machen konnte: Sie versuchte sich so gut wie eben möglich mit ihren Fesseln zu arrangieren.

Irgendwann hörte sie dann, dass Egbert zurück kam. Ohne die Spannung an ihren Armen zu verlieren, wurden ihre Hände jetzt langsam nach hinten gezogen. Maiga merkte, wie ihre Brüste, die mit ihren natürlich immer noch beringten Brustwarzen vorher seitlich an dem Pfahl angelegen hatten, den Kontakt zu dem Pfahl verloren. Erst als sich der Zug auf die Taillenbondage immer schneller der Schmerzgrenze näherte, hörte die Bewegung ihrer Hände auf. Vermutlich waren die Kugeln, in denen ihre Hände eingeschlossen waren, jetzt ziemlich genau senkrecht über ihren Füßen. Egbert hatte sie also wieder ins Hohlkreuz gezwungen. Nur war die Durchbiegung ihres Rückens diesmal bei weitem nicht so stark ausgeprägt, wie bei dem Hogtie vom Vortag.

Noch während Maiga ausprobierte, ob sie ihren Kopf besser nach hinten oder besser nach vorne halten sollte, spürte sie, dass Egbert ihr diese Entscheidung abnahm. Er zog ein Seil durch eine der Ösen der Kopfhaube und zog Maiga Kopf damit nach hinten. Wenn sie etwas hätte sehen können, dann wäre es jetzt die Decke gewesen. Wenn nicht sogar die rückwärtige Wand. Und noch eine andere Sache wurde ihr sehr schnell klar. Trotz festgebundener Taille hatte der Druck auf ihre Zehen zugenommen.

Je länger Egbert sie stehen ließ, umso quälender wurde die Körperhaltung. Es gelang ihr einfach nicht, eine Stellung zu finden, die einigermaßen angenehm war. Entweder rebellierten ihre Füße oder es rebelliere ihr Rücken. Dazwischen gab es nichts. Sie konnte sich winden und das Gewicht verlagern, wie sie wollte. Nichts half.

Als Egbert endlich in den Raum zurückkam, erklärte er ihr, dass sie seiner Meinung nach noch ein Problem mit den Ballettboots hätte. Sie solle sich aber keine Gedanken darüber machen, da es bei der nächsten Figur nicht in Gewicht fallen würde.

Was genau er damit meinte, merkte Maiga ziemlich schnell. Ohne ihr eine Chance zu lassen, sich darauf vorzubereiten, verstärkte er den Zug an ihren Knöchelseilen und kurz danach hingen ihre Füße bei stark gebeugten Knien in der Luft.

Nach dem ersten Schock merkte sie, dass sie sich durch Anspannen der Oberschenkel sehr gut an den Knöchelseilen abstützen konnte. Da ihre Zehen natürlich nicht mehr schmerzen konnten, gelang es ihr wieder eine Körperhaltung zu finden, die ihren Rücken ein Stück weit entlasten konnte. Die Freude über diese Verbesserung währte allerdings nicht all zu lang. Denn der Zug in und an ihren Armen war jetzt schon so lange aufrecht erhalten worden, dass hier nichts mehr half. Es tat einfach nur noch weh.

Als Egbert auch von dieser Figur genug Filmmaterial zusammen hatte, löste er der Reihe nach alle Fesseln, legte Maiga auf eine Matte und hängte die Kugeln, die Maiga natürlich noch immer an den Händen trug, in eine Kette.
„Ich lass dich jetzt erstmal in Ruhe. Carmen kommt gleich vorbei und füttert dich. Danach machen wir weiter."
Als Carmen dann da war, hätte Maiga sie am liebsten um eine Massage gebeten. Wegen des Sprechverbotes ließ sie es dann aber doch bleiben. Statt der erhofften Massage hätte sie wahrscheinlich nur wieder irgendeinen unangenehmen Knebel in dem Mund geschoben bekommen. Also versuchte sie sich durch ein bisschen vorsichtige Gymnastik wieder einigermaßen herzustellen.

Dann ging es wieder los. Maiga musste sich mit gestreckten Beinen hinsetzen. Sie spürte, wie Egbert ihre Füße, die noch immer in den Boots steckten, an den Knöcheln zusammenband. Wenn ihr Gefühl sie nicht täuschte, dann führte er die Bondage so aus, wie sie es allgemeiner Standard war. Ihre Knöchel wurden mehrfach umwunden. Immer im Wechsel der Linke und der Rechte. Gerade so, als ob man mehrere Achten übereinander legen würde. Wenn Egbert sein Handwerk verstanden hätte, wäre auf die Weise ein schönes Muster von ineinander verwobenen Seilstücken entstanden. Maiga war sich allerdings sicher, dass er noch nicht einmal das vernünftig ausführen konnte. Wie zur Bestätigung führte er das Seil am Ende zwischen ihre Beine und versuchte damit die zuvor gelegten Seilkreuzungen straff zu ziehen, was natürlich nicht funktionieren konnte. Als er das erledigt hatte, zog er Maiga an dem Seil noch ein kleines Stück über den Boden, bis ihre Fußspitzen gegen den Pfosten stießen. Um zu verhindern, dass sie diese Stellung verlassen konnte, knotete er den Rest des Seiles ein Stück oberhalb der Füße mehrfach um den Pfosten.
Danach spürte sie, wie er anfing ihre Ellenbogen hinter ihrem Rücken aneinanderzubinden. Er führte die Fesselung mit dem Rest des Seiles noch ein Stück die Unterarme her-

unter und verknotete die Seilenden dann an den Handkugeln.

Maiga lehnte sich um Entlastung bemüht, ein Stück nach vorne, was Egbert ausnutzte, indem er ein Seil unterhalb ihrer Brüste zunächst mehrfach um ihren Oberköper legte und dann mit einem weiteren Seil verband, das ebenfalls mit mehrfachen Wickelungen ihre Oberschenkel zusammen hielt.

Um die Verbindung von Oberköper und Beinen gut aushalten zu können, zog Maiga die Knie an und rückte damit automatisch ein Stück an den Pfosten heran. Sie war sich sicher, dass das nicht im Sinne von Egbert war, aber andererseits wollte sie natürlich alles dafür tun, um das Schmerzlevel so lange wie möglich niedrig zu halten. Zu ihrer Überraschung zog Egbert sie nicht sofort wieder zurück. Stattdessen fummelte er an ihren Handkugeln herum. Im ersten Moment konnte sich Maiga nicht vorstellen, was er machte, dann aber merkte sie es umso deutlicher. Er hatte ein Seil zwischen den Handkugeln und der Decke gespannt. Als er das anzog, streckte Maiga ihre Knie automatisch wieder durch. Jetzt galt es für sie nur noch das Auskugeln ihrer Schultergelenke zu verhindern. Als Egbert das Seil endlich verknotete, hatte Maiga den Eindruck sich keinen Millimeter mehr bewegen zu können, ohne dass irgendein Körperteil sofort ‚Stopp' schreien würde.

„Unangenehm?" wollte Egbert mit zuckersüßer Stimme wissen. Auf Maiga Nicken hin erklärte er ihr: „Sei froh, dass wir hier nur ein bisschen Bondage und keine echte Folter machen. Im Mittelalter haben die Folterknechte die Strappado nämlich so ausgeführt, dass das Opfer komplett an den Händen hing. Du kannst dir glaube ich gut vorstellen, dass das nach einiger Zeit nur mit Gelenkschäden an der Schulter enden kann."

Maiga konnte sich in ihren Gedanken noch viel besser vorstellen, was sie am liebsten alles mit Egbert gemacht hätte. Für den Moment war sie gezwungen ihm irgendein belangloses Grunzen als Antwort anzubieten, auf das er gar nicht mehr einging. Wahrscheinlich war es ihm nur darum gegangen, sie noch mehr zu schocken.

Er verknotete bereits ein weiteres Seil an der Verbindung ihrer Oberschenkel und ihres Oberköpers und führte es an beiden Seiten nach hinten. Genau in dem Moment, in dem Maiga merkte, dass ihr ein leichtes Beugen der Knie etwas Schmerzen nehmen konnte, zog Egbert dieses letzte Seil straff und nahm Maiga damit die Möglichkeit mit ihrem Hintern auch nur einen Millimeter nach vorne zu rücken.

Danach hörte Maiga, wie er den Raum verließ und sie selber in extrem unangenehmer Stellung ohne jeden Spielraum zurückließ. Anders als bei den ersten Bondagefiguren, hielt sie es nicht lange aus. Sehr bald fing sie an zu stöhnen und irgendwann konnte sie sich nicht mehr zurückhalten und sie rief nach Egbert. Fast im gleichen Moment hörte sie eine Türe und kurz danach hatte sie wieder einen dieser großen Knebel im Mund, die mit Riemen unter dem Kinn und entlang der Nase über den Kopf gesichert wurden.

Während er ihr den Knebel anlegte, erklärte er ihr lachend, dass die Zeit für die Filmaufnahmen dieser Figur jetzt wieder von vorne losgehen müsse. Nur, um sie noch mehr zu provozieren teilte er ihr dann noch mit, dass sie nur wenige Sekunden vor Ende der Aufnahmen gegen das Schweigegebot verstoßen hätte.

Natürlich war ihr klar, dass er sie damit nur noch mehr aus der Fassung bringen wollte, um dann eine Begründung zu finden, ihr noch mehr anzutun. Trotzdem brauchte sie fast mehr als ihre gesamte verbliebene Willenskraft, um nicht in diese Falle zu trampeln. Es war schon schlimm genug, dass sie nach ihm gerufen hatte. Es sollte nicht noch schlimmer werden.

Sie wusste nicht wie sie es geschafft hatte durchzuhalten, aber irgendwann kam er endlich zurück und löste bis auf die zusammengebunden Arme alle Fesseln.

Er schob ihre Beine ein Stück auseinander und legte dann breite Edelstahlbänder um ihre Fußgelenke. Warum er das machte, merkte Maiga sofort, als er die Bänder mit einem Abstandhalter verband. Was sie nicht sehen konnte, war der Ring in der Mitte der Stange. Durch diesen Ring zog er ein Seil, das er dann am Pfosten so weit hoch zog, dass Maiga Füße sicherlich eine halben Meter über dem Boden hingen. Durch diesen Zug war Maiga natürlich sofort nach hinten gefallen. Glücklicherweise hatte Egbert das vorhergesehen, und sie irgendwie aufgefangen und so positioniert, dass sie sich mit ihren zusammengebunden Kugelhänden aufstützen konnte.

Diese Haltung konnte sie allerdings auch nicht lange beibehalten. Wie bei der Figur davor, zog er ihre Arme wieder hinter ihrem Rücken hoch und zwang sie damit, ihren Oberkörper abermals auf die Oberschenkel zu legen. Diesmal verzichtete er auf weitere Fesselungen. Er prüfte nur noch, dass Maiga stabil genug saß, um nicht zur Seite kippen zu können. Dann verließ er den Raum und für Maiga startete wieder eine qualvolle Zeit. Immerhin hatte sie jetzt, da sie nur noch auf dem Hintern saß, viel Spielraum, um durch Strecken und Beugen der Knie ihre Position zu variieren. Anders als bei der Figur davor, schaffte sie es diesmal die Zeit herum zu bekommen, indem sie sich vorstellte, was sie mit Egbert machen würde, wenn sie befreit sein würde, und er der Gefangene sein würde:

Sie würde Haken durch seine Haut stechen und ihn daran an einem hohen Mast aufhängen, bis die Haut reißen würde. Nur um ihn dann an einer anderen Stelle wieder mit Fleischerhaken zu durchbohren und das ganze Spiel von vorne zu beginnen. Der Gedanke gefiel ihr so gut, dass sie ihn immer weiter ausmalen konnte und dadurch am Ende fast vergaß, in welcher Stellung er sie zurückgelassen hatte.

Als Egbert wieder zurückkam, löste er zunächst das Seil, das ihre Arme hoch hielt. Statt es aber auch an den Handkugeln zu lösen, führte er das Seil schlaff durch einen Deckenhacken und sicherte es mit ein paar schnellen Knoten gegen ein Rausrutschen.

Danach löste er die Fußfesseln mitsamt der Spreizstange. Bevor sich Maiga an der Freiheit für ihre Beine erfreuen konnte, fasste Egbert sie unter den Achseln und zog sie hoch. Zum ersten Mal stand sie ohne eine ‚helfende' Bondage auf den absatzfreien Ballettboots. Als sie automatisch anfing zu trippeln, war sie sicher, dass sie ohne Egberts stützende Hand ziemlich schnell hingefallen wäre. Mit hinter dem Rücken verbundenen Armen und ohne etwas sehen zu können! Musste sie ihm jetzt dankbar sein, dass er sie festhielt? Nein.

Noch während sie damit beschäftigt war, Egbert in ihren Gedanken wieder als klares Feindbild zu etablieren, spürte sie was er vor hatte. Wieder einmal brachte er ihre Schultergelenke in Gefahr. Er zog das Seil, an ihren Handkugeln langsam straffer. Mit leicht gespreizten, trippelnden Beinen suchte Maiga ihr Gleichgewicht. Natürlich ging ihr Oberkörper zwecks Entlastung der Schultern automatisch nach vorne, sodass sie nach einiger Zeit weit übergebeugt und trippelnd ihre Position suchte. Als ihr der Zug an den Armen kaum noch Spielraum ließ, löste Egbert langsam seine stützende Hand. Damit kam auch noch das letzte Stück Gewicht auf ihre Füße und Schultern.

Wie konnte sie ihr Gewicht am besten verteilen und wie musste sie ihre Füße stellen? Nachdem sie bei einer Stellung fast in eine seitliche unkontrollierbare Drehung gekommen wäre, stellte sie die Beine möglichst weit auseinander und lehnte sich nach vorne. Natürlich fand diese Stellung schnell ihre Begrenzung in der Bondage, aber für Maiga reichte es. Sie hatte das Gefühl sehr stabil zu stehen und konnte sich dadurch mehr darauf konzentrieren, welche Muskeln sie anspannen musste, um möglichst wenig Schmerzen zu bekommen. Erst jetzt merkte sie, dass die Boots so eng geschnürt waren, dass ein Teil ihres Gewichtes schon von ihrem Fußrücken aufgenommen wurde. Trotzdem war der Druck auf die Zehenspitzen enorm. Wenn der Schuh nicht so stark stabilisiert hätte, hätten ihre Zehengelenke wahrscheinlich nicht lange mitgemacht. So ging es noch so gerade. Auch der Zug an ihren Schultergelenken war einigermaßen zu beherrschen. Sie musste nur die ganze Zeit hochkonzentriert bleiben. Der kleinste Fehler hätte mit Sicherheit zu sehr großen Schmerzen geführt. Sie wollte sich gar nicht erst ausmalen, was passieren würde, wenn sie auf einmal das Gleichgewicht verlieren würde.

Als sie dann endlich wieder Schritte hörte, hoffte sie, dass Egbert sie schnell erlösen und dann endlich in ihr Zimmer zurückbringen würde. Sie selber war jedenfalls der Meinung, dass sie jetzt genug Bondagefiguren über sich hatte ergehen lassen. Keine der Figuren war irgendwie so gewesen, dass es ihr unter normalen Umständen Spaß gemacht hätte. Es war einfach alles vollkommen überflüssig. So wie ihr gesamter erzwungener Aufenthalt nicht notwendig war.

Statt jetzt aber wieder an Bert, Maggie und die nahe Rettung zu denken, wurde ihr plötzlich klar, dass Egbert sofort im Knast landen würde, wenn er sie freilassen würde. Das musste auch Egbert klar sein. Also musste sich Egbert nicht nur aus purer Dummheit sicher sein, dass Bert sie nicht befreien würde. Egbert musste sich sicher sein. Es traf sie fast wie ein Schlag, als ihr klar wurde, was sie sich die ganze Zeit vorgemacht hatte. Bert würde sie nicht suchen. Egbert und Frank mussten ein Druckmittel gegen Bert haben.

Und dann dachte sie auch noch an den Moment zurück, an dem sie vor Frank an dem Andreaskreuz gestanden hatte. Wie hatte sie das vergessen können? Da war doch die andere Frau gewesen. ‚Frischfleisch' hatte er sie genannt. Und wenn sie das, was sie jetzt plötzlich wieder in wacher Erinnerung hatte, nicht vollkommen falsch deutete, dann war mit dieser Frau irgendwas passiert. Vielleicht war sie sogar gestorben.

Sie bekam gar nicht mit, wie Egbert mit Ausnahme ihrer Ellenbogenbondage alle Fesseln löste und sie auf die Matte legte.

Auswertung

Das gesamte Team saß im Besprechungsraum.

Wirklich viel Neues hatte Smidt mit ihrem Team bei Frank Berg nicht herausgekommen. Der Name Maiga Schorla hatte niemandem etwas gesagt, mit dem Foto allerdings hatte man etwas anfangen können. Berg und auch einige seiner Angestellten hatten bestätigten, dass Maiga unter dem Namen Elli zweimal als Tabledancerin gearbeitet hatte und dann an ihrem dritten Tag ohne sich abzumelden nicht mehr erschienen war. Herr Berg hatte das sehr bedauert, da er sich schon darüber gefreut hatte, ein echtes Naturtalent entdeckt zu haben.

Noch weniger erfolgreich waren sie bei der Toten mit dem Gesichtstattoo gewesen. Niemand hatte sie gesehen oder von ihr gehört. Da diese Spur zu Berg ohnehin mehr als dünn war, hatte Smidt nicht mehr machen können, als den Verdachtsmoment zu pflanzen und darauf zu spekulieren, dass später etwas nachkommen würde.

Noch während Rednich das Team von den Ermittlungen bei Frau Berg in Kenntnis setzte, platzte einer der Kollegen in die Besprechung, der mit der Telefonüberwachung befasst war.

„Berg hat gerade bei Schorla angerufen. Er wollte von ihm wissen, wie weit er mit der Sammelaktion wäre. Ich lese mal wörtlich vor:

Berg: Ich darf davon ausgehen, dass du kräftig sammelst?

Schorla: Selbstverständlich.

Berg: Gut. Und sonst? Geht es gut?

Schorla: Kann nicht klagen.

Berg: Grüß deine Frau von mir.

Schorla nach leichtem Zögern mit veränderter Stimmlage: Gerne, wenn ich sie sehe.

Berg lacht: Du siehst sie doch jeden Tag. Mach's gut alter Knabe."

„Er rechnet damit, dass wir ihn abhören und er wollte von Schorla wissen, ob wir ihm Druck gemacht haben", übersetzte Rednich unnötigerweise. „Was hat die Ortung ergeben?"

„Er ist noch in seinem Bordell. Also, zumindest im Umkreis des Bordells."

Smidt steckte die Hände tief in ihre Hosentaschen und dachte laut nach. „Die Frage ist, ob Schorla so reagiert hat, weil er glaubt, er hätte uns im Griff oder ob er einfach nur Berg in Sicherheit wiegen will. Vielleicht in der Hoffnung, dass der einen Fehler macht und wir dadurch an Frau Schorla kommen. In dem Fall könnte sich Schorla Hoffnung machen, komplett sauber aus der Sache rauszukommen und dann die Unschuld vom Lande markieren zu können."

Zur Untermalung ihrer Vermutung hielt sie ihre Hände in Unschuldsgeste nach oben.

„Meint ihr, dass Schorla an Maggie Schusters Statement glaubt?" warf Rednich ein. „Also, dass sie nicht zu uns gehen würde, sondern voll darauf vertraut, dass schon alles gut laufen wird?"

„Das ist der Punkt", stimmte Smidt zu. „Nur können wir das nicht beantworten. Wir müssen beide Varianten im Auge behalten. Wobei die eigentlich noch nicht einmal so unterschiedlich sind. Weil: Die eigentliche Frage, ob Schorlau über den Verbleib seine Frau deutlich mehr weiß, als er uns sagt, wird hier im Raum keiner mehr mit ‚Nein' beantworten. Oder täusche ich mich?"

Als niemand widersprach sagte sie:

„Okay, solange Hottel noch keine Info über den ‚Bondagemeister' hat, nehmen wir uns Schorla und Frau Berg nochmals vor."

„Hottel hat mir gerade gesimst", meldete sich einer der jüngeren Kollegen aus dem Raum, der öfter bei Hottel assistierte. „Es gibt ein neues Video von Frau Schorla. Mit anderen Worten. Der ‚Bondagemeister' ist noch aktiv."

„Oder irgendjemand tut nur so, als ob er noch aktiv ist", wandte Rednich ein. „Man weiß es nie und man darf nie glauben, den Gegner im Griff zu haben. Was ist mit Berg? Er müsste jetzt eigentlich so langsam mitbekommen haben, dass wir seine Frau haben." An den Kollegen von der Telefonüberwachung gewandt wollte er wissen: „Ihr habt sein Handy in der Überwachung?"

„Klar. Wir haben alles, was auf ihn gemeldet ist in der Überwachung. Die Nummer, von der er Schorla angerufen hat, haben wir allerdings eben erst neu dazugenommen. Wir können natürlich nicht sagen wie viele weitere Geräte er zur Verfügung hat, die wir ihm nicht zuordnen können."

„Ich habe da noch etwas", erklärte Smidt in verwundertem Tonfall, während sie ein kleines zerknittertes Zettelchen studierte. „Mir scheint gestern tatsächlich jemand etwas zugesteckt zu haben. Und ich habe es nicht gemerkt. Hört mal zu. Hier steht: Elli entführt. Hat Tod von neuem Mädchen mitbekommen. 3. Stock Spiegel am Ende vom Gang."

„Dritter Stock steht da?" wollte einer aus dem Team wissen. „Erinnert ihr euch? Das sah da irgendwie provisorisch und neu aus. Passte irgendwie nicht so richtig. Möglicherweise haben die da ein kaputtes, verspiegeltes Fenster kaschiert. So ein Mist. Wo ist der Plan von dem Gebäude? Wenn dahinter tatsächlich ein Hof ist, dann haben wir den Ort, an dem die Gesichtstätowierte durch das Fenster gestürzt ist."

Schmerzliche Klarheit

„Egbert ist ganz zufrieden mit deiner Performance", erklärte ihr Carmen fröhlich. „Ich stelle die Videos immer ziemlich schnell ins Netz. Richtig nachbereiten müssen wir da ja nichts. Nur ein bisschen die verschiedenen Kameraperspektiven zusammenschneiden. Und schon ist es fertig: Das neueste Video der Maskierten."

Maiga wusste nicht, was Carmen ihr damit sagen wollte. Sie wusste auch nicht, warum Carmen sie auf einem Stuhl angeschnallt hatte, der sie an den Zahnarzt erinnerte. An die Alternative Frauenarzt wollte sie gar nicht denken.

„Und was soll ich sagen? Du bekommst eine ganze Menge an Klicks und Likes. Natürlich kommen auch Kommentare und Verbesserungsvorschläge. Schließlich bittest du auf der Seite ja auch darum. Naja. Manche Vorschläge sind natürlich ziemlicher Blödsinn. Es gibt eben immer ein paar ziemlich Durchgeknallte. Aber andere Vorschläge sind schon ganz gut. Und denen willst du dich natürlich auch nicht entziehen."

Maiga merkte, wie Carmen mit ihren Fingerspitzen an ihre Nasenscheidewand drückte.

„Unheimlich viele deiner Fans möchten dich mit einem größeren Septum sehen. Das ist natürlich überhaupt kein Problem."

Ohne große Umstände nahm Carmen den Ring heraus, den Maiga jetzt schon einige Zeit trug. Danach setzte sie einen pflockartigen Dehner an und schob ihn durch das Loch. Maiga merkte den plötzlich erhöhten Druck in ihrem Piercing, das zwar schon ein paar Tage alt war aber mit Sicherheit noch nicht vollständig ausgeheilt war. Glücklicherweise beließ es Carmen bei der einmaligen Dehnung. Maiga hörte, wie sie den neuen Ring von einem Tablett nahm und ihn mit einer schnellen Handbewegung an den Dehner ansetze und durch das Loch drückte.

Erst, als Carmen den Schmuck los ließ, merkte Maiga, dass der Ring bis zu ihrer Oberlippe reichte und ziemlich schwer war. Automatisch tastete sie mit der Zunge danach.

„Geil oder? Deine Fans wissen, was gut für dich ist. Nix verschämtes Kleines, sondern einen dicken fetten Segmentring. Mir gefällt es wirklich gut. Sobald die Piercings an deinen Brustwarzen verheilt sind, haben deine Fans auch schon richtig gute Ideen, was du da machen kannst."

Maiga versuchte das dämliche Geschwätz von Carmen auszublenden. Bert war für sie aus den Rettungsplänen gelöscht. Sie konnte jetzt nur noch auf Maggie hoffen. Die würde alles tun, um sie zu finden. Das Problem war nur, dass sie gar kein Gefühl dafür hatte, ob Maggie schon aus den Staaten zurück war und ob Bert ihr vielleicht sogar eine Story aufgetischt hatte, die sie glauben würde. In den letzten Stunden war ihr überhaupt nichts anderes mehr durch den Kopf gegangen.

„Ich steche dir gleich noch ein Labret in die Unterlippe", plapperte Carmen weiter. „Da kommt dann auch ein Ring rein. Genau in der Mitte. Weißt du weshalb die das wollen?"

Natürlich wusste Maiga, warum die das wollten. Weil es allesamt bescheuerte Spanner waren, die vermutlich wirklich glaubten, dass sie das freiwillig machen würde.

„Ich kann die beiden Ringe miteinander verbinden. Das wirkt dann ein bisschen, wie ein Knebel. Verstehst du? Du kannst deinen Mund dann nämlich nicht mehr öffnen, ohne an deine Nase zu ziehen. Genial oder?"

Maiga fand es alles andere als genial. Sie fand es einfach nur bescheuert. Viel schlimmer fand sie allerdings, dass Carmen meinte, erklären zu müssen, warum damit die Unterlippe fixiert war. Für Maiga stellte sich die Frage, ob Carmen sie tatsächlich für saudämlich hielt oder ob Carmen selber so dämlich war. Sie tendierte zu letzterem.

„Das Problem bei dem Labret ist immer ein bisschen der Lippenstift. Verstehst du? Der Ring ist beim Schminken im Weg und nach dem Schminken kann auch mal was von dem

Lippenstift an dem Schmuck hängen bleiben. Deshalb kümmre ich mich jetzt erst einmal ein bisschen um deine Lippen."

Bevor Maiga überlegen konnte, was Carmen mit ‚kümmern' meinte, hörte sie auch schon das typische Geräusch der Tätowiermaschine. Carmen wollte sie tatsächlich tätowieren. An den Lippen!!! Jetzt kam Maiga auch wieder das Gesicht der Frau in Franks Puff vor Augen. Die war tätowiert. Im Gesicht!!! Und Carmen wollte jetzt das Gleiche mit ihr machen.

„Bitte nicht."

Noch während sie es sagte und unwillkürlich versuchte aufzustehen, wusste sie, dass es dadurch nur noch schlimmer werden würde. Aber vielleicht war Carmen auch einfach mal gnädig?

„Maiga, Maiga. Du sollst doch nicht reden. Ich weiß auch gar nicht, was du hast. Du bist doch bereits tätowiert. Auch wenn die Stelle inzwischen nicht mehr wirklich der Renner ist, ist es trotzdem richtig gut. Naja. Wie dem auch sei. Zur Strafe für dein Reden muss ich jetzt eine andere Farbe wählen. Der Traum von schönen roten Lippen bis ans Lebensende ist damit ausgeträumt. Schade eigentlich. Aber Regeln sind nun einmal zum Einhalten da."

Maiga presste die Lippen zusammen. Sie durfte unter keinen Umständen damit anfangen, jetzt auch noch zu diskutieren. Die Andeutung, die hinter Carmens tadelnder Antwort steckte, war schon schlimm genug.

„Pass auf Maiga. Ich könnte dich jetzt zwischen Neongrün, Gelb, Lila und einigen anderen Farben wählen lassen. Aber ich will mal nicht so sein. Statt ein Rot zu nehmen, das deine natürliche Farbe einfach nur ein bisschen intensiviert und die Konturen schärfer gemacht hätte, nehme ich jetzt ein etwas dunkleres Rot, das ich dunkel umrahme."

Maiga presste die Lippen aufeinander. Sie war komplett in Carmens Händen. Jeder Widerstand machte es nur noch schlimmer.

Um besser arbeiten zu können, band Carmen den frisch gesetzten Septumring mit einem Band, das sie an Maiga Maske befestigte, hoch. Danach zog sie die Außenlinie des Lippenrots mit Schwarz nach. Nur an der Stelle der Oberlippe, wo sich im Lippenrot der meisten Menschen diese kleine Mulde nach unten zeigte, überzeichnete sie ein wenig. Sie zog die seitlichen Spitzen der Mulde ein wenig höher als notwendig.

Maiga verfolgte diese weitere Verstümmelung ihres Körpers aus einer Apathie, die sie nach den ersten Stichen aus der Maschine ergriffen hatte. Nachdem die Umrisse gestochen waren, füllte Carmen den Rest der Lippen mit einem sehr dunklen Rot auf. Dabei ging sie so weit nach innen, dass Maiga auch dann, wenn sie einen Kussmund machte, nur dunkle, fast schwarze Lippen zeigte. Die Fans aus dem Internet würden garantiert aus dem Häuschen sein.

„Ich bring dich jetzt erstmal in dein Zimmer und lass dir eine kleine Pause. Ich muss nämlich noch in die brodelnde City. Danach steche ich dir noch eben das Labret und schon bist du fertig."

Nachdem Carmen sie in ihren Raum gebracht hatte, wollte Maiga eigentlich gar nichts mehr. Sie war sich sicher: Die tätowierten Lippen waren erst der Anfang. Carmen würde sie als Ersatz für die Frau vorbereiten, die von Frank als Frischfleisch bezeichnet worden war. Carmen und Egbert konnten alles mit ihr machen, was sie wollten. Diesen Gedanken hatte Maigas Hirn bisher nie wirklich zugelassen. Jetzt aber, als ob ein verschleiernder Vorhang weggerissen worden wäre, war dieser Gedanke vollständig präsent und Maiga wusste, dass er nicht mehr verschwinden würde. Carmen konnte ihr alles tätowieren, wozu sie Lust hatte und sie konnte sie überall tätowieren und piercen, wo sie Lust hatte.

Maiga konnte gar nicht mehr nachvollziehen, wie sie es geschafft hatte, sich in den ersten Tagen ihrer Gefangenschaft so überzeugend vorzugaukeln, dass das alles ziemlich schnell mit ihrer Befreiung enden würde. Wahrscheinlich irgendso ein Schutzmechanismus ihrer Psyche. So eine Art Amnesie. Mit Sicherheit hatten Psychologen dafür einen Fachbegriff. Maiga war dankbar dafür, dass ihr Gehirn ihr diese Vernebelungsstrategie präsentiert hatte. Wenn ihr von Anfang an vollkommen klar gewesen wäre, dass Egbert sie niemals wieder frei lassen durfte und dass er sie niemals von irgendjemandem finden lassen durfte, dann wäre sie vollkommen durchgedreht. Und was Egbert und Carmen dann schon alles mit ihr gemacht hätten, wollte sie in keinem Fall wissen.

Nah dran

„Bei Schorla hat sich eine Frau Watanabe gemeldet. Sie wollte wissen, warum Frau Schorla nicht absprachegemäß auf ihrem Handy erreichbar sei. Schorla hat sie ziemlich unwirsch abgebürstet. Auf die Schnelle haben wir noch nicht herausgefunden, wer dahinter steckt."

Als Smidt diese Information bekam, hatten sie in Frank Bergs Bordell gerade die Stelle gefunden, an der sich mal ein Spiegel befunden hatte. Es handelte sich ursprünglich um eine Doppelverglasung aus grauer Vorzeit. Zwei einfach verglaste Fenster hintereinander. Damit war auch geklärt, wie es passieren konnte, dass die Frau tatsächlich durch ein Fenster gestürzt sein konnte. Berg hatte gerade angefangen ein paar ziemlich hilflose Erklärungsversuche in Richtung Rednich zu texten. Smidt interessierte das gehaltlose Zeug nicht. Die Spur, die ihr Kollege ihr gerade durchgegeben hatte, war bedeutend besser.

„Kein Problem", erklärte sie ihrem Kollegen, bevor sie auflegte. „Ich glaube ich weiß, wer uns da weiterhelfen kann."

Sie ging außer Hörweite und schaute in ihren Notizen eine Telefonnummer nach. Die Wartezeit zwischen Verbindungsherstellung und Abheben war so kurz, dass sie das Freizeichen nur andeutungsweise gehört hatte.

„Hallo Frau Schuster. Smidt hier. Sagt Ihnen der Name Watanabe etwas?"

„Ich wusste doch, dass ich was vergessen habe. Das ist ihr Bondagemeister. Sie geht schon seit weit über einem Jahr regelmäßig zu ihm. Maiga liebt es, sich von ihm fesseln zu lassen. Er muss absolut perfekt sein."

„Bondagemeister sagten Sie?"

„Ja. Wie gesagt. Der muss in diesem Fach wirklich gut sein. Meins ist das ja nicht."

„Wissen Sie, wo ich den finde?"

„Klar. Ich hab Maiga schon ein paar Mal hingebracht."

Nachdem Maggie die Adresse genannt hatte, beendete Smidt das Gespräch.

„Günther", wendete sie sich an ihren wartenden Kollegen, der noch immer mit Berg beschäftigt war. „Ich fahre zu diesem Bondagemeister. Mach du hier mit den anderen ohne mich weiter."

„Was willst du?" fragte Rednich ungläubig.

„Ich fordere natürlich Kollegen von der Bereitschaft an. Keine Panik. Wir können deswegen nicht einfach die Mordermittlung hier unterbrechen."

Wenn sie ehrlich zu sich war, dann erwartete sie eigentlich nicht, dass Watanabe der Entführer von Maiga Schorla war, aber der aschfahle Blick von Frank Berg und die wachsamen Augen ihres Kollegen Rednich, denen Bergs Reaktion nicht entgangen war, versetzten sie in eine Hochstimmung, wie sie sie schon lange nicht mehr empfunden hatte. Sie waren auf dem richtigen Weg. Vielleicht würde Berg und seinen Mittätern die ganze Sache schon sehr bald um die Ohren zu fliegen.

Bevor sie sich mit den uniformierten Kollegen postiert hatte, kam eine junge, sehr entspannt wirkende Frau aus dem Haus. Sie hatte eine Sporttasche über die Schulter gehängt und ging mit sicheren, beschwingten Schritten zu ihrem Mini, den sie schon ein paar Schritte vorher entriegelt hatte.

Von zwei Beamten flankiert klingelte Smidt. Schon nach wenigen Sekunden wurde ihr die Türe durch eine ältere Asiatin geöffnet.

Smidt hielt ihren Ausweis hoch. „Mein Name ist Smidt. Kriminalpolizei. Ich ermittle im Fall der vermissten Person Maiga Schorla. Vielleicht können Sie mir weiterhelfen."

Bei der Erwähnung des Namens Schorla änderte sich der zurückhaltenden Blick der Frau. Sie trat einen Schritt zurück und bat Smidt mit ihren beiden Begleitern hinein. Ohne weitere Worte zu verlieren, führte sie die drei zu ihrem Mann, der in einem kleinen Raum vor einer dampfenden Teeschale saß.

Eine Viertelstunde später hatte Smidt nicht nur ebenfalls eine Teeschale vor sich stehen. Sie hatte zudem die Kollegen wieder zurückgeschickt und deren Einsatz für beendet erklärt. Herr Watanabe war definitiv nicht der ‚Bondagemeister', der Frau Schorla gefangen hielt.

„Fräulein Schorla", erklärte Meister Watanabe ohne auf eine entsprechende Frage von Smidt gewartet zu haben, „ist wie ein kleiner Vulkan, der schon lange verschlossen gehalten wurde. Sie kam zu mir, um mich darum zu bitten, sie zu fesseln. Jede unserer Begegnungen erfüllte sie mit großer Befriedigung. Ihr Gang wurde freier und selbstsicherer. Vor einigen Tagen kam sie mit verändertem Äußerem zu mir. Sie trug einen Ring durch die Nasenscheidewand und einen Riemen um den Hals, der mit einem Schloss gesichert war. Symbole der Unterwürfigkeit, die aber nur scheinbar fest mit dem Körper verbunden sind. Ich habe ihr das mit einem Vergleich zu verstehen gegeben. Möglicherweise habe ich sie damit in eine wirkliche Abhängigkeit getrieben. Eine selbst gewählte, die mit eigenem Willen nicht beendet werden kann."

„Sie meinen, sie hat sich freiwillig entführen und gefangen nehmen lassen?"

„Der weise Mann kennt seine Verantwortung. Möglicherweise ist es so. Möglicherweise ist es aber auch ein Verbrechen."

Smidt holte ihr Smartphone hervor und zeigte einen der Filme die Hottel ihr überspielt hatte. Meister Watanabe, stellte die Teeschale, die gerade an die Lippen führen wollte, wieder auf den Tisch zurück.

„Was für ein schrecklicher Amateur. Wie verblendet muss dieser Mensch sein, eine so unvollkommene Bondage auch noch ins Internet zu stellen?"

„Können Sie sich vorstellen, dass sich Frau Schorla freiwillig in dessen Hände begeben hat?"

Smidt erntete einen entrüsteten Blick von Meister Watanabe. „Niemals. Sollte, wie ich es zunächst in Erwägung gezogen haben, am Anfang Freiwilligkeit eine Rolle gespielt haben, dann sicherlich nur unter Angabe falscher Versprechungen. Fräulein Schorla würde die Aussicht auf weitere Besuche bei mir niemals auslassen, um stattdessen so schlecht gefesselt zu werden."

Er zeigte auf verschiedene Stellen an Maigas Körper.

„Sehen Sie hier. Die Fesselung ist nicht nur unter ästhetischen Gesichtspunkten schlecht. Dieser Mann gefährdet zudem noch die Gesundheit von Fräulein Schorla. Die Seile liegen so schlecht, dass die Zirkulation des Blutes eingeschränkt wird und zudem Schmerzen verursacht werden."

Bevor Smidt etwas fragen konnte, klatschte er in die Hände und Sekunden später kam seine Frau mit großformatigen Fotos in den Raum. Meister Watanabe nahm sie ruhig entgegen und legte sie dann für Smidt zurecht.

„Bilden Sie sich bitte ihr eigenes Urteil."

Auch, wenn sie sich niemals freiwillig fesseln lassen würde, konnte ihr der himmelweite Unterschied zwischen dem Video und den Bildern nicht entgehen.

Auf den Bildern wirkte Frau Schorla unendlich entspannt. Alles an ihr schien zur Ruhe gekommen zu sein. Sie hatte sich vollkommen den Fesseln überlassen und wurde von denen perfekt getragen. Auch wenn das Video schon beim ersten Betrachten den Eindruck vermittelte, dass es Frau Schorla dabei nicht gut ging, so wurde Smidt jetzt erst richtig klar, wie schlecht die Bondage in dem Video war.

Als Smidt bereits wieder in ihrem Auto saß, drehte sich Meister Watanabe zur Seite und rief: „Kommen Sie doch bitte wieder herein.".

Als Maggie den Raum betrat, bot Meister Watanabe ihr den Platz an, den Smidt gerade erst verlassen hatte.

Falsche Technik

Carmen hatte Maigas Ellenbogen wieder hinter dem Rücken zusammengebunden. Dass sie dabei auf die Kugeln verzichtet hatte, war Maiga im ersten Moment gar nicht aufgefallen.

Jetzt lag sie einfach nur frustriert und verzweifelt auf dem Bett. Sie hatte keine Idee, wie es weitergehen sollte. Wie sie sich selber Mut machen wollte. Immer, wenn die Arme anfingen zu schmerzen, änderte sie ihre Lage. So lag sie mal auf der einen und mal auf der anderen Seite. Irgendwann raffte sie sich wenigstens dazu auf, in ihrem Zimmer hin und her. Sie war jetzt schon so lange darauf angewiesen, ohne ihre Sehkraft auszukommen, dass sie sich ausreichend orientieren konnte, ohne anzuecken oder sich die Füße zu stoßen.

Immerhin tat der kleine Sträflingsspaziergang, wie sie ihn nannte, ihrem Gemüt ein bisschen gut. Noch hatten es Carmen und Egbert also nicht geschafft, sie in das bodenlose Loch der Frustration oder gar Depression zu stoßen. Auch wenn sie es mit der Lippenaktion schon fast geschafft hätten. Möglicherweise hatte Carmen gar nicht mitbekommen, was das in Maiga alles ausgelöst hatte.

Sie bewegte ihre leicht schmerzenden Arme ein bisschen hin und her. Irgendwie hatte Carmen die Fesseln anders gelegt, als Egbert das normalerweise machte. Maiga wusste nur noch nicht, was wirklich anders war. Zwar taten ihr die Arme weh, aber das war wahrscheinlich eine Folge der letzten unprofessionellen Fesselungen, die Egbert mit ihr veranstaltet hatte. Jetzt jedenfalls hatte sie das Gefühl, dass sie die Arme mehr bewegen konnte, als das normalerweise der Fall war. Wie konnte das gehen? Wenn die Ellenbogen sich berührten, dann konnten die Fesseln doch eigentlich nur so liegen, wie bei Egbert. Maiga verstand es nicht so richtig. Sie versuchte ihre Schultern wechselseitig hoch zu ziehen. Richtig. Das war der Unterschied. Ihre Ellenbogen bewegten sich gegeneinander. Vielleicht hatte Carmen irgendeinen Knoten falsch gesetzt oder sogar vergessen.

Mit langsam aufkommendem Mut versuchte Maiga, sich möglichst viel innerhalb der Fesseln zu bewegen. Sie wusste nicht, ob sie sich das nur einbildete oder ob es wirklich so war. Aber sie hatte den Eindruck, dass sie ihre Ellenbogen immer stärker gegeneinander bewegen konnte. Konnte es überhaupt möglich sein, dass sie einen der Arme aus der Bondage herausziehen konnte?

Eigentlich nicht. Die Bondage war schließlich gegen herunterrutschen gesichert. Und nur, wenn es ihr gelingen würde, die Bondage langsam auf die Unterarme zu schieben, würde sie letztlich einen Arm herausziehen können.

Während sie weiter versuchte, sich in der Fesselung zu bewegen, viel ihr endlich auf, was Carmen falsch gemacht hatte. Sie hatte die Sicherung vergessen. Sie hatte kein Seil über Maiga Schultern gelegt und sie hatte die Bondage auch anderweitig nicht gesichert. Und dafür war sie deutlich zu locker gebunden.

Maiga schob den einzigen Stuhl, den sie im Zimmer hatte, gegen die Wand und hockte sich dann rückwärts davor. Nach einigem Suchen hatte sie es geschafft, die Bondage unter einer Ecke des Sitzes zu fixieren. Jetzt versuchte sie durch weitere Schulterbewegungen die Bondage langsam nach unten zu drücken. Als sie merkte, dass es tatsächlich funktionierte, hätte sie vor Glück schreien können. Ganz langsam musste sie ihre Arme an dem Stuhl weiter hoch schieben. Ihrem Gefühl nach, waren die Seile jetzt schon knapp vor der Hälfte der Unterarme angekommen. Damit nähere sie sich auch automatisch der Stelle an der ihre Unterarme den größten Durchmesser hatten. Wie zur Bestätigung stellte sie fest, dass es immer schwerer viel, die Arme gegeneinander zu bewegen.

So kurz vor dem Ziel aufgeben war natürlich keine Option. Nach kurzem Nachdenken, schob sie die Bondage vorsichtig wieder ein Stück zurück. Mit dem dadurch gewonnen zusätzlichen Spiel versuchte sie jetzt nur ihren rechten Arm in der Bondage zu verschieben. Erst, als durch heftiges Ziehen und Zerren, ihre Unterarme auf einmal nicht mehr parallel, sondern über kreuz gefesselt waren, war ihr die entscheidende Änderung gelungen. Jetzt blockierte der eine Arm nicht mehr den anderen. Jetzt konnte sie mit dem anderen sogar die Bondage am Hochrutschen hindern. Die Stuhlkante hatte ausgedient. Sie konnte sich wieder hinstellen und auf die Weise durch Bewegung ihres gesamten Körpers viel besser arbeiten.

Dann endlich, fast explosionsartig, kam ihr Arm aus der Bondage frei. Zum ersten Mal, seit Beginn ihrer Gefangenschaft standen ihr ihre Arme und Hände zur Verfügung, ohne dass ihr jemand dabei zuschaute.

Ihre erste Bewegung ging zu ihrer Maske. Wenn sie das richtig mitbekommen hatte, dann musste sie zuallererst, die Schnalle am Hals lösen und dann die Verschlüsse am Hinterkopf. Der erste Versuch mit beiden Händen nach den Verschlüssen zu suchen, schlug fehl. Durch die Anstrengungen der Befreiung und sicherlich auch durch die tagelange Fesselung wollten ihre Arme für den Moment nicht mehr so, wie Maiga es gerne gehabt hätte. Sie zwang sich dazu, sich die Zeit zu nehmen, um die Arme einfach mal locker an der Seite herunterhängen zu lassen und ein bisschen auszuschütteln.

Der nächste Versuch funktionierte schon besser. Sie hatte den Verschluss am Hals gefunden und geöffnet. Wie schön, dass Egbert auf Vorhängeschlösser verzichtet hatte. Da hatte er wohl ein bisschen zu viel auf die Armfesselung vertraut. Nach einer weiteren Pause gelang es ihr die ersten Verschlüsse am Hinterkopf zu öffnen und die Maske vom Kopf zu ziehen.

Zum ersten Mal sah sie ihr Zimmer. Ihre Gefängniszelle. Der Raum war in etwa so groß, wie sie ihn sich vorgestellt hatte. Auch die Möbel stimmten. Wobei es ihr allerdings auch unmöglich gewesen wäre, irgendetwas bei ihren Rundgängen nicht zu finden. Es gab nur das Bett, einen Tisch und einen Stuhl. Das war alles. Schränke, von denen sie bisher geglaubt hatte, dass sie vielleicht als Wandschränke existierten, waren Fehlanzeige.

Sie sah allerdings unter der Zimmerdecke etwas, womit sie eigentlich hätte rechnen müssen. In jeder Ecke hing eine kleine Kamera. Sie konnte also davon ausgehen, dass sie die ganze Zeit, seit sie in diesem Zimmer gefangen gehalten worden war, beobachtet worden war. Vermutlich hatte Egbert irgendwo einen Überwachungsraum eingerichtet. Vielleicht übertrug er die Bilder auch direkt ins Internet. Damit wäre er in der Lage, sie jederzeit zu überwachen.

Maiga wollte sich die Frage, warum er ihre Befreiungsbesuche nicht unterbunden hatte, lieber nicht stellen. Jetzt ging es nur noch darum, das Haus so schnell wie möglich zu verlassen. Vorsichtig probierte sie die Zimmertüre. Sie ließ sich problemlos öffnen. Warum hätten die beiden auch abschließen sollen? Sie war ja bisher über die Halskette, die Maske und die Ellenbogenfesseln ausreichend gesichert.

Den Weg über den Flur kannte sie zu genüge. Den Blick in die beiden Folterräume sparte sie sich. Stattdessen schlich sie die Treppe ins Erdgeschoß hinunter. Langsam kroch in ihr die Angst hoch, dass Egbert genau jetzt kommen würde, um sie wieder einzufangen. Ohne links und rechts zu schauen, schlich sie zur Haustür und lief hinaus auf den Hof. Weiter hinten sah sie ein großes Tor, das den Blick auf die Straße und damit die endgültige Freiheit verbarg.

Irgendetwas warnte sie davor, durch dieses Tor zu fliehen. Sie rannte lieber über den Rasen zur Seite. Es gab sicherlich irgendwo eine Möglichkeit aufs Nachbargrundstück zu klettern. Hauptsache war es jetzt Distanz aufzubauen. Erst als sie den Rasen verließ und die Zweige der Büsche an ihr kratzten, wurde ihr bewusst, dass sie vollständig nackt war. Den Gedanken, etwas zum Anziehen zu suchen, verwarf sie sofort wieder. Niemals würde sie freiwillig in ihr Gefängnis zurückkehren.

In dem Moment, in dem sie über den niedrigen Zaun zum nächsten Grundstück kletterte, hörte sie ein leises mechanisches Quietschen von der Einfahrt. Ein Blick zurück bestätigte, dass das Tor aufschwang. Maiga drückte sich durch die Büsche auf die Rasenfläche des Nachbarn. Hinter sich hörte sie, wie ein mächtiger Motor bis zum Anschlag hochgedreht wurde. Damit war klar, dass Egbert ihre Flucht bemerkt hatte und jetzt versuchte, sie noch im letzten Moment einzufangen.

Maiga lief über den Rasen auf ein großes altes Haus zu. Die Rollladen waren an allen Fenstern heruntergelassen. Egbert brachte, nur durch ein paar Büsche von ihr getrennt, den Wagen auf dem Schotter zum Stehen. Sie wusste zwar nicht warum, aber sie hatte die Türe hinter sich geschlossen. Wahrscheinlich würde Egbert deshalb erstmal im Haus nach ihr suchen.

Das Haus mit den geschlossenen Jalousien versprach keine Rettung. Also lief sie zum nächsten Grundstück. Dort stand die Terrassentür auf. Maiga rannte geradewegs einem altem Mann in die Arme, der sie erschocken anstarrte.

„Rufen sie die Polizei. Bitte rufen Sie die Polizei. Ich wurde entführt und bin gerade geflohen. Bitte rufen Sie die Polizei."

Der Mann, der sich erstaunlich schnell wieder unter Kontrolle hatte, schaute kurz zu dem behaglichen Sofa und nahm eine der dort liegenden Decken.

„Was auch immer passiert ist, mein Kind. Nehmen Sie die Decke und setzen Sie sich."

„Die Türe. Machen Sie die Türe zu. Er ist gefährlich."

„Der Mann ging bereitwillig zur Terrassentüre und schloss sie ab. Maiga sah, wie er dabei in alle Richtungen in seinen Garten schaute.

„Bitte rufen Sie die Polizei. Machen Sie schnell."

Wieder setzte er sich in Bewegung und verschwand im Flur, wo sie ihn telefonieren hörte.

„Ja bitte kommen Sie schnell. Hier ist eine nackte Frau durch meinen Garten in mein Haus gekommen. Sie sagt, dass sie geflohen sei. Die Frau hat Angst vor irgendwem. Kommen Sie bitte schnell."

Als Maiga danach hörte, wie er seinen Namen und die Adresse durchgab, fühlte sie sich unendlich erleichtert.

„Sie kommen gleich", erklärte ihr der Mann von der Türe aus. „Ich mach Ihnen jetzt erstmal einen Tee. Ihnen ist bestimmt kalt."

Kurz danach saß Maiga mit einer Tasse Tee in den Händen auf dem Sofa und wartete auf die Polizei. Herr Rüdiger – so hatte sich ihr Retter vorgestellt - hatte ihr mehrfach versichert, dass er es natürlich dringend gemacht hatte.

Noch bevor der Tee auf eine trinkbare Temperatur heruntergekühlt war, klingelte es. Herr Rüdiger, der bereits an der Wohnzimmertüre gewartet hatte, machte ein paar Schritte in den Flur und öffnete.

„Herr Jagelman? Was wollen Sie denn jetzt hier? Es ist doch wohl alles gesagt, was zu sagen ist. Verlassen Sie sofort mein Grundstück! Erst läuft mir diese nackte, verstörte Frau zu und jetzt…"

Maiga hörte ein dumpfes Geräusch und kaum eine Sekunde später stürzte Egbert auf sie zu. Ohne nachzudenken, schlug sie mit der Teetasse nach seinem Gesicht. Ohne seine Bewegung zu stoppen, gelang ihm seinen Kopf zur Seite zu drehen und den Arm hochzureißen. Fast im gleichen Moment rannte er Maiga um und begrub sie mit seinem ganzen Körpergewicht unter sich. Maiga nahm gar nicht richtig wahr, dass die meisten Teile ihres Körpers damit immobilisiert waren. Sie wusste nur, dass sie ihren Kopf noch bewegen konnte und sie sah unmittelbar vor sich Egberts Ohr. Bruchteile von Sekunden später – ihr kam es wie Minuten vor in denen sie hoffte, dass das Ziel nicht verschwand – biss sie mit aller Kraft in das Ohr ohne danach ihren Kiefer wieder zu öffnen. Wie wunderbar stark die Kiefermuskulatur doch ist, freute sie sich. Als sie den ohrenbetäubenden Schmerzschrei hörte, den Egbert ausstieß, ging ihr der Gedanke durch den Kopf, dass sie das Ohr nicht abbeißen durfte, da sich Egbert sonst wieder frei bewegen könnte. Gleichzeitig mit dem blutigen Geschmack im Mund spürte sie einen heftigen Schlag am Kopf. Danach war es aus mit denken.

Egbert stand mit schmerzverzerrtem Gesicht vor ihr und presste eine Hand auf sein Ohr. Er brauchte jetzt dringend einen klaren Kopf, um zu entscheiden, wie er die Situation bereinigen konnte. Wenn seine dämliche Frau doch bloß nicht so elendig versagt hätte. Was war denn schon so schwer daran, jemanden so zu fesseln, dass er sich nicht befreien konnte? Hoffentlich würde wenigstens sein bescheuerter Nachbar noch eine Weile liegen bleiben.

Egbert traute sich gar nicht die Hand vom Ohr zu nehmen. Ob Maiga ihm tatsächlich etwa abgebissen hatte? Er wusste es nicht. Er konnte sich jetzt auch nicht kümmern. Er musste sehr schnell weg. Und zwar mit Maiga. Er musste zu sich nach hause. Dort konnte er Maiga wegschließen. Den Raum, aus dem kein Laut klingen konnte, hatte sie noch gar nicht kennengelernt. Ab jetzt würde er andere Seiten aufziehen. Schluss mit den Kindereien.

Bevor er weiter denken konnte, hörte er, wie sich ein Martinshorn näherte. Hatte sein rechthaberischer, penetranter, pedantischer Nachbar etwa doch schon die Bullen gerufen? So lange konnte Maiga doch noch gar nicht bei ihm gewesen sein. Oder doch? Richtig. Er hatte einen Ruf gehört, als er in sein Haus gestürmt war und alles nach Maiga abgesucht hatte. Wegen diesem Ruf war er ja überhaupt auf die Idee gekommen, dass Maiga bei diesem Rüdiger gelandet sein könnte. Nur leider zu spät. Warum er trotz des Rufes erst in seinem Haus gesucht hatte, war ihm jetzt überhaupt nicht mehr klar. Offenbar waren ihm dabei wertvolle Minuten abhanden gekommen.

Ohne noch mehr Zeit zu verlieren, legte er sich Maigas leblosen Körper mit seinem freien Arm über die Schulter und ging die paar Schritte zur Terrassentüre. Ohne sein Ohr loszulassen, gelang es ihm mit der Hand, die eigentlich Maigas Beine festhalten sollte, die Türe zu öffnen. Er lief zum rückwärtigen Gartentor und dann über den schmalen Weg zu seinem Haus.

„Carmen!! Bist du wieder da?!"

Die sollte was erleben. Aber vorher musste sie ihn verarzten und zu allererst musste er überlegen, ob dieser wunderbare Raum, in den er Maiga eigentlich bringen wollte, wirklich geeignet war, um sie für die nächsten Tage zu beherbergen. Vom ersten Stock konnte er erkennen, dass der Streifenwagen tatsächlich bei seinem Nachbarn angehalten hatte. Damit war Maiga definitiv eine hochexplosive Ware. Sie musste für ein paar Tage weg. Dringend weg. Er ließ seine inzwischen stöhnende Last auf das Bett fallen, legte ihr das Halsband an, verband es mit der Kette, die von der Decke herabbaumelte und sicherte diesmal alles mit Vorhängeschlössern, die er in der Schublade unter dem kleinen Tisch deponiert hatte.

Gerade, als er das Telefon suchte, trällerte Carmen von unten, dass sie wieder da sei. Am liebsten hätte er sie gepackt, geschüttelt und ihr ins Ohr gebrüllt, dass Maiga auch wieder da sei, aber er riss sich zusammen. Im Moment brauchte er ihre Hilfe. Für Strafmaßnahmen war danach noch Zeit genug.

Als Carmen ihn sah, ließ sie ihre Einkäufe fallen und forderte ihn auf, die Hand von dem Ohr zu nehmen, damit sie sehen könne, was da los sei.

„Kommt alles später. Wir müssen jetzt schnell handeln. Hol Verbandszeug für mich und was neues zum Anziehen. Mein Hemd ist blutig. Beeil dich."

„Ja, ja. Bin schon unterwegs. Bei unserem lieben Nachbarn Rüdiger ist übrigens die Polizei vor der Tür. Du hast doch jetzt eigentlich keine Zeit gehabt mit ihm zu streiten, oder? Hat ihn vielleicht irgendwer überfallen oder so? Hast du was mitgekommen?"

Sie schaute auf Egberts Ohr.

„Nee, oder? Das da kommt jetzt nicht von diesem dämlichen Rüdiger."

Egbert hatte kein Interesse an Erklärungen. Carmen musste jetzt einfach schnell und effizient funktionieren.

„Beeil dich. Du musst mich erstmal verbinden. Später kann ich dir alles in Ruhe erklären."

Endlich setzte sie sich in Bewegung. Er griff das Telefon und wählte aus dem Kopf eine Nummer.

„Du bekommst gleich eine Lieferung. Per Express. Alles klar?"

Er hörte einen Moment zu und erklärte dann unwirsch: „Dann schau mal in deine Bestellungen. Die Lieferung kommt in knapp einer Stunde bei dir an."

Er beendete das Gespräch und sah Carmen mit dem Verbandskasten vor sich stehen.

„Zeit deine Hand vom Ohr zu nehmen."

In der Angst, dass irgendetwas abfallen würde, nahm er die Hand vorsichtig weg.

„Ach du Scheiße. Jetzt sag nicht, dass dir da jemand reingebissen hat. Das muss genäht werden. So ein Glück, dass du so ein Multitalent als Frau hast. Ob ich eine frisch gespaltene Zunge nähe oder ein Ohr ist mir letztlich ziemlich egal."

Der Drang, ihr zu erklären, was sie gerade verbockt hatte wurde immer größer.

„Später, Carmen. Wir müssen erstmal Maiga wegbringen. Nimm alles mit, was du zum Nähen brauchst und verbinde mir das jetzt erstmal provisorisch."

Einen Moment hatte er den Eindruck, sie würde jetzt anfangen zu diskutieren aber dann machte sie genau das, was er von ihr verlangte. Und das in rasendem Tempo. Endlich hat sie es begriffen, ging ihm durch den Kopf. Ein paar Minuten später stand er mit sauberen Sachen und einem Turbanverband, den er mit einer Mütze halbwegs kaschiert hatte, vor Maiga. Die schaute ihn mit ängstlichen Augen an und überlegte, woher Egbert die dicke Beule am Ohr hatte.

Alleine, weil Maiga sein Ohr so komisch anschaute, hätte er sie jetzt - entgegen aller Vernunft - so gerne in seinen Spezialraum gebracht. Stattdessen packte er sie an den Haaren, befahl Carmen die Schlösser zu öffnen und zerrte Maiga zu seinem Auto. Carmen musste fahren. Er passte auf der Rücksitzbank auf Maiga auf, die er quer vor sich auf den

Boden zwischen Rücksitz und Vordersitzen gezwungen hatte.

Je länger die Fahrt dauerte, umso mehr Schmerzen hatte Maiga. Sie nahm es als Hilfe, ihre Erinnerung zu suchen. Sie wusste noch, dass sie geflohen war. Danach kam ein großes Loch. Offenbar hatte Egbert sie irgendwie wieder eingefangen und betäubt. Dazu würden jedenfalls die Kopfschmerzen passen. Vielleicht hatte sie sich dabei auf die Zunge gebissen. Das würde den blutigen Geschmack in ihrem Mund erklären. Andererseits wusste sie sehr genau, dass die Zunge eine der wenigen Stellen an ihrem Körper war, bei der sie wusste, wo der Schmerz her kam. Immer diese grauenhaften Knebel. Egal. Warum sollte sie sich jetzt einen Kopf machen, wo der Geschmack in ihrem Mund her kam? Viel schlimmer war, dass Egbert sie wieder eingefangen hatte und jetzt scheinbar woandershin transportierte. Es konnte jetzt eigentlich nur schlimmer kommen.

Als sie dann endlich aussteigen durfte, musste sie sich helfen lassen. Selbst, wenn sie es mit aller Macht gewollt hätte: Sie war nicht mehr in der Lage aus der Lücke zwischen dem Rücksitz und den Vordersitzen herauszukommen.

Schließlich wurde sie von Egbert und Carmen unter den Achseln gepackt, aus dem Auto gezogen und in ein Haus eskortiert. Scheinbar waren in den Kreisen alle reich und hatten mehr oder weniger einsam liegende Villen, ging es Maiga durch den Kopf, während sie die Freitreppe mehr hoch geschliffen wurde, als sie zu gehen.

Zu spät

Rednich schaute frustriert auf das Tuch, mit dem der Tote abgedeckt war. Wen hatte der Mann in seinem Haus aufgenommen? Wem hatte er geholfen? Für wen musste er sterben?

„Was meinst du, Jasmin?" wendete er sich an Smidt. „Ist die junge Frau, der er geholfen hat, erneut entführt worden? Von den gleichen Leuten, denen sie vielleicht gerade erst entkommen war?"

„Ich wüsste nicht, wie ich ein anderes Szenario in die acht Minuten rein bekommen könnte, die zwischen dem Notruf und dem Eintreffen der Streife vergangen sind. Zumindest kein halbwegs realistisches."

Bevor die beiden ihr Gespräch richtig anfangen konnten, gesellte sich der gerade angekommene Kollege der Spurensicherung zu ihnen.

„Bisher ist das ganze Bild noch ziemlich dünn", setzte Smidt den Mann ins Bild. „Wir haben nur einen Notruf. Demzufolge ist eine verängstigte, nackte Frau durch den Garten in das Haus gekommen. Der mutmaßliche Eigentümer", sie zeigte zu dem Leichnam, „hat einen Notruf gemacht. Leider wurde nicht nachgefragt, wie die Frau heißt. Wäre gut, wenn du verwertbare DNA an der Türe oder so findest. Im Wohnzimmer findest du Kampfspuren. Bin gespannt, ob die Blutspuren zugeordnet werden können. Warum bist du alleine?"

„Ich bekomme gleich noch Hilfe. Wir sitzen halt nicht den ganzen Tag vor dem Telefon und warten darauf, dass endlich mal wieder ein Verbrechen stattfindet."

Smidt schaute dem Kollegen, der seinen Koffer im Wohnzimmer abstellte, noch einen Moment hinterher und wendete sich dann wieder an Rednich.

„Also. Gehen wir mal davon aus, dass alles in einer einigermaßen natürlichen Reihenfolge passiert ist. Die Frau kommt rein, der Eigentümer öffnet ihr, setzt den Notruf ab, gibt ihr vielleicht die Decke, die da auf dem Boden liegt, macht ihr einen Tee und wartet auf die Streife."

„Möglicherweise fragt er die Frau irgendwas", setzte Rednich den Gedanken fort, „vielleicht ist er aber von der Situation noch so überrascht, dass ihm gar nichts einfällt, was er sie fragen könnte. Vielleicht war er sogar froh, dass er ihr einen Tee zubereiten konnte."

„Dann wird es vermutlich an der Türe geklingelt haben. Er dachte die Streife wäre da, aber stattdessen stehen die Entführer vor ihm und schlagen ihn nieder. Möglicherweise fällt er unglücklich. Jedenfalls ist er jetzt tot. Genaueres wird uns die Kollegin in der Pathologie sagen."

„Woher kommen die Blutspuren im Wohnzimmer?" wollte Rednich wissen. „War die Frau schon verletzt, als sie hier ankam? Ich denke mal, dann hätte der Mann das im Notruf erwähnt. Irgendwas wie ‚eine nackte, blutende Frau ist hier bei mir'. Andere wahrscheinlichere Möglichkeit ist, dass sie sich gewehrt hat. Gerade ist sie ihren Peinigern entkommen und schon stehen sie wieder vor ihr. Es hat ein erbitterter Kampf stattgefunden. Bei ihr waren alle Kräfte freigesetzt. Keine Hemmschwelle mehr. Todesangst. Es kann sehr gut auch Täterblut dabei sein."

Smidt schaute wieder zurück zu dem abgedeckten Leichnam.

„Die Frage ist also: Woher wussten die so genau, dass ihr Opfer hierhin geflohen war? Wie kam es dazu, dass sie nackt war? In dem Zustand kann sie unmöglich durch das ganze Viertel gelaufen sein, ohne gesehen zu werden. Wo ist sie hingebracht worden? Der oder die Täter müssen in Zeitnot gewesen sein."

„Lauter einzeln stehende Häuser mit relativ großen Grundstücken", gab Rednich zu bedenken. „Sie könnte schon ein paar Gärten durchquert haben. Trotzdem. Ziemlich unwahrscheinlich, dass sie mehr als ein paar Hundert Meter hinter sich gebracht hat, ohne gesehen worden zu sein. Es sollten sich also Zeugen finden lassen. Das Team muss die Nachbarschaft durchforsten. Irgendjemand muss einfach was gesehen haben. Vielleicht sind den Leuten ja hochdrehende Motoren aufgefallen. Irgendwer muss einfach was mitbekommen haben."

Der Safarimann

„Was bringst du mir denn da. Die ist ja völlig durch. Wegen so einem Schrott machst du so eine Welle?"

„Nur ein bisschen steif von der Autofahrt", antwortete Egbert dem Mann in Safari-Outfit, der sie in der Halle empfing.

„Meinst du! Wir wollen mal sehen, wie sie ansonsten beisammen ist."

Der Safarimann zog sich Gummihandschuhe über und fing an, Maiga oberflächlich zu untersuchen. Nachdem er mit ihren Brüsten fertig war, zog er Maiga Schamlippen auseinander und rieb ihre inneren Schamlippen zwischen Daumen und Zeigefinger. Egbert hielt Maiga während des ganzen Prozesses so gnadenlos fest, dass ihre Versuche, sich irgendwie wegzudrehen und den Safarimann los zu werden, keine Chance hatten. Vor lauter Machtlosigkeit schossen ihr die Tränen in die Augen. Als der Safarimann das merkte schaute er fragend zu Egbert.

„Hat die das öfter? Das nervt."

„Keine Ahnung. Bei mir hat sie fast durchgängig eine Haube getragen, die nur den Mund freigelassen hat."

„Auch eine Möglichkeit", stimmte der Safarimann zu. „Nimm ihr mal den Knebel ab."

Während Egbert der Aufforderung folgte, schaute sich der Safarimann Maigas Gesicht an.

„Der Septumring ist frisch?"

„Nicht ganz. Das Loch ist nur frisch gedehnt. Aber die in den Brustwarzen sind neu."

Jetzt schaute der Mann Maiga direkt in die Augen.

„Gefällt dir der Schmuck?"

Natürlich gefiel er ihr nicht. Was wollte der Typ von ihr? Sie konnte sich kaum auf den Beinen halten, sie hatte Kopfschmerzen, sie fühlte sich wie ein Stück Vieh, das gerade zur Auktion gebracht worden war. Als ob das nicht genug wäre hatte ihr Kopf auch noch Franks Stimme ausgegraben, die immer wieder das Wort ‚Frischfleisch' wiederholte. Da der

Safarimann tatsächlich auf eine Antwort von ihr zu warten schien, versuchte sie ihn zu fixieren und sagte ihm dann ziemlich undeutlich:

„Ich wurde nicht gefragt."

„Was hast du mit der angestellt Egbert? Die ist ja gar nicht bei sich. Drogen? Hast du ihr Drogen gegeben? Sag es besser direkt. Ich bekomme es ohnehin raus."

„Nein. Sowas mache ich nicht. Das weißt du. Sie wollte abhauen und ich habe sie wieder eingefangen. Dabei hat sie meine Faust an den Kopf bekommen. Das ist alles."

„Aha. Wohl zu viele Indianerbücher gelesen der gute Egbert. Was? Naja, dann bekommt sie erstmal Ruhe verordnet. Mit kranken Modellen macht das nämlich alles keinen richtigen Spaß. Gibt es sonst noch was, das ich wissen sollte? Ich denke mal die Antwort ist ‚Ja'? Weil, eine Nacht Ruhe kannst du ihr auch bei dir gönnen. Dafür musst du nicht das Risiko eingehen, einmal quer durch die Stadt zu fahren."

„Ich erwarte nicht mehr von dir, als dass du sie unter Verschluss hältst. Bei mir gibt es mal wieder Stress mit dem Nachbarn. Ich erwarte ungebetenen Besuch der Staatsmacht und hab keine Lust darauf, dass die durch irgendeinen blöden Zufall rausfinden, dass ich einen unfreiwilligen Gast habe. Das ist alles. Nur ein paar Tage. Vielleicht eine Woche, dann hole ich sie wieder ab."

Der Safarimann fixierte den Verband, der unter Egberts Mütze vorschaute.

„Das ist der Grund? Hast du dich wieder mit deinem Nachbarn gekloppt? Wie alt bist du eigentlich? Die Pubertät solltest du doch eigentlich schon hinter dir haben. Hast du deinem Nachbarn auch die Faust gegeben? So sagt man doch in diesem Indianerbuch immer, oder?"

Als Egbert keine Antwort gab, ließ der Safarimann das Thema ruhen.

„Also gut. Aber maximal eine Woche. Und jetzt zisch ab und schau, dass du mit deinem Nachbarn endlich Frieden schließt. Du hast Frank von der Umquartierung in Kenntnis gesetzt?"

„Selbstverständlich."

Ohne Carmen und Egbert zur Türe zu bringen, führte er Maiga, die noch immer sehr unsicher auf ihren Beinen war, weiter in sein Haus. Ein paar Minuten später hatte er ihr ein paar Tabletten gegen die Kopfschmerzen verabreicht und sie mit medizinischen Fesseln fixiert.

Danach ging er grübelnd zu seiner Frau, die an diesem Tag ein Kleid im Stile des 18ten Jahrhunderts trug. Ihre Taille war extrem eng geschnürt. Die gesamte Körperhaltung war auffallend gerade und steif. Sie hatte sich sogar ein Halskorsett geschnürt, das von dem Rüschenkragen nur unvollständig verdeckt wurde. Genau so, wie er es liebte. Als sie auf ihn zuging, klirrte die lange Kette an ihrem Fuß. Wie immer an normalen Tagen hatte er ihr die lange Kette erlaubt. Seine Frau konnte sich damit frei genug bewegen, um den Haushalt in Schuss zu halten und Tattoos zu entwerfen.

„Es ist so weit. Egbert hat uns die ‚Maskierte' gebracht. Für eine Woche ungefähr. Genau kann er es nicht sagen. Im Moment ist die ein bisschen durch. Scheint wohl etwa zu viel Stress gewesen zu sein. Bist du so weit?"

Er betrachtete den Tattooentwurf, an dem sie gerade arbeitete.

„Wow, das wäre doch mal was. Schau sie dir morgen mal an. Da ist eigentlich nur so ein Arschgeweih im Weg. Wenn du ihr das hier stechen willst, dann muss Egbert eben noch ein bisschen hinten anstehen."

Und Tschüß

Einen Kilometer weiter war die Stimmung hinter den geschwärzten Scheiben von Egberts Auto nicht ganz so harmonisch.

„Jetzt halt endlich still Egbert. Du weißt genau, dass ich keine Spritze setzen kann. Mehr als das Eisspray hab ich nicht zu Verfügung. Nur noch zwei Stiche, dann ist dein Ohr zumindest wieder dicht. Warum lässt du dich von Maiga auch beißen?"

Egbert kniff sich schon seit mehreren Minuten an die Innenseite des Beines. Angeblich sollte das Gehirn damit vor das Problem gestellt werden, dass es nicht wusste, welche Schmerzquelle dem Bewusstsein gemeldet werden musste. Er hielt diese Theorie aus der Erfahrung, die er gerade machte für Humbug. Allerdings traute er sich auch nicht, sein Bein loszulassen. Vielleicht waren die Schmerzen an seinem Ohr in Wirklichkeit ja noch viel größer. Und wieso eigentlich war Carmen so komplett empathiefrei? Sie hatte ihm das doch schließlich alles eingebrockt. Aber anstatt ihn schmerzfrei zusammen zu nähen, musste er sich auch noch ihre dämlichen Sprüche anhören.

„So, ich schmier dir jetzt noch eine dicke Lage Desinfektionslösung drauf. Und dann wollen wir mal das Beste hoffen. Eins kann ich dir aber jetzt schon sagen: Du solltest deine Haare wachsen lassen. Schön ist das Ohr nun wirklich nicht mehr. Du kannst froh sein, dass es überhaupt noch vollständig ist. Ich könnte dir auch so einen abgefahren Metallschmuck stechen", schlug sie fröhlich vor. „Kennst du den? Der deckt das gesamte obere Ohr ab. Selten zu sehen aber dafür umso interessanter. Elfenohr ginge auch ganz gut damit."

In dem Moment, in dem sie mit einem zufriedenen Lächeln ihren kleinen Notfallkoffer schloss, konnte Egbert nicht mehr an sich halten. Er schrie ihr seinen ganzen Frust über ihr Versagen ins Gesicht und holte weit aus, um ihr eine schallende Ohrfeige zu setzen. Sein Pech war, dass er wegen der beengten Verhältnisse so langsam war, dass Carmen den Notfallkoffer zu ihrem Schutz hochreißen konnte und damit nicht nur seinen ohnehin abgeschwächten Schlag abfing, sondern mit der Ecke des Koffers – immerhin abgerundet – auch noch sein frisch genähtes Ohr traf.

Carmen musste gar nicht lange nachdenken, was sie als Nächstes machen würde. Da sie selber Gewalt in Form von Schlägereien im Gegensatz zu Egbert als vollkommen primitiv empfand, nutzte sie die Zeit, die Egbert brauchte, um mit seinen Schmerzen klar zu kommen, und verließ mit ihrem Notfallkoffer das Auto und Egbert. Ihre bis zum Ellenbogen reichenden Schutzhandschuhe ließ sie achtlos in den Rinnstein fallen. Ein Blick an ihr hinunter reichte ihr, um zu wissen, dass sie keine verräterischen Blutspuren an sich trug. Dem Drang, sich noch einmal umzudrehen, konnte sie mühelos widerstehen. Sie hatte Egbert oft genug gesagt, dass sein Hang zur unkontrollierten Gewalt in Stresssituationen noch zu einem echten Problem werden würde. Gerade bei all den anderen Sachen, die sie so am Rande und jenseits der Legalität betrieben. Als sie merkte, dass er sich nicht ändern würde, hatte sie angefangen Vorsorge zu treffen und sich dann geschworen ihn zu verlassen, sobald er das erste Mal gegen sie gewalttätig werden würde. Das war gerade eingetreten. Also war sie weg. So einfach konnte das Leben sein. Eigentlich ein schönes Gefühl, stellte sie fest. An der Schwelle zu einem neuen Leben zu stehen, das gut vorbereitet auf sie wartete, war ein wirklich schönes Gefühl.

Hektik

Viele Nachbarn hatten die Kommissare bisher nicht angetroffen, aber alle die sie angetroffen hatten, waren schockiert, als klar wurde, dass es einen Toten gegeben hatte und wer der Tote war. Mitbekommen hatte keiner etwas. Nachdem aber bereits der erste Anwohner sofort angefangen hatte, von Streitigkeiten mit einem ‚gewissen Herrn Jagelman' zu erzählen, waren die beiden Kommissare natürlich hellhörig geworden. Die Nachfrage im Präsidium und die Angaben der anderen Nachbarn bestätigten, dass es erhebliche Streitigkeiten zwischen den beiden Parteien gegeben hatte, wobei niemand versäumte klar zu stellen, wer das Opfer und wer der Täter war.

Als sie mit ein paar Leuten Verstärkung das Grundstück der Jagelmans betraten, öffnete ihnen niemand. Nach all dem, was sie gerade erfahren hatten verwunderte sie das nicht wirklich. Sie waren allerdings alles andere als umsonst zu dem Haus gegangen.

„Hol die Spurensicherung", forderte Rednich einen uniformieren Kollegen auf. „Wenn das hier keine Blutspur ist, dann fresse ich einen Besen mit Stiel. Und wir brauchen mehr Leute."

Smidt hatte schon lange ihr Handy gezückt: „Wir brauchen dringend zusätzliche Kräfte. Die entführte Frau ist vermutlich in Hausnummer 15. Eigentümer des Anwesens: Egbert Jagelman. Den schreibst du auch sofort zur Fahndung aus."

Sein Ohr pochte und schmerzte mit jeder Minute mehr. Er hätte Carmen nicht vertrauen dürfen. Trotzdem war sie die Einzige, die es überhaupt hatte machen können. Der Weg zur Notaufnahme verbot sich von selber. Glücklicherweise konnte er noch klar denken. Auch wenn er den Eindruck hatte, dass er den einen oder anderen Gedanken immer wieder einfangen musste, bis er ihn endlich begriffen

hatte. Er brauchte jetzt erstmal einfach nur Ruhe. Die konnte er bei sich nicht bekommen. So viel war ihm klar. Die Bullen würden wegen diesem dämlichen Herrn Rüdiger bestimmt schon vor seiner Türe stehen. Wer weiß, was der Typ denen wieder alles für Schauermärchen erzählt hatte. Es gab nur eine Adresse zu der er jetzt konnte. Glücklicherweise lag die sogar auf dem Weg. Fluchend schaffte er es so gerade eben einen Crash mit einem Auto zu vermeiden, das vollkommen unerwartet von links über die Kreuzung geschossen kam. Glücklicherweise waren die anderen so vernünftig nicht einfach so über die Kreuzung zu fahren. Er konnte gar nicht verstehen, wie man so rücksichtslos sein konnte.
Die nächste Ampel sprang gerade auf Rot, als er auf sie zu fuhr. Es half nichts. Er hatte Eile. Also drückte er sowohl Hupe als auch Gaspedal fest durch und schon war er über die Kreuzung hinweggerauscht. Kurz danach fuhr er nicht ganz sauber – die Ecke eines Zaunes ging zu Bruch – in die Einfahrt seiner Fluchtadresse.

Bert konnte nicht glauben, was er sah.
„Wie siehst du denn aus und was machst du hier?"
„Ich brauch für die Nacht was zum Schlafen. Morgen bin ich wieder weg!"
Ohne auf Berts Antwort zu warten, drängte sich Egbert an ihm vorbei, ging geradewegs ins Wohnzimmer und ließ sich auf einem der Sofas fallen. Fast liegend mit weit gespreizten Beinen schaute er zu Bert.
„Wo ist das Problem flotter Berti? Ich brauch nur die eine Nacht. Mach dich nützlich! Bring wir was Starkes gegen die Schmerzen! Am besten einen von deinen guten schottischen Whiskys. Wird doch wohl möglich sein!"
Ohne ein Wort zu sagen, stellte Bert ein Glas und eine gut gefüllte Flasche neben Bert auf einen Beistelltisch. „Deinen Autoschlüssel. Da wo du den hingestellt hast, kann der nicht stehen bleiben."

„Ja, ja, immer schön ordentlich sein, auf diesen verfluchten offenen Grundstücken, wo dir jeder rein schauen kann. Hab ich dir nicht oft genug gesagt, dass du dir endlich mal eine anständige Villa mit hoher Mauer drum herum kaufen sollst?"

„Dann würdest du jetzt nicht hier sitzen. Ich hätte dich nämlich gar nicht erst reingelassen."

„Ja, ja, laber, laber."

Missmutig schmiss Egbert den Schlüssel auf den Tisch und kümmerte sich dann um seinen Whisky.

Ebert sah keine andere Möglichkeit, als seinen Wagen aus der Garage heraus zu holen und dafür Egberts dort einzuparken. Erst danach sah er den beschädigten Zaun und die dazu passenden Kratzer an Egberts Wagen.

Zurück im Haus nahm er Egbert, der sich gerade großzügig nachschenkte, das Glas aus der Hand.

„So, du erzählst mir jetzt erstmal, was passiert ist. Hast du eigentlich mitbekommen, dass du beim Einparken einen Jägerzaun mitgenommen hast? Wo du doch so auf dein tolles Auto stehst?"

Normalerweise hätte sich Bert jetzt an Egberts schockiertem Blick geweidet, aber dazu war keine Zeit. Deshalb legte er direkt nach.

„Pass mal genau auf Bondagemeister. Frank hat meine Frau für genau einen Monat bei dir geparkt. Ich bin deswegen mehr als sauer, aber ich kann nichts dagegen machen. Immerhin hast du dich zurückgehalten und sie nicht in deine Folterkammer geschleppt. Wahrscheinlich hat der Sadist in dir gemerkt, dass du damit nicht durchgekommen wärest. Aber jetzt sitzt du selber mit einem kaputten Ohr vor mir und willst einfach nur Whisky saufen. Bist du irgendwie der Meinung, dass die Polizei nicht mal ab und zu hier vorbeikommt? Wie soll ich denen denn bitte deine Anwesenheit erklären?"

Während Egbert langsam nach dem weggestellten Glas langte, fixierte er Bert mit den Augen, als wolle er ihn festnageln und erklärte ihm dann:

„Du sagst einfach, dass ich ein Freund bin. Die Wahrheit ist immer am Besten."

„Super Idee. Und wie erkläre ich denen, dass ich dich als dein Freund nicht in ein Krankenhaus fahre, damit du dieses Wrack von Ohr vernünftig zusammenflicken lassen kannst?"

Egbert nahm einen kräftigen Schluck und lehnte sich wieder zurück.

„Es gibt keine andere Lösung! Diese Nacht bleibe ich hier! Fertig und aus! Wenn du Schiss vor den Bullen hast, dann mach mir in irgendeinem Nebenzimmer ein Bett fertig."

Er hievte sich aus dem Sofa, nahm das Glas und die Whiskyflasche und schaute Bert fragend an.

„Was ist? Ich bin genügsam. Das reicht mir für die Nacht. Wo soll ich schlafen? Komm in Gang alter Freund!"

Dass Egbert bereit war, sich ohne weitere Diskussionen zurückzuziehen, war Bert wichtiger als die Frage, was überhaupt passiert war. Er führte ihn ins Gästezimmer, räumte schnell die störenden Sachen vom Bett und wünschte ihm eine gute Nacht.

„Übrigens", meinte Egbert grinsend, bevor er die Türe schloss. „Wenn du nach dem Monat nicht genug Geld zusammengekratzt hast, wird die Gangart bei deiner Frau erhöht. Sonst hätte ich mich da gar nicht drauf eingelassen. Ich hab das Wort vom Chef."

Berts Miene war versteinert, als er hörte wie Egbert kichernd abschloss. Er zwang sich dazu im Wohnzimmer wieder klar Schiff zu machen. Falls ungebetener Besuch seitens der Polizei kommen sollte, musste er unter allen Umständen vermeiden, dass die auf die Idee kommen konnten, dass er nicht alleine war. Zwar hätte er nichts dagegen gehabt, wenn Egbert bis ans Ende seines Lebens eingebuchtet worden wäre, aber natürlich wäre es dann nicht bei Egbert geblieben. Früher oder später wäre sicherlich alles auf den Tisch gekommen. Und dann hätte er sich mit Egbert eine Zelle teilen können.

Ideal wäre jetzt eine Idee, bei der er selber sauber blieb, Egbert unlösbare Probleme bekam und Maiga zu ihm zurück konnte. Keine einfache Aufgabe, aber an Herausforderungen konnte man auch wachsen.

Die beiden Kommissare standen inzwischen in dem Zimmer, in dem Maiga gefangen gehalten worden war und sie hatten schon vorher zumindest einen Raum gefunden, der sie sehr an die Videos von Maiga erinnerte.

Hottel war gerade von einem Streifenwagen gebracht worden. Sein eigenes Auto, ein Käfer Baujahr 73, hatte ein Batterieproblem, da Hottel am Morgen vergessen hatte, das Licht auszuschalten.

Er hatte sich sofort in das Büro gesetzt und angefangen, die Computer zu checken. Eine halbe Stunde später ließ er die beiden Kommissare zu sich rufen. Er war zu beschäftigt, um selber zu gehen.

„Was hast du gefunden?" wollte Smidt wissen.

„Zum einen ist das der Rechner, von dem die Videos hochgeladen wurden. Blöd gelaufen. Die haben ein paar Umwege genommen. Deshalb hatte ich den nicht so schnell gefunden, wie den von der Berg."

„Dass die hier die Videos gedreht haben, ist uns klar. Wenn du dir die Zimmer hier angeschaut hättest, wüsstest du warum. Was hast du noch?"

„Das hier. Ich fang mal mit dem Ende an. Hab ich gerade erst gesehen, als ihr reingekommen seid."

Er drückte auf einen Play-Button und spielte damit eine Aufzeichnung ab, die Maiga von einem Mann und einer Frau begleitet zeigte, als sie in einen Geländewagen gebracht wurde.

„Ich denke mal, dass das der Abflug der Herrschaften war. Moment eben."

Er zog den Film an der Scrollleiste ein Stück zurück und fror das Bild dann ein.

„Ihr wollt sicherlich die Autonummer für die Fahndung haben?"

Wieder hatte Smidt ihr Handy am Ohr und gab die Daten durch.

„Hast du noch mehr gefunden?" fragte währenddessen Rednich.

„Klar"

Wieder klickte er einen Button an und schon sah Rednich sich selber, wie er das Zimmer untersuchte, in dem Maiga gefangen gehalten worden war.

„Scheiße. Kann der uns etwa auch sehen?"

„Möglicherweise hat er euch gesehen. Ja. Jetzt sieht er ein Standbild, das ich aus einer alten Aufnahme auf den Ausgang gelegt habe. Hier ist massenweise Material, das gesichtet werden will. Bei den jüngeren Aufnahmen ist Frau Schorla zu sehen, wie sie das Haus fluchtartig verlässt. Dann kommt der Eigentümer, läuft ins Haus und dann wieder raus. Ich habe das nur im Schnelldurchlauf gesehen. Ist ja hier im Moment alles ein bisschen auf Hektik geschaltet. Jetzt könnt ihr weiter das Haus durchsuchen. Wenn ich noch was finde, seid ihr natürlich die Ersten, die es erfahren."

Ein neuer Morgen

Als Maiga die Augen aufschlug, war die Erinnerung wieder da. Sie war bei Egbert abgehauen. Ein Nachbar hatte ihr geholfen und dafür bezahlen müssen. Dann hatte es einen Kampf gegeben. Sie sah Egberts Ohr wieder vor sich. Als Folge der nächsten Erinnerung verzog sie angeekelt ihren Mund. Das also war die Quelle des blutigen Geschmacks gewesen.

Dann hatte Egbert sie zu diesem Großwildjäger im Safarioutfit gebracht. Gutes konnte sie von dem auch nicht erwarten, aber immerhin war der Typ so intelligent gewesen, ihr Tabletten gegen die Kopfschmerzen zu geben. Wahrscheinlich hatte ihr Egbert gegen den Kopf geschlagen und ihr damit eine Gehirnerschütterung eingebrockt. Oder irgendwas in der Art. Das war wahrscheinlich auch der Grund, warum sie sich zuerst gar nicht erinnern konnte, was passiert war.

Sie versuchte sich in den Fesseln ein wenig zu bewegen. Die Morgensonne hatte den Raum schon so weit erhellt, dass sie zumindest an ihren Händen erkennen konnte, welche Art von Fesseln der Safarimann gewählt hatte. Soweit sie das im Internet recherchiert hatte, bevor sie mit Bert den Vertrag eingegangen war, waren die Teile absolut ausbruchssicher. Sie brauchte es gar nicht erst zu probieren.

Was konnte sie jetzt noch tun? Schlafen und diesen wunderbaren klaren Kopf behalten. Sobald der Safarimann anfangen würde sich um sie zu kümmern musste sie versuchen herauszubekommen, was der alles wusste. Sie konnte sich gut vorstellen, dass Egbert beispielsweise den schwer verletzten Nachbarn nicht erwähnt hatte. Dass damit ein Grund mehr existierte, sie polizeilich zu suchen war dem Safarimann also vermutlich noch gar nicht bewusst. Und von ihr würde er das bestimmt nicht erfahren. Trotz ihrer Lage fühlte sie sich erstaunlich entspannt. Ein Lächeln ging über ihr Gesicht.

Ein paar Kilometer entfernt fühlte sich Bert alles andere als entspannt. Die halbe Nacht war er ruhelos auf und ab gegangen. Es gab zu viele Unbekannte in seiner Rechnung.

Wo war Maiga? Bis gestern hatte er gewusst, dass sie bei Egbert war und er hatte Franks Wort, dass ihr dort nichts wirklich Schlimmes passieren konnte. Aber wo war sie jetzt?

Wusste Frank überhaupt, dass sie nicht mehr bei Egbert war?

Was hatte die Polizei inzwischen herausgefunden? Wurde er entgegen seinem bisherigen Eindruck vielleicht doch verdächtigt?

Feierte Maigas überdrehte Freundin Maggie im Moment wirklich irgendwo eine Hochzeit oder hatte sie gelogen? War sie am Ende etwa zur Polizei gegangen? In dem Fall hätte sie die Polizei zu Frank geführt. Immerhin hatte Maiga da getanzt. Das konnte auch Frank nicht wegdiskutieren.

Wenn es so war, dann verstand er nicht, warum die Polizei nicht schon lange die illegale Pokerrunden entdeckt hatte. Durch den Tod von Franz und die Plapperei von Franziska hätten die doch nur noch Eins und Eins zusammenzählen müssen. Oder kam das nur ihm selber so vor, weil er sich nicht vorstellen konnte, dass die Polizei die Fakten auch komplett anders deuten konnte?

Eines war sonnenklar: Er musste alles, was er kriegen konnte, aus Egbert herausbekommen. Vielleicht würde es ihm ja sogar gelingen, Egbert mit vernünftigen Worten davon zu überzeugen, dass die Karten so lagen, dass er nur mit ihm gemeinsam sauber aus allem raus kommen konnte.

Schlimmstenfalls musste er Gewalt anwenden. Vielleicht hatte Egbert am Abend sogar so was geahnt und sich deshalb eingeschlossen. Jetzt war das für Bert umso ärgerlicher. In seinem eigenen Haus musste er tatsächlich klopfen, statt einfach reinzugehen. Aber was sollte es? Da musste er durch. Letztlich war es das kleinste seiner Probleme.

Erst klopfte er noch höflich mit den Knöcheln an die Türe, dann ging er dazu über, mit der flachen Hand dagegen zu schlagen und schließlich trat er laut rufend dagegen. Nichts passierte. Oder doch? Ihm war, als ob jemand stöhnen würde. Schließlich wurde es ihm zu bunt. Er zog sich einen schweren Wanderstiefel an, nahm zweimal vorsichtig Maß und trat dann die Türe direkt neben dem Schloss ein. Um ein Haar wäre er mit dem Stiefel in dem Loch der aufschwingenden Türe hängen geblieben. Der Ärger darüber verflog in dem Moment, in dem er Egbert sah.

Der lag schweißgebadet mit hochrotem Kopf und hektisch atmend auf dem Bett. Das verwundete Ohr sah mehr als unappetitlich aus.

„Egbert?"

Egberts Kopf bewegte sich langsam in seine Richtung. Die Augen waren glasig und hatten deutlich sichtbar Schwierigkeiten ihr Ziel zu fokussieren.

Bert war zwar kein Arzt, aber er war sich trotzdem sicher, dass Egbert kurz davor stand, komplett abzunippeln. Dann musste er sich die fehlende Info über Maiga woanders besorgen. Vermutlich wäre in so einem Fall sogar Frank gesprächsbereit.

Egbert jedenfalls konnte er nicht nur abschreiben, er musste sich zudem noch überlegen, wie er ihn am Besten loswerden konnte.

Er schaute auf die demolierte Türe. Okay. Mal angenommen er würde die Polizei bitten, diese Arbeit zu erledigen. Wie könnte die Geschichte aussehen, die er dann erzählen würde? Vielleicht war sein Freund ja wegen Maigas Verschwinden zu ihm gekommen. Männerabend. Beistand in der Not. Was zählt da schon ein lädiertes Ohr? Als echter Freund hatte Egbert sein persönliches Wehwehchen natürlich zurückgestellt. Wie hätte man denn ahnen können, dass da innerhalb einer Nacht so ein Drama draus werden konnte? Egbert hatte sich dann irgendwann mit dem Whisky zurückgezogen und Bert hatte ihn natürlich am Morgen nicht wecken wollen. Irgendwann – Bert schaute auf seine Armbanduhr: vielleicht in zwei, drei Stunden - war er dann nervös geworden, hatte die Türe aufgebrochen und Egbert so vorgefunden. Natürlich hatte er sofort den Notarzt verständigt. Leider zu spät. Was für ein Drama.

Natürlich musste er unbedingt daran denken, sich den Bergstiefel wieder anzuziehen, wenn der Notarzt kommen würde. Das würde so herrlich unterschwellig dokumentieren, wie sehr ihn dieses schreckliche Ereignis aus der Bahn geworfen hatte.

Bert nahm sich noch ein paar Sekunden, um alles sacken zu lassen und nickte sich dann zu. Warum nicht? Die Story war gut. So konnte er Egbert gut und sauber los werden. Die Polizei, dein Freund und Helfer. Hatte bei Franz doch auch geklappt. Als nächstes würde er sich Carmen vornehmen. Die konnte ihm genauso gut sagen, wo Maiga jetzt war. Sie war sogar viel besser dafür geeignet als Frank.

Wieder schaute er auf die Uhr. Eigentlich konnte er das auch direkt erledigen. Egbert würde ihm ohnehin nicht weglaufen. Ein zufriedenes Lächeln ging über sein Gesicht.

Noch kurz vor dem Morgenmeeting, waren Smidt und Rednich eher frustriert als optimistisch. Es hatte einen weiteren Toten gegeben. Wenn alle Leichen, die im Umfeld der Ermittlungen aufgetaucht waren, tatsächlich auf den gleichen Täter oder die gleiche Tätergruppe zurückzuführen waren, dann war das jetzt schon die Vierte. Ohne Frage viel zu viel. Richtig ärgerlich war, dass Maiga Schorla zum Greifen nah gewesen war und jetzt wieder irgendwo in der Stadt oder auch außerhalb der Stadt festgehalten wurde. Vielleicht hunderte Kilometer entfernt. Das Gleiche galt für diesen Egbert Jagelman. Zwar hatte Hottel auf den Videos entdeckt, dass Jagelman irgendwo am Kopf verletzte war, aber niemand konnte aufgrund der Videoaufnahmen erkennen, wie schwer die Verletzung wirklich war. Natürlich hatten sie die Krankenhäuser aufgefordert, auf entsprechende Verletzungen in der Ambulanz zu achten. Allerdings machten sie sich wenig Hoffnung, dass dabei etwas herauskommen würde.

Wenn innerhalb der nächsten Minuten keine richtungweisende Neuigkeit hereinkommen würde, dann blieb ihnen nur, sich an die Akteure zu halten, von denen sie wussten, dass sie in irgendeiner Art und Weise die Finger im Spiel hatten. Lange, nervenzermürbende Verhöre auf wackeligen Füßen. Falls einer von denen dann auch noch Rechtsbeistand einforderte, würde es noch schwieriger werden.

Zur gleichen Zeit wertete ein Polizist, der sich als Kandidat für höhere Aufgaben sah, die Anzeigen gegen einen Verkehrssünder aus, der am frühen Abend gemeldet worden war, weil er mehrere rote Ampeln ignoriert hatte. Nicht, dass der Polizist so eine billige Arbeit freiwillig machen würde, aber es hatte da diese Fahndung gegeben. Leider gab es von den Kreuzungen keine Bilder. Aber es gab auf der Verbindungslinie zwischen den Kreuzungen eine Radaranlage. Schon ziemlich bald ging ein breites Lächeln über sein Gesicht.

Vorbereitungen

„Na, dann wollen wir mal schauen, ob du wieder bei Verstand bist."

Die Betonung, mit der der Safarimann diesen Satz ausgesprochen hatte, hörte sich eher nach routiniertem wissenschaftlichem Interesse an. In etwa so, als ob er mal wieder eine Kiste mit irgendwelchen Fundstücken öffnen würde, ohne mit etwas wirklich Interessantem zu rechnen.

Als Maiga das hörte, hatte sie einen spontanen Einfall, wie sie vielleicht Zeit gewinnen könnte. Sie schaute ihn mit wachen, interessierten Augen an und sprach mit ruhiger Stimme.

„Guten Tag. Gut, dass Sie kommen. Ich weiß gar nicht, was passierte ist." Sie schaute an sich herunter. „Warum liege ich in diesem komischen Bett? Warum hat man mich hier festgebunden? Sind Sie hier zuständig? Können Sie mich bitte losbinden? Ich verstehe das alles nicht. Ich tu doch keinem was."

Der Safarimann schaute Maiga einen Moment lang amüsiert an und antwortete ihr dann:

„Ich bin der behandelnde Arzt. Die Fixierung war leider notwendig. Ob wir die lösen können, hängt alleine von Ihnen ab."

Maiga schaute an dem Safarimann hoch und runter. Er hatte seine khakifarbende lange Cargohose durch eine halblange ebenfalls khakifarbende Cargohose ersetzt. Dazu trug er Kniestrümpfe (natürlich ebenfalls khakifarbend). In der Lücke zwischen Kniestrümpfen und Hose sah Maiga weiße Beine mit dürftiger schwarzer Behaarung. Wenn sie nicht unter so einer großen innerlichen Anspannung gestanden hätte, hätte sie sich beim Anblick dieses Outfits das Lachen wohl kaum verkneifen können.

„Sie sehen aber nicht wie ein Arzt aus", stellte sie fest.

„Naja, um ehrlich zu sein. Ich bin außer Dienst. Das hier mache ich rein privat."

„Wo ist mein Mann? Wann kommt mich mein Mann besuchen? Was ist überhaupt passiert? Ich weiß gar nicht was passiert ist. Habe ich etwas Schlimmes gemacht?"

Der Safarimann schaute sie wieder amüsiert an.

„Du hast ja echt Humor, Maiga. Das hatte mir noch gar keiner gesagt. Aber jetzt muss es auch mal gut sein. Du weißt sehr genau, warum du hier bist und du weißt ebenfalls sehr genau, dass Bert dich so bald nicht besuchen wird."

„Sie kennen meinen Mann? Warum kann der mich denn nicht besuchen?"

„Maiga, hör auf mit dem Mist. Ich kauf dir das nicht ab. Du wirst jetzt mindestens eine Woche hier bleiben. Egbert hat mal wieder Stress mit seinem Nachbarn. Deshalb hat er dich gestern zu mir gebracht. Das ist alles. Aber das weißt du selber ja auch."

„Egbert? Wer ist das?" Maiga versuchte möglichst unschuldig zu blicken.

Der Safarimann stützte die Hände in die Seiten und legte den Kopf leicht schief.

„Du willst mir jetzt ernsthaft vorspielen, dass du dich an gar nichts mehr erinnerst? Okay. Dann tu ich mal so, als ob ich dir das glaube. Was ist denn deine letzte Erinnerung? Wo setzt dein Gedächtnis aus?"

Maiga überlegte einen Moment und sah dabei die Decke an.

„Ich habe einen Job als Tabletänzerin angenommen. Mein zweiter Arbeitstag lief ganz gut. Eine Kollegin hat mich, als die Gäste am nächsten Morgen alle weg waren, mit auf die Dachterrasse genommen. Ich weiß noch, wie schön es dort war. Danach ist Schluss. Ich nehme mal an, dass das gestern gewesen sein muss. Oder bin ich etwa schon länger hier?"

Der Safarimann schüttelte lachend den Kopf und ließ Maiga ohne weitere Worte alleine. Aus Erfahrung klug geworden – irgendwo waren bestimmt versteckte Kameras aufgestellt - versuchte sich Maiga jetzt wie eine Frau zu verhalten, der eine oder zwei Wochen Erinnerung fehlen und die ansonsten nicht vollkommen helle im Kopf ist. Zwar hatte sie, abgesehen von ein paar oberflächlichen Klischees keine Ahnung, wie das ging, aber sie konnte es zumindest versuchen. Am Besten, sie fing mit der Untersuchung ihrer Fesseln an.

Viel konnte sie davon zwar nicht sehen, aber sie wusste ja ohnehin in etwa, wie die funktionierten. Jetzt, wo sie hilflos als Gefangene in den Fesseln lag, konnte sie sich nur noch schwer vorstellen, wie sie davon hatte träumen können, dass Bert sie auch mal so fesseln würde. Im Prinzip waren die Fesseln so simpel wie effektiv. Auf Höhe ihrer Knöchel war ein breites Band quer über die Matratze gespannt. Das wurde ihrer Erinnerung nach seitlich am Bettgestell festgezurrt. Vielleicht ging es auch einmal um die Matratze herum. So genau hatte sie sich für solche technischen Details nicht interessiert. Das Wichtige an dem Band waren die beiden Fußmanschetten, die mit einem praktischen Schnellverschluss um ihre Knöchel gebunden waren. Maiga versuchte ihre Füße hin und her zu bewegen und merkte sofort den Widerstand, den die Fußmanschetten boten. Leichte Bewegungen waren möglich und auch gewollt, damit man nicht komplett steif wurde.

Das nächste Band sicherte auf gleiche Weise ihre Oberschenkel. Hier gab nach ihrer Erinnerung noch eine zusätzliche Verbindung, die oben auf den Manschetten angebracht war und ihren Oberschenkeln noch ein bisschen mehr Bewegungsfreiheit nahm, da diese Verbindung verhinderte, dass sie die Oberschenkel in den Manschetten zu weit auseinander ziehen konnte. Auch dieses Band konnte Maiga deutlich spüren. Ursprünglich hatte sie davon geträumt, dass Bert ihre Oberschenkel damit fest aneinander binden würde. Was das hätte bringen sollen, konnte sie jetzt gar nicht mehr sagen. Vermutlich war ihre Phantasie einfach komplett mit ihr durchgegangen, als sie diese Fesseln im Internet gefunden hatte.

Das dritte Band hatte direkt zwei Funktionen. Zum einen war daran die Manschette befestigt, die sich um ihren Bauch legte und damit verhinderte, dass sie sich aufrichten konnte und zum anderen waren daran die Manschetten für ihre Handgelenke befestigt.

Damit hatte es der Safarimann glücklicherweise bewenden lassen. Der vierte Gurt hätte nämlich benutzt werden können, um sie mit einem Kopfgeschirr noch weiter zu fixieren.

Ein paar Zimmer weiter hatte die Frau des Safarimannes bereits die Liege für Maiga vorbereitet. Sie wollte heute die Konturen stechen. Da das Tattoo Maigas kompletten Rücken bedecken würde, war das für die erste Sitzung genug Arbeit. Ihr Mann stand neben ihr und schaute auf das Display seines Tablets. Die Webcam lieferte zwar keine perfekten, ruckelfreien Bilder von Maiga, aber zur Überwachung reichte es vollkommen.

„Meinst du, die hat echt einen Schaden abbekommen oder spielt die uns was vor?"

Seine Frau warf einen kurzen Blick auf das Display.

„Ist mir eigentlich ziemlich egal. Wenn die wirklich einen an der Klatsche hat, dann zickt die gleich vielleicht nicht so rum, wenn ich anfange ihr das Tattoo zu stechen. Außerdem kann sie dann umso früher vernünftig vermarktet werden. Das ist dir doch immer so wichtig, mein Liebster."

„Ich frag mich echt, was Egbert mit der angestellt hat."

„Meinst du, er hat uns was verschwiegen, was wir wissen solltest?"

„Nein. Egbert ist zwar etwas impulsiv, aber nicht dämlich. Der weiß ganz genau, was ihm blüht, wenn er uns verschaukelt"

„Na dann ist doch alles gut", stellte sie lächelnd fest. „Dann hol mein Tattoomodell doch endlich rein und schnall sie auf der Liege fest. Mach nur vorher die Kette zwischen meinen Füßen noch etwas kürzer. Ich hab Angst, dass ich drüber stolpere."

Der Safarimann schaute auf die Kette, die zwischen den Balletts seiner Frau durchhing. Eigentlich war Stolpern vollkommen unmöglich. Sie wollte einfach nur die Einschränkung in der Bewegungsfreiheit stärker spüren. Vielleicht hätte er ihr am Morgen doch besser einen ihrer Humpelröcke anziehen sollen.

Wo ist Maiga?

Auf der Fahrt durch die Stadt merkte Bert, wie die Müdigkeit immer stärker in ihm hochstieg. Es war inzwischen schon zehn Uhr. In seinem normalen Tagesrhythmus hätte er sich jetzt in der Tiefschlafphase befunden. Er musste sich mächtig zusammenreißen, um seine Konzentration nicht zu verlieren. Er hielt einfach zu viele Fäden in der Hand. Der kleinste Fehler konnte alles zum Einsturz bringen.

Als er seinen Wagen gerade in Egberts Straße abstellen wollte, sah er die Autos in dessen Einfahrt. Das sah nicht gut aus. Zweifellos war Egberts Haus von der Polizei in Beschlag genommen worden. Wer sonst, außer der Polizei konnte das schon sein? Jetzt galt es normal und unauffällig vorbei zu fahren und dabei so viele Eindrücke zu sammeln, wie möglich. Eine zweite Vorbeifahrt konnte er sich nicht erlauben.

Als er den Umkreis von Egberts Haus verlassen hatte, kreisten seine Gedanken nur noch darum, was passiert sein konnte. War Egbert komplett aufgeflogen und hatte sich gerade noch retten können? Oder war die Polizei wegen einer anderen Sache zufällig auf Egbert gestoßen und hatte dann bei ihm noch ganz andere Sachen entdeckt, als sie eigentlich gesucht hatte?

Stellte sich die Frage, was mit Maiga war. Wenigstens hatte kein Leichenwagen im Hof gestanden. Maiga lebte also noch. Bert schüttelte unwirsch den Kopf. Wie konnte er auf die Idee kommen, dass Egbert Maiga umgebracht haben könnte? Klar war Egbert oft ziemlich unkontrolliert, aber auch für ihn galten Grenzen. Und die von Frank gesteckten Grenzen würde auch Bondagemeister Egbert niemals überschreiten. Bekanntermaßen war der Chef, der noch über Frank stand, extrem humorfrei. Wobei er noch immer nicht wusste, ob es diesen Chef wirklich gab. Bisher war er immer nur als der große Unbekannte aufgetreten. Angeblich hatte ihn selbst Frank noch nie gesehen.

Bert mahnte sich zur Ordnung. Die Frage, ob es den Chef gab oder nicht, war jetzt nicht von Belang. Er musste sich zwingen erstmal die aktuelle Situation zu analysieren. Was passierte gerade? Klar. Die Polizei würde Spuren sichern und es würden massenweise Spuren zu sichern sein. In dem Punkt war sich Bert vollkommen sicher. Und dann?

Ein paar Kreuzungen weiter wurde ihm die ganze Tragweite klar. Vermutlich würde das gesamte Netzwerk auffliegen. Er musste dringend Frank warnen. Am besten persönlich. Vielleicht wurden die Telefone ja schon abgehört. Bevor Bert die Fahrtrichtung ändern konnte, fragte er sich, warum er Frank eigentlich warnen wollte. Vielleicht, weil Frank der Einzige war, der eine direkte Verbindung zum Chef hatte. Andererseits: Wenn das Netz ohnehin aufgeflogen war, dann galt es nur noch sich selber zu retten, solange es noch ging. Er musste also dringend nach Hause, ein paar Sachen packen und seinen Aktenkoffer mit den wichtigsten Unterlagen holen. Wie klug es doch von ihm war, die Unterlagen immer komplett und griffbereit zusammen zu haben.

Vielleicht war aber auch alles irgendwie anders, ging es ihm danach durch den Kopf. Eigentlich musste die Polizei Maiga gefunden haben. Vermutlich wurde die gerade noch ärztlich versorgt oder so und dann würden diese beiden Kommissare bei ihm auftauchen und ihm freudestrahlend seine Frau präsentieren.

Selbst, wenn das so sein würde, dann hieß das für ihn trotzdem, dass sie ihn früher oder später verhaften würden. Er durfte sich nicht vorgaukeln, dass die Polizei aufhören würde zu arbeiten, nur weil sie seine Frau gefunden hatten.

Je länger er darüber nachdachte, umso mehr kam er zu der bitteren Erkenntnis, dass er komplett den Überblick verloren hatte. Genaugenommen hatte er ihn ab dem Moment verloren, in dem Egbert bei ihm aufgetaucht war. Es gab einfach viel zu viele Spieler in dem Spiel, von denen er nicht die geringste Idee hatte, welche Karten sie in den Händen hielten. Obendrauf kam noch seine extreme Müdigkeit. Wer müde ist, macht Fehler. Das wusste er aus eigener Erfahrung besser als jeder andere. Wie oft schon hatte er müde Gegner beim Poker abgezogen. Er musste sich zu Hause als Erstes eine Pille einwerfen, um die nächsten Stunden hellwach zu sein. Warum hatte er das eigentlich nicht schon gemacht, als er das Haus verlassen hatte?

Als sein Haus in Sichtweite kam, standen keine unbekannten Autos und auch kein Streifenwagen vor der Türe. Das war schon mal gut. Trotzdem war sein Haus nicht sicher. Das durfte er jetzt nicht vergessen. Er stellte das Auto halb in die Einfahrt. Nur eben kurz rein, das Notwendigste greifen, alles ins Auto und erstmal ein paar Kilometer weg. Egal wohin. Hauptsache weg.

In dem Moment, in dem er ausstieg, hielt ein Auto hinter ihm und blockierte damit die Ausfahrt. Bert kannte das Auto. Die beiden Kommissare waren da. Er merkte, wie sich Adrenalin in seinen Adern ausbreitete. Die Müdigkeit war weg. Endlich war er wieder der absolute Profi. Er würde den beiden ein makelloses Glanzstück präsentieren.

„Da haben Sie aber Glück, dass Sie mich erwischen. Sie sehen ja, ich komme selber gerade erst zurück."

„Ja", meinte die Kommissarin lächelnd. „Das Leben geht immer weiter. Die täglichen Dinge müssen erledigt werden. Sie waren bestimmt gerade einkaufen."

„Woher wissen Sie das?" Auch Bert konnte trotz der extremen Anspannung unter der er stand, vollkommen locker und entspannt lächeln. „Ich habe tatsächlich ein paar Besorgungen gemacht. Aber Sie sind bestimmt nicht gekommen, um mit mir über so was zu reden. Haben Sie endlich Neuigkeiten von meiner Frau?"

Die Kommissarin schaute sich demonstrativ um.

„Wenn Sie nichts dagegen haben, würden wir das gerne drinnen bereden. Wer weiß schon, wie viele Nachbarn hinter den Gardinen schon darauf warten irgendwas Neues, womöglich Dramatisches mitzubekommen. Sie können Ihre Einkäufe ruhig mit rein nehmen", forderte sie ihn mit Blick auf sein Auto auf. „Da muss doch bestimmt was in den Kühlschrank".

„Kein Problem", winkte er ab, wobei er sich vorwerfen musste, vom Timing her einen kleinen Moment zu spät reagiert zu haben. „Das sind nur Konserven. Ich bin nicht so der Koch."

Damit die Kommissarin sich an dem Thema nicht festbeißen konnte, ging er, ohne eine Antwort abzuwarten, zu seinem Haus. Sein Körper strahlte dabei große Ruhe aus. Er konnte seinen Gang problemlos kontrollieren. Bloß nicht hektisch werden. Ohne die geringste Unsicherheit gelang es ihm, den Schlüssel ins Schloss zu stecken und die Türe aufzuschließen. Profis bei der Arbeit sind einfach gut. Und er war absoluter Profi.

Auf das, was er - und zusammen mit ihm die beiden Kommissare - in seinem Wohnungsflur sah, fiel ihm allerdings keine locker vorgetragene Improvisation ein. Er hatte vor lauter Freude an seinen eigenen Fähigkeiten das Problem mit Egbert vergessen. Wenn Egbert es nicht bis in den Flur geschafft hätte, wo er jetzt ein paar Schritte vor ihm leblos auf dem Boden lag, dann hätte er vielleicht noch eine Chance gehabt, weil die eingetretene Türe vom Flur aus nicht zu sehen war. Aber so, wie Egberts Körper jetzt im Weg lag, konnte er natürlich nichts verbergen. Er musste sich irgendwie selber als vollkommen überrascht darstellen und darauf hoffen, dass die kaputte Türe nicht gefunden wurde. Während er noch in dieser Überlegung feststeckte, merkte er, dass die Kommissare um einiges gedankenschneller waren als er. Sie drückten ihn so schnell gegen die Wand und legten ihm Handschellen an, dass er gar nicht erst in die Verlegenheit kam, eine drittklassige Erklärung für Egberts Anwesenheit und vor allem Egberts Zustand abzugeben.

Erst als er mit der Brust und dem Kopf gegen die Wand gelehnt da stand und beide Beine ein Stück von der Wand abgerückt waren, begriff er so richtig und vollkommen, was passiert war. Die Polizei hatte immer viel mehr gewusst, als er geglaubt hatte. Das Einzige, was sie bisher nicht gewusst hatten, war der Ort, an dem Maiga festgehalten worden war. Das war auch der Grund dafür, dass sie ihn überhaupt auf freiem Fuß gelassen hatten. Sie hatten geahnt, dass er bei seiner Nummer mit dem besorgten Ehemann bleiben würde. Mit Sicherheit hatten sie sein Telefon angezapft und darauf gewartet, dass er den einen entscheidenden Anruf machte. Das hatte er ihnen nicht geliefert aber trotzdem war ihnen der Durchbruch geglückt. Sie hatten Egbert und damit Maigas Aufenthaltsort aufgespürt und jetzt sammelten sie der Reihe nach alle Verdächtigen ein. Er hatte die beiden Kommissare vollkommen unterschätzt. Jetzt war alles verloren. Er konnte nur noch Schadensbegrenzung betreiben.

Smidt hatte schon den Notarzt gerufen, als Rednich noch mit der Sicherung von Bert Schorla beschäftigt war. Der Mann auf dem Boden konnte eigentlich kein anderer als Egbert Jagelman sein. So viel stand für sie fest. Während sie prüfte, ob sie noch einen Puls fand, fing Bert Schorla mit einem völlig unerwarteten Geständnis an.

„Ich hoffe Egbert hat Maiga keinen schlimmen Schaden zugefügt. Mir waren die Hände gebunden. Ich hatte keine andere Wahl, als den nichtsahnenden Ehemann zu spielen. Frank hatte mich vollkommen in der Hand. Frank Berg, Sie wissen schon. Maiga hatte bei ihm getanzt. Als ich dann bei Frank die illegale Pokerrunde versiebt hatte, hat er sich Maiga gegriffen und sie zu Egbert gebracht. Erstmal nur für einen Monat. Als Druckmittel gegen mich, damit ich meine Schulden bei ihm begleiche. Klare Auflage war, dass er ihr nichts antun darf. Aber das wissen Sie ja inzwischen alles schon. Für mich zählt jetzt nur, wie es Maiga geht. Sagen Sie ihr, dass es mir leid tut. Aber ich konnte nicht anders. Frank ist absolut skrupellos. So, wie es lief, war es die beste Lösung für Maiga. Ich hatte die Garantie von Frank. Geht es ihr gut?"

Also hatten sie die ganze Zeit richtig gelegen. Bert Schorla hatte immer gewusst, wo seine Frau war. Smidt bedeutete ihrem Kollegen, dass sie mit den Rückfragen anfangen wollte. Das mit dem Pokern wollte sie zurückstellen. Das konnten sie später noch recherchieren. Sie hatte keine Ahnung, was er damit meinte. Jetzt galt es erstmal den Vorteil auszunutzen, dass Bert Schorla nicht nur redete, sonder auch glaubte, seine Frau sei bereits in Sicherheit. Während sie an ihrem Smartphone sie Tonaufnahme aktivierte, versuchte sie ihr Glück, ihm mit einer offen gehaltenen Frage ein paar zusätzliche Informationen zu entlocken.

„Wäre hilfreich, wenn Sie uns alle Namen nennen. Wir checken das dann mit unserer Liste ab."

„Selbstverständlich. Franz Müller, der gerade bei einem Autounfall gestorben ist. Egbert Jagelman, der hier liegt, Laith Schneider, der zurzeit ein Fußballstadion in der Wüste baut und natürlich Frank Berg."

„Das war es schon? Ein Toter, ein Fasttoter, einer, der weit weg ist und dann noch Berg? Wir sind keine Idioten, Herr Schorla. Wenn Sie mit uns kooperieren wollen und damit der Staatsanwaltschaft Futter für eine milde Beurteilung geben wollen, dann erzählen Sie uns nicht so was Dünnes!"

„Ja, ist ja gut. Egberts Frau, sie heißt Carmen, macht ebenfalls mit. Genauso wie Barbara Berg. Mehr sind es wirklich nicht. Wir waren schon vorsichtig mit Neuzugängen. Illegale Pokerrunden sind für sich schon ziemlich gefährlich. Wenn man dann die anderen auch noch gezielt abzockt, kann das böse ins Auge gehen. Da muss das eigene Team hundertprozentig funktionieren."

Von diesen blöden Pokerrunden wollte Smidt eigentlich nichts hören, aber sie musste ihn bis zum Eintreffen des Notarztes unbedingt am Reden halten. Durch den Notarzt würde ohnehin ein Break entstehen. Danach würde sich Schorla sicherlich nicht mehr so freiwillig äußern.

„Wie stelle ich mir das vor? Sie, Franz Müller, der Typ aus der Wüste und Egbert Jagelman haben gespielt. Welche Rolle hatte Frank Berg?"

„Der hat die Räumlichkeiten zur Verfügung gestellt und die Bürgschaften für unsere Einsätze übernommen."

„Was ist mit den beiden Frauen?"

„Ist doch wohl klar."

„Möglicherweise, ja" Smidt verdrehte die Augen. Das konnte doch wohl nicht sein, dass die Frauen sich mal wieder nur auf ihre sexuellen Reize reduziert hatten. „Ich will es aber trotzdem von Ihnen hören."

„In den Spielpausen haben sich die beiden um unsere Pokergäste gekümmert. Ist doch klar. Sie wissen schon, dass Frank in der Stadt einen Puff betreibt?"

Smidt hörte bereits das Martinshorn näher kommen.

„Was ist mit Jagelmans Frau? Was waren die anderen Aufgaben von Carmen Jagelman? Die hat ja nicht nur den Pokerspielern den Kopf verdreht."

„Was die sonst noch macht?" Bert Schorla lachte abschätzig. „Die nennt sich Tätowiererin und Piercerin. Aber das sage ich Ihnen gleich. Die ist nicht gut darin. Frank lässt die jedenfalls an keines seiner Mädchen mehr ran. Hat wohl mehr als einmal eine Infektion gegeben."

„Und wer macht dann diese Aufgaben bei Berg?"

„Keine Ahnung. Die habe ich noch nicht gesehen. Ich weiß nur, dass die exklusiv für Frank arbeitet und dass sie sehr gut ist. Sagt man zumindest. Aber was soll die Frage? Ist ja wohl nicht ungesetzlich, wenn man sein Geld mit Tätowieren und Piercen verdient."

Zu mehr kam Smidt für den Moment nicht mehr. Der Notarzt stürmte rein und begann mit seiner Arbeit. Die erneute Frage von Bert Schorla, wie es seiner Frau ginge, ließ sie unbeantwortet. Stattdessen schob Rednich ihn ein Stück weiter in die Wohnung und setzte ihn auf einen Stuhl.

„Warum haben Sie Ihren Kumpel hier in der Wohnung alleine gelassen?" übernahm Rednich das Verhör.

„Scheiße, ich wollte Maiga holen. Dieser Sack ist gestern bei mir rein gestürmt und hat mir erzählt, er bräuchte mal ein Zimmer für eine Nacht und das war es."

Rednich nahm den aggressiven Ton der Antwort als Indiz für einen möglichen Kontrollverlust von Bert Schorla. Möglicherweise würde er mit Informationen dann noch freigiebiger werden.

„Sie haben uns eben noch erzählt, sie wären Pokerkumpel. Eine eingeschworene Gemeinschaft. Jeder muss sich auf jeden verlassen können. Also! Was hat Ihnen ihr Kumpel Jagelman gestern erzählt? Der kam doch schon mit dem verletzten Ohr zu Ihnen. Sie haben doch garantiert da drüber gesprochen."

„Nichts! Er ist hier reingekommen, hat sich von mir Whisky geben lassen und hat sich dann in dem Zimmer hinten eingeschlossen."

„Sie sind nicht auf die Idee gekommen, Ihren Kumpel ärztlich versorgen zu lassen? Also mir reicht ein Blick auf das Ohr und ich könnte kotzen. Das sieht wirklich grauenhaft aus."

Auf die Frage erntete Rednich einen mitleidigen Blick von Bert Schorla.

„Dann ist es ja gut, dass Sie nicht länger drauf geschaut haben."

Rednich merkte an dem veränderten Tonfall und dem gespielten Bedauern, dass Schorla sich wieder gefangen hatte. So schnell ging das. Eine falsch gestellte Frage und es war vorbei. Trotzdem versuchte er es noch zu retten.

„Zur Sache: Warum haben Sie ihn nicht weggebracht?"

„Ach wissen Sie. Am Besten packen Sie mich jetzt in eins ihrer schönen blau-silber beklebten Autos, bringen mich auf Ihr Revier, warten auf anwaltliche Unterstützung für mich und dann machen wir weiter."

Bevor sich Rednich wirklich über das selbstgefällige Grinsen von Bert Schorla ärgern konnte, übernahm erneut Smidt.

„Sie haben mich eben gefragt, wie es Ihrer Frau geht. Wir wissen es nicht. Ihr lieber Kumpel Jagelman hat sie, kurz bevor er zu Ihnen gekommen ist, weggebracht."

Wie von ihr erhofft wurde Bert Schorla aschfahl. Allerdings sprang er dann ohne Vorwarnung auf und rannte Richtung Flur zu Jagelman, der noch immer versorgt wurde.

„Was hast du Sau mit Maiga gemacht!?"

Smidt, die im Gegensatz zu ihrem Kollegen etwas näher an Bert Schorlas Laufweg stand, gelang es, bevor er bei Jagelman und dem erschocken blickenden Notarzt ankam, ihm von hinten in die Handschellen zu fassen und sich kurz mit beiden Füssen und langgestrecktem Körper gegen seinen Hintern zu stemmen. Durch den plötzlichen Schmerz in seinen Schultergelenken ging er ins Hohlkreuz und dann auf die Knie.

Als er nur ein paar Meter von Jagelman entfernt, auf dem Boden liegend erkannte, dass der Arzt Wiederbelebungsmaßnahmen eingeleitet hatte, ging ein gehässiges Grinsen über sein Gesicht.

„Sie können den ruhig krepieren lassen. Ist kein Verlust für die Menschheit."

Kurz danach saß er wieder auf seinem Stuhl und versuchte augenscheinlich eine Haltung zu finden, die seine Schultergelenke entlastete. Dabei fixierte er Smidt.

„Sie haben mir die Schultergelenke ausgekugelt. Wenn mein Anwalt mit Ihnen fertig ist, dürfen Sie höchstens noch Knöllchen verteilen!"

„Sie haben versucht lebensrettende Maßnahmen bei ihrem Kumpel zu stören", erklärte ihm Rednich ungerührt. „Das kommt vor Gericht nicht wirklich gut. Vielleicht weiß Ihr Kumpel ja sogar etwas über Sie, das wir nicht erfahren dürfen. In dem Fall ist das hier alles vielleicht sogar eine von Ihnen eiskalt geplante Tat. Wer weiß das schon? Also halten Sie sich jetzt besser mal ein bisschen zurück. Zu gegebener Zeit wird sich schon noch jemand um ihre Schultern kümmern."

Bert Schorla hatte sichtbar Probleme, sich zusammen zu reißen, aber er blieb ruhig und gab keine Antwort. Stattdessen begann er seine Atmung zu kontrollieren.

„Wo könnte Ihr Kumpel Jagelman Ihre Frau hingebracht haben?" wollte Smidt wissen, während sie überprüfte, ob das Smartphone den kurzfristigen Aufenthalt in ihrer Jackentasche gut überstanden hatte.

„Hören Sie auf, ihn immer meinen Kumpel zu nennen", bat Bert Schorla jetzt mit matter Stimme. „Sie haben ja gar keine Ahnung wozu der fähig ist, wenn der die Beherrschung verliert."

„Er bringt Menschen um", stellte Smidt halb fragend, halb feststellend in den Raum. Die Aufnahmefunktion lief noch immer.

„Ich weiß gar nicht wer schlimmer ist. Egbert mit seiner impulsiven Art oder Carmen. Ich kenne keinen anderen Menschen, für den Mitgefühl so wenig bedeutet wie für Carmen. Die ist vollkommen frei davon."

„Warum habe ich den Eindruck, dass Sie das bis jetzt nicht gestört hat? Immerhin war Ihre Frau bei denen. Und Sie vermitteln hier - zumindest ansatzweise - den Eindruck, dass Ihnen Ihre Frau wichtig ist."

„Weil Frank gnadenlos ist. Frank hat Maiga an Egbert gegeben. Er hat ihm klar gemacht, dass Maiga einen Monat bei ihm bleibt und dass bis dahin nichts Schlimmes mit ihr passieren darf. Egbert wäre tot gewesen, wenn er sich nicht dran gehalten hätte."

Eigentlich hätte sie jetzt von Bert Schorla gerne gewusst, was er glaubte, wie die Meinung seiner Frau zu der ganzen Angelegenheit war, aber für den Moment stellte sie die Frage noch zurück.

„Ich frage Sie noch mal. Wo könnte Herr Jagelman Ihre Frau hingebracht haben? Ihre Pokerkumpel scheiden zumindest schon mal aus."

„Was weiß denn ich? Sie sind die Polizei. Checken Sie seine Telefonate. Muss ich jetzt anfangen, Ihnen Ihre Arbeit zu erklären?"

Smidt schaute fragend zu ihrem Kollegen.

„Hast du noch was?"

Rednich winkte den beiden inzwischen eingetroffenen uniformierten Kollegen zu.

„Ihr könnt ihn jetzt wegbringen. Am besten hinten raus, sonst versucht der wieder auf den Verletzten im Flur loszugehen."

Ein paar Minuten später entdeckte Rednich die eingetretene Türe zum Gästezimmer.

„Jasmin, kommst du mal eben?"

„Upps", kommentierte Smidt spontan, „was ist denn hier passiert? Von außen eingetreten. Vermutlich hat Jagelman hier geschlafen. Da es echt dicke Kumpels sind, hat er sich natürlich eingeschlossen. Schorla hatte eine Frage und die Türe beim Öffnen versehentlich zerstört. So in etwa stelle ich mir das vor."

„Okay, lass uns mal eben ein bisschen am Gesamtüberblick arbeiten", schlug Rednich vor. „Wir haben für Bert Schorla genug, um ihn erstmal ein bisschen bei uns wohnen zu lassen. Das Gleiche gilt für Frank Berg, den die Kollegen inzwischen auch ins Präsidium gebracht haben. Die Nachricht kam gerade bei mir rein. Berg muss uns einiges zu der Toten mit dem tätowierten Vogel im Gesicht erzählen. Sie ist bei ihm gestorben. Die DNA-Spuren sind eindeutig. Außerdem müssen wir bei ihm noch die Pokerrunden recherchieren, wobei ich die eher als nebensächlich ansehe."

„Dann haben wir Egbert Jagelman. Keine Ahnung, ob der überhaupt noch mal zu den Lebenden zurückkehrt. Seine Frau Carmen suchen wir schon seit gestern. Entweder, die ist untergetaucht, oder diese tötungswütigen Typen haben die auch beseitigt."

„An diesen Stadionbauer Schneider kommen wir vermutlich nicht so schnell ran. Gibt es mit Katar überhaupt ein vernünftiges Abkommen? Ich muss gestehen, ich bin da überfragt."

„Dann hat uns Bert Schorla freundlicherweise verraten, dass es bei Frank Berg so etwas, wie eine festangestellte Tätowiererin gibt. Exklusiv sogar. Mein Tipp wäre, dass die dem zweiten Opfer den Pfau gestochen hat und dem ersten Opfer den Drachen auf den Rücken. Zumindest bei dem Drachen ist uns übereinstimmend gesagt, worden, dass es eine wirklich gute Arbeit war. Der Pfau ist nicht fertig geworden. Wir wissen also nicht, wie gut der geworden wäre. Wobei ich mich frage, ob ein Tattoo im Gesicht überhaupt gute Arbeit sein kann. Mal schaun, ob Frank Berg uns da mit näheren Angaben weiterhelfen will."

„Wir haben also eine Person im Spiel, die wir noch gar nicht kennen und wir haben diese Carmen, die tot oder flüchtig ist. Den Rest der Personen haben wir unter Kontrolle."

„Ich darf mal kurz stören?" Der Notarzt stand abwartend vor ihnen. „Ich habe ihn leider nicht mehr zurückholen können. Todesursache ist primär ein Herzstillstand. Soviel steht fest. Die Leiche muss aber auf jeden Fall obduziert werden. Der Einsatzbericht kommt dann später zu Ihnen."
Der Arzt schaute die beiden abwartend an.
„Ich hätte jetzt eigentlich gedacht, dass Sie irgendwas mit der Verletzung am Ohr fragen."
„Richtig", stimmte ihm Smidt zu. „So als Laie hätte ich jetzt getippt, dass der Mann da eine fette Entzündung hatte."
„Da liegen Sie ziemlich gut. Eine Sepsis. Die schien sich schon recht gut ausgebildet zu haben. Das bedeutet, dass der Mann möglicherweise unter Schüttelfrost, Verwirrtheit, Beschleunigung von Atmung und Herzschlag sowie Blutdruckabfall gelitten haben dürfte. Sollte sich dann noch eine Vorschädigung des Herzens dazugesellt haben, dann kann das auch mal schneller zum Tod führen, als das sonst bei einer unbehandelten Sepsis der Fall ist."

Maigas Rücken

Das Erste, das Maiga sah, als der Safarimann sie in den Raum führte, war die lange Kette, die am Taillenband der Frau festgemacht war. Offenbar genauso eine Gefangene, wie sie selber.

„Darf ich vorstellen? Maiga, das ist meine Frau Momoko. Meine Liebste, das ist Maiga, deine Leinwand."

Maiga war beim Zuhören hängen geblieben, als der Safarimann ‚meine Frau' gesagt hatte.

„Deine Frau? Angekettet? Verstehe. Deshalb war sie gestern bei dem Empfangskomitee auch nicht dabei?"

Der Safarimann zwinkerte seiner Frau zu.

„Siehste? Die hat uns nur was vorgespielt. Von wegen Amnesie. Unsere liebe Maiga ist eine kleine verkannte Schauspielerin."

An Maiga gewandt wollte er dann wissen, was sie sich durch den vorgetäuschten Gedächtnisverlust für einen Vorteil erhofft hätte. Es würde ihn wirklich interessieren, das zu hören.

„Naja." Maiga war klar, dass sie sich verplappert hatte. „So genau weiß ich das eigentlich auch nicht. Vielleicht, dass ich einfach in Ruhe gelassen werde? Außerdem hat Egbert mir gestern so dermaßen eine verpasst, dass ich wirklich ein bisschen weggetreten war."

„Netter Versuch", erklärte der Safarimann jovial. „Ist immer nett, mal so ein bisschen frischer Wind mit neuen Ideen. Damit will ich das einfach mal auf sich beruhen lassen."

Inzwischen hatte Maiga erkannt, was in dem Raum aufgebaut war.

„Ich soll tätowiert werden?"

„Richtig erkannt. Um das direkt klar zu machen. Du wirst so oder so tätowiert. Momoko freut sich schon die ganze Nacht darauf. Es liegt jetzt an dir, wie das von statten geht."

Der Safarimann zeigte auf eine steril verpackte Spritze.

„Entweder, ich schieße dich für ein paar Stunden ab, damit Momoko in Ruhe an dir arbeiten kann. Wie soll ich sagen? Bewusstseinserweiternde Drogen? Oder du legst dich jetzt brav bäuchlings auf die Liege, die Momoko dort vorbereitet hat, lässt dich brav anschnallen und lässt dich dann brav tätowieren. Deine Entscheidung."

Jetzt hatte Maiga auch die Bilder an der Wand entdeckt. Soweit sie das auf die Schnelle sehen konnte, waren das alles Tattooentwürfe. Wirklich gute Bilder. Wirklich gut.

„Tätowieren ist ja nicht so schlimm. Ich habe ja auch schon eins am Steiß. Was willst du mir denn stechen, Momoko?"

Die Angesprochene lächelte zurückhaltend und zog dann ein großformatiges Bild hervor. Soweit Maiga das einordnen konnte, war es an ein traditionelles japanisches Motiv angelehnt. Es zeigte eine japanisch wirkende Frau deren Rücken gerade mit einem Drachen verziert wurde. Die Frau selber war so dargestellt, wie man das bei solchen Tattoos oft sah. Sehr helles, zierliches Gesicht mit blutroten Lippen und schwarze, hochgesteckte Haarpracht. Der Kimono war so weit heruntergeschoben, dass er nur noch ihr Gesäß bedeckte. Mit vornübergebeugtem Oberkörper kniete neben ihr der vollkommen in die Arbeit vertiefte Tattoomeister, der natürlich nicht mit einer normalen Maschine, sondern mit traditionellem Besteck arbeitete.

„Wow", entfuhr es Maiga, wobei sie ihre Zwangssituation vollkommen vergaß. „Das ist der Wahnsinn. Und bekommst du das als Tattoo auch so lebhaft hin? Auf dem Bild stimmt ja einfach alles."

„Klar. Das Bild ist natürlich auch von mir. Das alleine ist zwar keine wirkliche Begründung, weil tätowieren was anders ist, als mit Stiften arbeiten, aber du kannst mir da ruhig vertrauen."

Maiga ließ ihren Blick zwischen der Spritze und der Liege hin und her gehen. Dann ging sie zur Liege, zog ihr Shirt aus und legte sich hin. Der Safarimann sicherte ihre Hand- und Fußgelenke und überließ sie dann seiner Frau.

„Falls du jetzt erwartest, dass ich die Konturen mit Folie auf deinen Rücken übertrage", erklärte Momoko, „muss ich dich enttäuschen. Ich arbeite immer freihand. Deshalb male ich die Konturen jetzt erstmal grob auf. Wunder dich also nicht, dass dir nichts weh tut. Ist nur ein Stift."

„Mach einfach. Ich werde schon merken, wenn du anfängst zu tätowieren."

Maiga brauchte jetzt einfach ein bisschen Zeit, um ihre Gedanken neu zu sortieren. Zunächst einmal schien der ätzende Aufenthalt bei Egbert und Carmen vorbei zu sein. Sie konnte zwar nicht verstehen, warum Egbert sie zu dem Safarimann gebracht hatte. Immerhin hatte sie ihm vermutlich das halbe Ohr abgebissen. Normalerweise hätte sie erwarten müssen, von ihm gnadenlos zusammengeschlagen zu werden. Mindestens das. Stattdessen schien er mit ihr durch die halbe Stadt gefahren zu sein, um sie bei dem Safarimann zu parken. Die einzige Erklärung, die sie dafür fand war die, dass es jemanden geben musste, der seine Hand über sie hielt. Irgendjemand, der im Hintergrund die Fäden zog und der genügend Macht über Egbert hatte, um ihn zumindest davon abzuhalten, ihr etwas wirklich Schlimmes anzutun. Nicht, dass sie die dilettantischen Bondageversuche und das Herumgelaufe mit der Maske als angenehm empfunden hatte. Ganz und gar nicht. Sie wusste noch sehr gut, wie schlecht sie sich vor allem am Anfang bei Egbert gefühlt hatte und wie sehr sie sich etwas vorgemacht hatte, um nicht durchzudrehen.

Nur wer war das? Wer hatte sie aus dem Hintergrund vor Egberts Zorn geschützt? Bert war es sicherlich nicht. Es wäre zwar irgendwie ein angenehmes, vertrautes Gefühl gewesen, wenn es Bert wäre, aber wie hätte das dann alles zusammenpassen sollen? Warum hätte er sie dann überhaupt bei Egbert gelassen und sie nicht einfach wieder zurückgeholt?

Momoko malte immer noch großflächig auf ihrem Rücken herum. Maiga versuchte in sich die Hilflosigkeit zu fühlen, die die Situation bei ihr eigentlich hätte auslösen müssen. Es war nichts da. Dass sie auf der Liege an Händen und Füßen gefesselt war, empfand sie zwar als unangenehm und reichlich unpraktisch, da sie sich in den Fesseln nicht so gut bewegen konnte, aber das Gefühl der Ohnmacht und der Fremdbestimmung stellte sich trotzdem nicht ein. Vielleicht konnte sie das noch so gerade eben damit erklären, dass sie sich ohnehin gerne fesseln ließ, auch wenn diese Fesseln wirklich einfach nur funktional waren und mit Bondagekunst wirklich nichts zu tun hatten. Aber damit konnte sie nicht wirklich erklären, dass sie sich so ruhig und schon fast ausgeglichen fühlte, wie sie es jetzt tat. Es gab eigentlich nur eine schlüssige Erklärung: Sie hatte sich mit dem ersten Blick in das Tattoo verliebt, das Momoko ihr stechen würde.

„Du darfst dich ruhig mit mir unterhalten, Maiga."

„Ja klar. Gerne. Ich hatte nur gerade mal versucht, meine Gedanken ein bisschen zu sortieren. Ist ja nicht so vollkommen normal, was ich in den letzten ein, zwei Wochen erlebt habe."

Am liebsten hätte sich Maiga auf die Zunge gebissen. Sie hatte Momoko gerade die Steilvorlage gegeben, um über genau die Vorfälle zu reden, die sie unter allen Umständen für sich behalten wollte, weil sonst das Risiko bestand, dass Momoko und der Safarimann merkten, dass die Polizei intensiv nach ihr suchte.

„Ach so. Ja dann denk mal in Ruhe darüber nach. Mich interessiert so was nicht. Meine Aufgabe ist es beim Tätowieren gute Arbeit abzuliefern", erklärte Momoko leichthin. „Und dabei bringt mich das nur raus, wenn ich mir all diese Geschichten anhören würde. Nimm es mir nicht krumm. Aber sobald du genug Gedanken sortiert hast, kannst du dich gerne über andere Sachen mit mir unterhalten."

Schwein gehabt, ging es Maiga durch den Kopf. Sie musste jetzt in jedem Fall irgendwas sagen, um Momoko auch wirklich endgültig von dem Thema weg zu bekommen.

„Ist das für dich kein Problem, wenn du dich beim Tätowieren unterhältst? Nicht dass ich die Künstlerin raus bringe und dann am Ende selber schuld bin, wenn das Tattoo versaut ist."

„Keine Angst", lachte Momoko. „Ich versaue die nie. Egal welche Stelle am Körper und egal, wie sehr mein Modell das Tattoo will. Schließlich habe ich einen Ruf zu verteidigen."

„Kommen öfter Leute hier hin, um sich von dir tätowieren zu lassen?"

„Meistens geh ich raus. Du bist schon fast eine Ausnahme."

„So gehst du raus? Ich meine mit den Schuhen? Mit den Ketten?"

„Nein, natürlich nicht", lachte Momoko erneut. „Du bist ja wirklich lustig. Wenn ich raus gehe, darf ich mir natürlich alltagstaugliche Kleidung anziehen."

„Ah, verstehe. Jeans und Bluse oder so was."

„Naja. Eher ein enger Rock, der mich daran erinnert, dass eine Dame nur kleine Schritte macht. Aber ansonsten schon leger. Weites Shirt über dem Korsett zum Beispiel."

„Was ist das eigentlich für ein Gefühl für dich? Ich meine, dein Mann kettet dich hier an. Scheinbar bestimmt er auch noch, was du anziehst. Vermisst du nicht manchmal so etwas wie Freiheit? Also, du musst dich ja nicht direkt nackt an den Pool legen, um zu spüren, wie es ohne Fesseln ist. Aber irgendwie auch mal ganz ohne Einschränkungen sein ist doch auch mal schön, oder?"

„Natürlich. Wir haben das so geregelt, dass ich am Wochenende in der Regel frei habe. Dann lässt Laith mir vollkommen frei Wahl. Ich darf tun und lassen was ich will. Meistens ziehe ich mir dann trotzdem etwas an, das mich an meine eigentliche Rolle erinnert. Zum Beispiel ein Armband oder eine Kette, deren Verschluss nur Laith öffnen kann. Aber manchmal gönne ich mir auch alle Freiheiten, die ich nur haben kann. Kommt einfach immer drauf an, wie ich gerade drauf bin."

Maiga wusste nicht so richtig, ob sie Momoko jetzt erzählen sollte, dass sie selber noch vor kurzer Zeit auch von genau so einem Leben geträumt hatte. Sie entschloss sich, besser erstmal noch den Mund zu halten. Das Letzte, das ihr passieren durfte, war, jetzt zu glauben, sie könnte zu Momoko oder dem Safarimann eine freundschaftliche Beziehung aufbauen. Trotzdem schwang in ihren Gedanken zum ersten Mal so ein Gedanke mit, dass ihre Rettung vielleicht noch so lange herausgezögert werden könnte, bis das Tattoo fertig war.

„Ich glaube, dass das was ihr beiden macht, nur funktionieren kann, wenn ihr absolutes Vertrauen ineinander habt."

„Genauso ist es. Ich sage immer, dass ein Hauptgewinn im Lotto wahrscheinlicher ist, als dass sich zwei wie Laith und ich tatsächlich finden."

Soviel hatte Maiga inzwischen auch begriffen. Und sie hatte auch begriffen, dass sie und Bert eben nicht dieses Paar waren, wie sie es selber gerne gehabt hätte.

„Weswegen nennst du deinen Mann eigentlich ‚Late'? Also ich meine ‚spät' ist doch eigentlich nicht wirklich lustig. So als Spitzname."

„Nein", lachte Momoko aus vollem Hals, wobei sie sogar das erste Mal das Zeichnen auf Maigas Rücken einstellte. „Der heißt ja auch nicht ‚Late', sondern ‚Laith'. Das hat Laith mir schon ganz am Anfang erklärt. Die beiden Wörter klingen ähnlich, werden aber komplett anders geschrieben. ‚Laith' kommt aus dem Arabischen. Das heißt ‚Löwe'. Ist dann doch schon was ganz anderes als ‚spät' oder? Ich meine: Wenn ich sage: Komm her mein Löwe. Das hat was finde ich."

„Stimmt. Jedenfalls besser als: Du bist mal wieder zu spät."

Keine heiße Spur?

„Tut mir wirklich leid, Leude", war für Hottel ein ungewohnt negatives Statement. Eigentlich waren sie es gewohnt, von ihm konkrete Hinweise und Lösungen präsentiert zu bekommen.

„Auf der Seite gibt es Unmengen an Gästen, die sich da verewigt haben. Die bekommt man mit akribischer Arbeit nachverfolgt. Ist wirklich viel Aufwand. Ein noch viel größeres Problem sind die ganzen Typen, die einfach nur mal reinschauen, was es da so gibt. Die sind bedauerlicherweise nicht verewigt. Wenn also der Typ, bei dem Frau Schorla abgeliefert worden ist, in einer dieser beiden Gruppen ist, dann sind die Chancen, ihn darüber zu bekommen eher mittelmäßig."

„Okay", kommentierte Smidt. „Anders wäre besser, aber wenn du zaubern könntest, hättest du vermutlich einen spitzen Hut auf und würdest im Variete arbeiten. Wie sieht es mit der Telefonüberwachung aus?" wollte sie von den entsprechenden Kollegen wissen, die mit allen anderen aus dem Team versammelt waren.

„Leider nichts Besonderes. Frank Berg hat bis zu seiner Festnahme nur geschäftsmäßige Anrufe getätigt. Da war beim besten Willen nichts zwischen den Zeilen zu lesen."

„Okay. Wir werden uns sein Personal noch mal einzeln vornehmen. Jetzt, wo der Chef weg ist, sind die vielleicht etwas freigiebiger mit Informationen. Zumindest gibt es ja die eine Person, die mir vor ein paar Tagen den Zettel zugesteckt hat. Bei den Vernehmungen hat Berg bisher nichts von sich gegeben. Wir müssen dort noch formaler als sonst vorgehen. Der Anwalt wird uns sonst irgendwann lächelnd erklären, dass sein Mandant von dem bedauerlichen Todessturz der unbekannten Frau mit dem Gesichtstattoo nichts wissen konnte."

„Gleiches gilt für Schorla. Der hat seinen Mitteilungsdrang inzwischen leider eingestellt und behauptet, dass alles, was er bei seiner Festnahme erklärt hat von uns vollkommen falsch verstanden worden ist. Außerdem hätten wir ihn gefoltert. Sein Anwalt hat dafür gesorgt, dass er ärztlich untersucht wird. Er selber ist der Meinung, dass Jasmin seine Schultern vollständig zerstört hat, als sie ihn davon abgehalten hat, dem zu dem Zeitpunkt schon mehr toten als halbtoten Jagelman den Rest zu geben."

„Was ist mit Frank Bergs Frau? Dieser Barbara Berg?" wollte einer der Leute aus dem Team wissen.

„Mussten wir eben gehen lassen", erklärte Smidt. „Es gilt zwar als sicher, dass sie die Pornoseite betrieben hat, das ist je nachdem auch strafbar, aber reicht nicht, um sie noch länger festzuhalten. Der eigentliche Grund ihrer Festnahme, nämlich die anderen nicht warnen zu können, ist ja ohnehin obsolet."

„Wir bleiben natürlich an ihren Telekommunikationsverbindungen dran", erklärte einer aus dem Telefonüberwachungsteam. „Vielleicht ist sie ja so freundlich mit dem Herren oder der Dame Kontakt aufzunehmen, bei der Maiga Schorla jetzt untergebracht worden ist."

„Die Fahndung nach Carmen Jagelman läuft. Wir wissen alle, dass das nicht unbedingt vielversprechend ist. Der einzige uns bekannte Ansatzpunkt ist ihre Verwandtschaft, die auf einen dementen Vater reduziert ist. Den Part können wir also getrost vergessen." Rednich schaute zu zwei Leuten, die am Fenster saßen. „Ihr bleibt an ihr dran. Baut zur Not die ganze Villa Jagelman ab. Irgendwo muss es Spuren geben. Kontobewegungen, Abbuchungen. Die Frau kann nicht ewig ohne Geld leben. Irgendwo muss die hin. Vielleicht hat die sich einen Camper oder so was geliehen. Vielleicht zeltet die irgendwo. Sie kann nicht einfach so verschwunden sein."

„Außer, sie hat das schon lange vorbereitet", wendete einer der jungen, neuen Ermittler ein.

„Richtig, aber wieso hätte sie das tun sollen? Der Fall Maiga Schorla ist gerade mal acht Tage alt. Das ist viel zu wenig für ‚lange vorbereitet'."

„Die Frau mit dem Drachentattoo ist älter. Immerhin schon über eineinhalb Monate."

„Immer noch ziemlich kurz, um eine Flucht in eine andere Identität vorzubereiten. Und das ist es ja wohl, von dem wir reden. Nein, ich glaube nicht daran. Sie muss Spuren hinterlassen haben. Wir haben diese Spuren nur noch nicht gefunden."

„Wie weit seid ihr mit diesem vierten Pokerfreund. Diesem Laith Schneider?" wollte Smidt wissen.

„Ich habe eben die letzte Passagierliste bekommen, die mir noch gefehlt hat, um alle einigermaßen vernünftigen Flugverbindungen nach Katar abzuchecken", meldete sich eine alte Kollegin zu Wort, die seit Jahren nur solche Arbeiten machte. „Negativ. Es ist definitiv kein Laith Schneider geflogen. Die Anfragen an die deutschen und europäischen Firmen, die da unten irgendwie beteiligt sind laufen noch. Zumindest so weit, wie ich diese Firmen habe ermitteln können. Ist ein ziemliches Gewusel."

„Dann geh die Listen noch mal durch. Vielleicht hast du ihn ja übersehen", schlug Rednich vor.

„Super Idee Günther", die Kollegin verzog einen Mundwinkel zu einer Art Lachen. „die Listen sind natürlich digital. Da kann man nichts übersehen. Das macht nämlich alles mein Rechner. Und um deiner nächsten Frage vorzubeugen: Ich habe natürlich auch nur ‚Laith' und nur ‚Schneider' gesucht. Das gab sogar Treffer, aber keiner davon ist glaubhaft unser Gesuchter."

„Sorry, war blöd von mir. Was folgern wir daraus?"

„Ihr habt einen falschen Namen bekommen? Ist schließlich nur die Aussage eines Tatverdächtigen", schlug die Kollegin vor.

„Möglicherweise ist auch die ganze Figur ein Phantom", ergänzte Smidt, „Wobei ich das nicht glaube. Schorla schien wirklich unter Stress zu stehen, als er uns das erzählt hat. Hat eigentlich jemand gecheckt ob wir einen Laith Schneider in der Datei haben, oder ob der überhaupt hier gemeldet ist?"

Auf das Schweigen, das sich jetzt ausbreitete, konnte Smidt nur mit Kopfschütteln reagieren.

„Dann haben wir wohl allesamt gepennt." Sie schaute die Kollegin an, die die Flugverbindungen gecheckt hatte. „Mach du das bitte."

„Alle, die bereits ihre Aufgaben haben, gehen jetzt dran", forderte Rednich seine Kollegen auf. „Den Rest teilen wir auf, um beim Umstülpen der Jagelman-Villa zu helfen und um dem Personal von Frank Berg auf den Zahn zu fühlen. Wäre doch gelacht, wenn wir nicht mindestens herausbekommen, wer jetzt die Tattoos macht. Muss ja eine wirkliche Künstlerin sein."

Pfirsichblüte

„Du bist ganz schön tapfer, Maiga."

Momoko arbeitete jetzt schon seit Stunden an den Konturen auf Maigas Rücken. Noch tat Maiga eigentlich nichts richtig weh. Schlimm würde es erst dann werden, wenn Momoko mit den Farben anfangen würde, weil sie dann für lange Zeit an der gleichen Stelle arbeiten würde. Maiga hatte noch die Arbeit an ihrem Steißtattoo in Erinnerung, wobei das ja sogar noch einige Stellen der Haut unbearbeitet gelassen hatte.

„Bis jetzt tut mir ja auch nichts weh", antwortete sie wahrheitsgemäß.

„Trotzdem liegst du ziemlich brav vor mir. Normalerweise sind meine Modelle nicht so ruhig. Zumindest nicht, bevor sie von Laith ruhig gestellt werden."

„Tja, dann bin ich eben die Ausnahme. Freu dich einfach. Ist ja nicht so, dass ich da selber nicht auch schon drüber nachgedacht habe. Normalerweise müsste ich Zeter und Mordio schreien, dir mit allem Möglichem drohen und all so was machen. Sehe ich auch so. Aber das Tattoo, das du mir stichst ist so was von geil. Darüber vergesse ich schon fast, dass ich hier gegen meinen Willen festgehalten werde."

„Endlich mal ein Modell, das wahre Kunst zu schätzen weiß. Freut mich wirklich, das zu hören."

Maiga ließ es einfach mal so im Raum stehen. Die Situation war wirklich ziemlich bizarr. Falls das Tattoo nicht fertig werden sollte, war sie inzwischen sogar schon fest entschlossen, Momoko auch im Knast zu besuchen, nur um ihr die Möglichkeit zu geben, das Kunstwerk fertig zu bekommen.

„Sag mal Momoko. Ich weiß ja nicht, ob du oder dein Mann überhaupt bereit seid, mir so einen Wunsch zu erfüllen, aber ich denke ich frag einfach mal."

„Nur zu."

„Ob ihr wohl irgendwie ein paar Spiegel installieren könnt, damit ich dir ein bisschen bei der Arbeit zuschauen kann? Wäre bedeutend weniger langweilig und ich hätte außerdem noch mehr Motivation schön ruhig liegen zu bleiben."

„Du bist ja mal echt schräg drauf. Also Spiegel sind wohl eher nicht drin, aber ich frag Laith gleich mal. Jetzt musst du dich erst noch ein Stündchen gedulden. Dann bin ich mit den Konturen so weit durch, dass nichts mehr verloren gehen kann. Du musst wissen: Wenn der Schwung der Konturlinien irgendwo unterbrochen ist, dann muss man anfangen zu improvisieren. Das ist beim Stechen der Grundlagen immer ganz schlecht."

„Super. Hoffentlich fällt Laith etwas ein und hoffentlich will er mir das überhaupt erlauben. Wenn du mit den Konturen durch bist, sind ja immer noch massenweise Stunden über, bis das ganze Kunstwerk fertig ist."

„Allerdings. Laith freut sich schon auf den Moment, in dem Horrorohr Egbert, sich meldet und dich zurück haben will."

Als Maiga das hörte, zuckte sie kurz zusammen.

„Was ist Maiga?" wollte Momoko, die das natürlich sofort gemerkt hatte, wissen. „Laith hat mir gesagt, dass du hier nur mal kurz geparkt bist."

„Ja, ja. Soweit ich weiß hat Egbert so was in der Art gesagt. Ich will aber nicht zu ihm zurück. Ich glaube nicht, dass es mir bei ihm gut ergehen wird."

Momoko ließ mit der Antwort auf sich warten. Sie hatte die Maschine gerade beiseite gelegt und damit angefangen, Maigas Rücken von Farbresten zu reinigen. Sie wollte sehen ob sie überall deutlich genug gestochen hatte, um in den nächsten Tagen saubere Orientierungen zu haben.

„Also Maiga. Um ehrlich zu sein, habe ich mich schon ein bisschen gewundert, dass du in so einem guten Zustand von Egbert gekommen bist. Ich vermute mal, dass Egbert ziemlich klare Auflagen bekommen hat."

War jetzt der Moment gekommen, zu fragen wer die Hand über sie hielt? Maiga wusste es nicht. Vielleicht wusste sie aber auch gar nicht, ob sie die Antwort hören wollte. Möglicherweise durfte ihr Momoko auch gar nicht sagen, wer das war. Vielleicht wusste sie es auch gar nicht. Und in dem Fall, in dem Momoko es ihr sagen würde, würde es vielleicht schlechte Konsequenzen sowohl für sie, als auch für Momoko geben. Außerdem: Was hatte Momoko gerade gesagt? ‚In so gutem Zustand von Egbert gekommen?' Das wollte sie erstmal in Ruhe einordnen. Sie musste die Chance in jedem Fall verstreichen lassen. Es gab noch so viele Stunden mit Momoko. Mit Sicherheit würde es noch weitere Gelegenheiten geben, etwas mehr über den Chef und überhaupt die ganze Organisation zu erfahren.

„Gut für mich", stellte sie möglichst beiläufig fest. „Das bisschen Bondage, das Egbert mit mir gemacht hat, war ganz gut auszuhalten. Der hat das übrigens aufgenommen und seine Frau hat es dann ins Netz gestellt. Hat er mir zumindest erzählt."

„Ich schau mir so was nicht an. Zum einen, weil wir uns von diesen Kreisen und ihrem Aktionismus seit einiger Zeit ein bisschen zurückgezogen haben. Also wir sind natürlich noch voll dabei, aber eben mehr im Hintergrund. In dem speziellen Fall kommt aber noch dazu, dass Carmen da auch immer wieder ihre Tattooarbeiten präsentiert. Und das schau ich mir bestimmt nicht freiwillig an."

„Echt? Ich hätte jetzt gedacht, dass Tätowierer einen netten Umgang miteinander haben. So von Künstler zu Künstler. Respekt für die Arbeit des anderen und so.

Wieder musste Momoko lachen.

„Ja, ja. Grundsätzlich ist das schon richtig. Also, ich versuch es dir mal so zu erklären: Dein Arschgeweih ist von der Ausführung her gute Arbeit. Das Motiv ist etwas aus der Mode, aber das ist schließlich Geschmackssache. Festzuhalten ist: Da hast du eine gute saubere Arbeit über deinem Hintern. Schon echt bedauerlich, dass ich in den nächsten Tagen einen zusammengeschobenen Kimono drüber fallen lassen muss, weil es vom Motiv natürlich nicht zu der neuen Arbeit passt. Wenn ich mir aber deine Lippen anschaue. Tja. Da würde ich mal wetten, dass Carmen daran gearbeitet hat. In zwei, drei Tagen dürfte das so weit ausgeheilt sein, dass ich dir das korrigieren kann. Sonst wird mir hinterher noch unterstellt, dass ich dir das gestochen hätte."

„Ich habe das nur einmal kurz gesehen. Nicht, dass ich mich gefreut hätte, dass sie mir das gestochen hat, aber ich hatte den Eindruck dass es technisch gesehen okay ist." Maiga hätte nie gedacht, dass sie mal in der Form über ihre eigenen Lippen diskutieren würde.

„Auf den ersten Blick vielleicht, aber glaub mir: Die Kontur ist nicht überall hundert Prozent korrekt und die Schattierung ist ebenfalls daneben. Die hat sich zwar bemüht es außen ein wenig dunkler zu machen als innen, aber die Farbgebung in den Übergängen ist unsauber. Ich werde dir das in jedem Fall korrigieren. Da musst du einfach durch."

„Du machst mir das aber nicht irgendwie bunt oder?"

„Nein", lachte Momoko. „Selbst wenn ich wollte, ginge das nicht mehr. Die sind ja schon jetzt ziemlich dunkel. Und heller tätowieren geht nicht so einfach, wie man sich das manchmal wünschen würde. Ich kann dir das nur retten, indem ich es sauberer steche. Dabei verwende ich zwar hellere Farbe, aber letztlich sind das im Endergebnis nur Nuancen."

Maiga beschloss, dass es einfacher war, Momoko zu glauben als ihr zu misstrauen. Außerdem hatte sie im Moment gar keine Lust über ihre Lippen nachzudenken. Ihren Rücken fand sie interessanter.

„Sag mal. Eben, als du mir gezeigt hast, was du mir tätowierst, hatte ich nur auf die Japanerin und den Tattoomeister geschaut. War da nicht noch was anderes im Hintergrund?"

„Richtig beobachtet. Ich werde aber erstmal die beiden Hauptfiguren fertig stechen. Danach entwerfe ich den Hintergrund und gegebenenfalls noch einen Rahmen oder vielleicht auch nur einen bruchstückhaften Rahmen. Auf der Vorlage habe ich noch ein paar Pfirsichblüten verteilt. Ist mein Lieblingsblüte."

„Sah auch wirklich gut aus, soweit ich das in Erinnerung habe. Waren bestimmt nicht die ersten Pfirsichblüten, die du gemalt hast."

„Nein. Mit Sicherheit nicht."

„Und? Gibt es einen bestimmten Grund dafür? Ich meine die Japaner sind doch meines Wissens immer nur vollkommen verrückt nach diesen Kirschblüten."

„Klar gibt es einen Grund dafür. Momoko bedeutet Pfirsichblüte. Ich benutze die Pfirsichblüten deshalb immer mal gerne als so etwas, wie meine Unterschrift. Natürlich nur, wenn es zum Motiv passt."

Drachentheorie

Nachdem der Safarimann Maiga am nächsten Morgen vom Bett losgeschnallt hatte, schickte er sie mit Ketten zwischen den Knöcheln zur Katzenwäsche ins Bad und nahm sie dann mit in die große Küche, in der Momoko bereits das Frühstück bereitet hatte.

„Setz dich Maiga. Fühl dich wie zu Hause und lass es dir schmecken."

Der Raum war geschmackvoll im Stil einer Bauernküche eingerichtet. Einfach geschnittene, aber kunstvoll bemalte Holzmöbel standen unaufdringlich an den Wänden. Teilweise gaben Glasscheiben den Blick auf geschmackvoll ausgewähltes Porzellan frei. Von irgendwo kam leise, meditative Hintergrundmusik.

Auf dem groben Holztisch hatte Momoko auf Holzbrettern Brötchen, Brot und diversen Aufschnitt platziert. Dass Maiga an den Füssen gefesselt war und gleichzeitig in einer Atmosphäre frühstückte, die wirklich sehr entspannt war, stellte einen Kontrast dar, der sie eine Zeitlang beschäftigte. Noch verrückter war, dass Momoko nicht nur ebenfalls eine Kette zwischen den Füßen trug, sondern dass deren Hände noch zusätzlich mit Handschellen aneinandergekettet waren. Dadurch musste sie jeden Handgriff immer mit beiden Händen machen, was dem Safarimann offenbar viel Spaß machte, da er sich immer mal wieder von Momoko Kaffee nachgießen ließ, oder sie bat, ihm die Brötchen zu reichen. Obwohl das Dinge waren, die er ohne Mühe selber hätte erledigen können, erfüllte sie ihm seine Wünsche mit größter Selbstverständlichkeit und ohne das geringste Anzeichen von Unwillen.

„Mir will scheinen, du wunderst dich über Momokos Hingabe."

„Tja", Maiga wusste eigentlich gar nicht, was sie dem Safarimann antworten sollte. Er hatte sie vollkommen aus den Gedanken gerissen. „Um ehrlich zu sein, bin ich wirklich überrascht. Ich meine, du kommst an alles hier auf dem

Tisch problemlos heran. Wieso lässt du es dir dann von Momoko reichen? Die ist doch echt etwas gehandikapt?"
„Gerade deswegen", antwortete der Safarimann ihr lächelnd. „Schau doch mal in die Augen meiner lieben Frau. Siehst du darin auch nur das geringste Anzeichen von Ärger?"
„Nein. Natürlich nicht. Ich finde es trotzdem komisch. Irgendwie."
„Du wirst dich schon noch dran gewöhnen. Als guter Gast wirst du ihr vielleicht in den nächsten Tagen bei der Haushaltsarbeit ein wenig zur Hand gehen."
Maiga überlegte einen kleinen Moment und beschloss dann, es zu wagen ihm die Antwort zu geben, die ihr spontan in den Kopf gekommen war.
„Als Gast bin ich doch eigentlich diejenige, die bedient werden muss."
Der Safarimann warf seiner Frau einen kurzen Seitenblick zu.
„Die hat ja wirklich Humor. Wie angenehm."
„Ich hab aber doch recht, oder?" hakte Maiga freundlich nach.
„Wie man es nimmt", erklärte der Safarimann, während er übertrieben schulmeisterisch einen Finger hob. „Du befindest dich hier in einer Bauernküche. Zugegeben, keine Originale, aber zumindest der Eindruck wird vermittelt. Und da war es früher so, dass immer ein paar Schürzen mehr bereit hingen, als die Bäuerin und ihre Mägde benötigten. Und für wen waren die wohl? Ich will es dir sagen. Für die weiblichen Gäste, die selbstverständlich mit in der Küche angepackt haben."
Er lehnte sich genüsslich zurück.
„Da staunst du was?"
Das tat Maiga in der Tat.
„Bist du irgendwie Geschichtslehrer oder so was?"
„Nein", er deutete selbstgefällig mit beiden Zeigefingern auf seinen Kopf. „Allgemeinbildung. Einfach Allgemeinbildung."

Als Maiga den verklärten Blick auffing, mit dem Momoko ihren Safarimann betrachtete, wurde ihr die Beziehung zwischen den beiden noch ein Stückchen klarer.

Sie drückte den Rücken durch und erklärte dann lächelnd: „Alles klar. Also, wenn ich was helfen soll, dann sagt es einfach. Wäre ja wohl das Letzte, wenn ich mir hier das geilste aller Tattoos stechen lasse und dann noch nicht mal im Haushalt helfe."

„Ich bin immer noch total glücklich, dass es dir gefällt", erklärte Momoko mit strahlenden Augen. „Das habe ich schon lange nicht mehr gehabt. Meine letzten Modelle waren eigentlich immer ziemlich zickig."

Obwohl Maiga das jetzt schon zum x-ten Mal von Momoko hörte, hatte sie noch immer das Gefühl, dass es vollkommen sinnlos gewesen wäre, ihr zu erklären, womit das zusammenhing. Denn zum einen vermittelte Momoko nicht den Eindruck, ernsthaft darüber nachdenken zu wollen, weswegen sich Menschen nicht gegen ihren Willen tätowieren lassen wollten und zum anderen hätte solch eine Erklärung früher oder später dazu geführt, dass sie sich über die Rechtmäßigkeit von Entführungen und unfreiwilligen Tätowierungen hätten unterhalten müssen. Spätestens dann wäre die entspannte Stimmung zerstört gewesen. Vielleicht sogar für immer. Und das konnte nur zu ihrem eigenen Nachteil sein.

„Habt ihr mal überlegt", wollte sie mehr vom Safarimann, als von Momoko wissen, „ob es irgendwie möglich ist, dass ich Momoko beim Stechen zuschauen kann."

„Ja klar", erklärte der Safarimann im Gönnerton. „Das habe ich schon aufgebaut. Nur das Beste für unseren Gast. Ich muss gestehen, dass auch ich ganz glücklich bin endlich mal jemanden hier zu haben, der nicht zu allem überredet werden muss. Ist echt mal was anderes. Man könnte glatt auf den Geschmack kommen."

„Dann mach doch einfach eine Geschäftsidee draus. So etwas wie ‚Tattoos auf höchstem Niveau in fesselnder Atmosphäre`. Gibt bestimmt einige Leute, die da Spaß dran hätten."

Momoko schien ernsthaft über die Idee nachdenken zu wollen, während der Safarimann nur still lachte.

„Du bist echt ne Marke, Maiga. Wenn du so weiter machst, dann muss ich tatsächlich noch überlegen, ob wir nicht noch mehr von deinem Körper verzieren und damit deinen Aufenthalt noch ein bisschen in die Länge ziehen."

„Um ehrlich zu sein", gab Maiga zu bedenken, „würde ich wirklich sehr gerne noch länger bei euch bleiben. Ist um einiges entspannter als bei Egbert. Aber zu viel Fläche in so kurzer Zeit tätowieren. Ist das nicht ein bisschen gefährlich?"

„Wer redet denn von Tattoos?" Der Safarimann schien in Plauderlaune zu kommen. „Momoko hat vor einiger Zeit auch einen feinen Sinn für großflächigen Schmuck entwickelt. Vor einiger Zeit hat sie sogar einem Gast so eine Spirale um den Hals gelegt. Zeig doch mal ein paar von den Bildern, meine Liebste."

Sofort stand Momoko auf und ging mit kleinen Schritten aus dem Raum. Die Vorfreude war ihr deutlich auf das Gesicht geschrieben. Der Safarimann schien komplett darin versunken zu sein, ihr hinterher zu schauen und dann darauf zu warten, dass sie mit einem Tablet-PC wieder zurückkam. Noch während sie durch den Raum trippelte, wischte sie eifrig mit dem Finger über den Bildschirm. Maiga war, als sie das sah, weniger darüber erstaunt, dass Momoko so eifrig war, sonder mehr, dass sie es überhaupt fertigbrachte, dies mit ihren gefesselten Händen zu machen.

Auf dem Bildschirm sah Maiga dann das, was sie schon erwartet hatte. Eine am ganzen Körper tätowierte Mitteleuropäerin mit Schmuck um den Hals, wie man ihn von den sogenannten Giraffenfrauen kannte. Auf den Aufnahmen, die das Gesicht der Frau zeigten, war unschwer zu erkennen, dass sie alles andere als begeistert war. Obwohl es nur ein Bild war, sah Maiga sofort, wie sehr die Frau durch das Ungetüm um ihren Hals eingeschränkt war.

„Naja, mit meinem Tattoo bist du ja erst mal noch eine Zeit beschäftigt", versuchte sich Maiga um gespielte Bewunderung für den Schmuck herumzudrücken.

Der Safarimann grinste über das ganze Gesicht, als er Momoko auf Maigas Taktik aufmerksam machte. „Sehr geschickt unser Gast. Ich sehe doch sofort, dass ihr das nicht gefällt. Aber, damit sie das nicht sagen muss und damit sie uns auch nicht vorgaukeln muss, dass sie das irgendwie ganz toll findet, lenkt sie das Gespräch geschickt auf ihren Rücken."

Momoko schaute sich die Bilder nochmals an und meinte dann:

„Also mir gefällt es. Aber okay. Die Geschmäcker sind bekanntlich verschieden. Ist für dich jetzt aber auch kein Thema Maiga. Bei der hier", sie schaute wieder auf den Bildschirm, „war es eine Auftragsarbeit. Und solange das niemand für dich in Auftrag gibt, wirst du das auch nicht bekommen."

„Auftragsarbeit?" Irgendwie hatte Maiga das hellhörig gemacht. „Das heißt, dass mein Tattoo auch eine Auftragsarbeit ist?" Ihr schoss der Gedanke durch den Kopf, dass alles, was ihr in den letzten Tagen zugestoßen war, letztlich doch von Bert in Auftrag gegeben worden war. Einfach nur eine riesige Inszenierung. Dann allerdings hatte sie wieder die Frau aus Franks Puff vor Augen, die gestorben war. Andererseits: Gesehen hatte sie das eigentlich nicht. Sie hatte es nur aus Franks Äußerungen und den Geräuschen geschlossen. Das konnte tatsächlich alles Fake sein. Genauso die Nummer mit dem Nachbarn zu dem sie sich gerettet hatte.

„Nein", erklärte ihr Momoko und stoppte damit abrupt Maigas Ideen. „Dein Tattoo ist keine Auftragsarbeit. Das mache ich einfach nur, weil ich unheimlich Lust dazu habe. Umso schöner ist es, dass du mitmachst und dich ebenfalls freust."

„Tu ich ja auch", beteuerte Maiga, während sie versuchte, ihren Gedanken wieder aufzunehmen und fast im gleichen Moment zu verwerfen. Das mit dem Nachbarn konnte nicht inszeniert sein. Als sie aus Egberts Haus geflohen war, hätte sie überall hin rennen können. Vollkommen unmöglich, dass Egbert exakt in dem Haus, in dem sie Hilfe suchen würde, irgendeinen Schauspieler oder Kumpel platziert hatte. Kompletter Blödsinn.

„Irgendwie wirkst du ein bisschen geistesabwesend."

„Ja, stimmt. Sorry Momoko. Ich hatte nur gerade darüber nachgedacht, ob ich jetzt wohl jeden Morgen so ein wunderbares Frühstück bekomme."

„Natürlich bekommst du das. Solange du dich benimmst, wirst du von uns selbstverständlich gut behandelt. Gestern wussten wir das ja noch nicht so genau. Aber letzte Nacht, nachdem Laith dich ins Bett gebracht hat, haben wir den Tag analysiert und sind zum Schluss gekommen, dass du eine Chance verdient hast. Mit anderen Worten: Wir müssen dich nicht aus einem Hundenapf oder Ähnlichem essen lassen."

„Freut mich."

Wieder wollte Maiga kein einziges zusätzliches Wort darüber hören, was sonst so alles möglich war. Sie wollte einfach nur das tolle Tattoo bekommen und sich so verhalten, dass die beiden nicht auf die Idee kommen konnten, irgendwas von dem mit ihr zu machen, was sie sonst mit ihren Opfern machten.

„Na dann ist ja gut. Hilfst du mir eben die Küche aufzuräumen? Danach können wir loslegen."

„Klar Momoko. Zur Not sogar ohne so eine abgefahrene Schürze aus dem letzten Jahrhundert."

„Was nicht ist, kann noch werden", stellte Momoko in Aussicht und lachte dann den Safarimann an. „Das hast du jetzt davon. Du musst so eine alte lange Schürze mit vielen Rüschen besorgen. Mein Personal will ordentlich gekleidet sein."

Als Maiga anfing, das Geschirr zusammenzustellen, um es direkt in einem Schwung zur Spülmaschine zu bringen, legte Momoko ihre beiden aneinander gefesselten Hände auf Maigas Hände.

„Nimm nicht so viel auf einmal. Laith möchte, dass wir möglichst häufig hin und her gehen. Er liebt es, uns dabei zu beobachten, wie wir wegen der Ketten kleine Schritte machen müssen. Ich übrigens auch."

Eigentlich hätte das Maiga klar sein müssen, aber sie schaute Momoko trotzdem überrascht an, was diese glücklicherweise sofort auf ihre eigene Weise deutete.

„Warte nur ab. Du wirst immer irgendwo gefesselt sein. Und ich bin mir sicher, du wirst bald noch mehr Spaß daran gewinnen. Ich habe eben beim Frühstück schon bemerkt, wie du mit deinen Fesseln gespielt hast. Mal die Füße weit auseinander, dass die Kette gespannt war und mal ganz eng. Und dabei hast du immer ziemlich relaxed drein geschaut. Ich verstehe solche Zeichen. Hat bei mir auch so angefangen. Warte nur ab."

Mit einiger Zeitverzögerung lag Maiga dann irgendwann wieder auf der Liege. Diesmal hatte der Safarimann ihr Oberschenkelbänder angelegt, die er zuvor mit einem festen kurzen Stift verbunden hatte. Um Maiga daran zu hindern, die Liege zu verlassen, waren die Bänder über eine kurze Kette links und rechts an der Liege gesichert. Dass das auf Dauer unangenehm werden könnte, war Maiga für den ersten Moment ziemlich egal. Viel wichtiger war ihr, dass Momoko die Handschellen los war. Zwar hatte Maiga während des Frühstückens festgestellt, dass Momoko mit solch einem Handikap erstaunlich geschickt umgehen konnte, aber beim Tätowieren waren frei bewegliche Hände nach Maigas Auffassung schon ziemlich wichtig.

Als besondere Überraschung hatte der Safarimann das Kopfstück der Liege ausgetauscht. Maigas Gesicht lag jetzt so, dass sie durch eine ovale Aussparung auf den Boden schauen konnte. Damit hatte sie freien Blick auf einen dort platzierten Bildschirm, der ihren Rücken zeigte.

„Und?" wollte er von ihr wissen. „Ist es so recht? Kannst du gut sehen?"

„Phantastisch", konnte sie nur ehrlich antworten. Wie am Vortag waren jetzt, so kurz vor der nächsten Sitzung alle Bedenken und Ängste, die sie eigentlich hätte haben müssen, weit an den Rand gerückt. Sie hatte nicht die geringste Lust über so etwas nachzudenken. Jetzt ging es nur darum, dass sie Momoko bei der Arbeit zuschauen durfte und gleichzeitig am Rücken spüren würde, dass sie selber es war, die da tätowiert wurde.

„Ich steche dir heute den Drachen", erklärte Momoko, als Laith bereits weg war. „So ein bisschen Spielraum habe ich dabei natürlich. Hast du irgendwelche Wünsche?"

„Kannst du mir bitte noch mal die Vorlage zeigen? Ich weiß noch, dass er sich auf dem Rücken der Frau ein bisschen bewegt. Ich habe aber nicht mehr so genau vor Augen, wie seine Beine liegen."

„An die Vorlage komme ich jetzt nicht dran. Dafür müsste Laith meine Kette lösen. Aber du siehst doch die Rückenkonturen des Modells auf dem Bildschirm. Der Drachen wird den größten Teil davon bedecken. Oben und unten bleibt ein bisschen Abstand."

Momoko zeigte die ungefähren Grenzen mit ihren Händen an und wollte von Maiga dann wissen, ob sie irgendwelche bestimmten Vorstellungen bezüglich der Beine hätte.

„Ne, eigentlich nicht. Ich weiß nur nicht mehr, wie die liegen."

„Er hat nur zwei. Eigentlich ganz einfach", lachte Momoko und zeigte auf Maigas Rücken mit Daumen und Mittelfinger eine Länge von vielleicht sechs oder sieben Zentimeter. „Ungefähr so lang. Der Rest sind ein schlangenähnlicher Körper, Flügel und natürlich einen Drachenkopf. Überall Schuppen und entlang des Rückens dreieckige Sporen. Keine Ahnung wie die Dinger genannt werden. Du weißt schon was ich meine, oder?"

„Ja, klar. Also, wenn du mich fragst, ob ich noch irgendwelche Wünsche habe, dann fände ich es cool, wenn der Drachen ziemlich aggressiv dargestellt ist. Also gerade so, als ob er den Rücken der Frau auffressen wollte."

Als Momoko nicht sofort eine Antwort gab, hatte Maiga schon Bedenken, ob sie irgendwas Falsches gesagt hatte.

„Cool. Mal sehen, vielleicht sollte ich an den Krallen ein bisschen Blut aus dem Körper des Modells fließen lassen. Oder... Ah, ich hab eine viel bessere Idee."

„Und?"

„Lass dich überraschen. Schau mir einfach zu. Ich bin mir sicher, du wirst begeistert sein."

„Kannst du mir nicht wenigstens einen Tipp geben?"

„Nein. Mach ich nicht. Lass dich einfach überraschen", fügte Momoko mit leichter Stimme zu. „Immerhin darfst du dabei zuschauen. Ein extrem seltenes Privileg."

Rechtsmedizin

„Hallo, da seid Ihr ja wieder."

Die Rechtsmedizinerin schien sich tatsächlich zu freuen, die Kommissarin wieder zu sehen. Ohne auf eine Antwort von Smidt zu warten, schlug sie das Tuch zurück, mit dem Egbert Jagelmans Leichnam bedeckt war. Dann nahm sie das Clipboard mit ihren Aufzeichnungen und legte los.

„Also, da habt Ihr mir ja mal jemanden ganz ohne Tätowierungen besorgt. Tja, was ist passiert? Auffällig erst mal sein Ohr. Unter den ganzen Schwellungen verbirgt sich ein Biss. Mensch oder Tier? Ich würde mal zu einem menschlichen Gebiss tendieren. Jedenfalls gibt es keine Spuren, die auf Fangzähne verweisen. Wie liegt der Biss? Unterkiefer im Innenohr, Oberkiefer außen. Der Biss ist also quasi aus einer vis-à-vis Situation entstanden. Bevor ich mir den Job hier geangelt habe, habe ich so was auch mal am lebenden Patienten behandelt. Also den Biss, nicht die vis-à-vis Geschichte. Und was habe ich damals gemacht? Mal einfach gesagt: Antibiotikum von vorne, von hinten, von oben, von unten, von innen, von außen. Eben überall, wo man so dran kommen kann. Denn, egal ob sich das Gebiss eines Menschen oder das eines Tieres in dem Ohr verewigt hat: In so einer Wunde wimmelt es nur so von Bakterien. Hier ist nichts dergleichen gemacht worden. Stattdessen hat das jemand genäht. Ist bei dem ganzen Knorpelgewebe nicht immer die beste Wahl. Dürfte dem Patienten jedenfalls ziemlich weh getan haben. Die Ausführung dieser Flickarbeit ist so unterirdisch, dass ich mir eigentlich kaum vorstellen kann, dass das ein ausgebildeter Kollege, Bindestrich Kollegin gemacht hat. Außerdem sind damit ganze Bakterienkolonien in der Wunde eingeschlossen worden, die normalerweise noch mit dem Blut ausgespült worden wären. Wie soll ich sagen? Die waren so glücklich, dass die erstmal massenweise Kinder in die Welt gesetzt haben."

„Und?" wollte Smidt wissen, „ist er daran gestorben?"

„Nur die Ruhe, Ihr bekommt das natürlich alles noch schriftlich und das Wichtigste unterstreiche ich auch gerne für Euch."

Smidt zog es vor, nichts zu sagen und einfach abzuwarten.

„Er hat an dem Ohr eine Sepsis entwickelt und daran wäre er dann auch ziemlich bald gestorben. Zumindest war er auf dem besten Weg dazu. Aber dem ist ein Herzinfarkt zuvorgekommen. Da stimme ich dem Kollegen zu, der vor Ort gewesen ist. Das Herz hatte bereits Schädigungen. Leider habe ich noch keinen Blick in seine Krankenakte werfen können, aber vermutlich hat er von den Schädigungen gar nicht so viel mitbekommen. Stiller Herzinfarkt nennt man das im Volksmund. Dann kam der Stress hinzu, den die Sepsis bereits ausgelöst hatte. Der Körper versucht sich natürlich nach Kräften zu wehren: Hohes Fieber beispielsweise, beschleunigter Puls. Da werden vom Körper ganze Armeen todesmutiger Kämpfer produziert und losgeschickt. Und wer muss das alles mit Energie versorgen? Das Herz. Das ist der eine Punkt. Der andere Punkt ist der, dass Ihr an dem Mann interessiert ward. Wenn ich richtig mitgezählt habe, sucht ihr den Täter für zwei Morde und eine Entführung. Mein persönlicher Tipp ist ja, dass die beiden Morde eine Zeitlang auch mal Entführungen waren. Ihr wisst schon: Die frischen Tattoos."

Smidt konnte nicht verhindern, die Augen zu verdrehen, was der Rechtsmedizinerin nicht entging.

„Verstehe schon. Ich wildere mal wieder in Eurem Revier und teile Euch zudem noch Erkenntnisse mit, die Ihr schon lange selber gehabt habt. Also zurück zu meiner Arbeit: Der erste Punkt war die Vorschädigung des Herzens, der zweite Punkt war der, dass Ihr hinter ihm her ward. Denn daraus schließe ich, dass der Mann auch mental hochgradig unter Stress stand. Tja. Alles in allem: Das war zu viel für das Herz. Anzeichen für noch mehr Nachhilfe beim Sterben habe ich nicht gefunden. Ihr müsst also zumindest in diesem Fall nicht nach einem Mörder im klassischen Sinn suchen. Höchstens nach jemandem, der den Mann nicht ins Krankenhaus gebracht hat, wo er mit Sicherheit hätte gerettet werden können und natürlich nach diesem hoch motivierten Laien, der sich mit Nadel und Faden versucht hat."

Sie hob das obere Blatt ihrer Notizen an und vertiefte sich kurz in das nachfolgende Blatt. Dann legte sie das Clipboard auf Ebert Jagelmans abgedeckte Beine, schaute die Kommissarin freundlich an und verkündete:

„Das war's. Hoffen wir mal, dass es jetzt genug Leichen in dem Fall gegeben hat."

Smidt deutete vage auf die Kühlfächer an der Wand.

„Leider sind es inzwischen schon drei Leichen. Möglicherweise sogar vier. Sie haben noch einen älteren Herren rein bekommen. Kopfverletzung. Der gehört leider auch zu diesem Fall."

Im Blick der Ärztin lag so etwas wie Mitleid, als sie in Richtung eines bestimmten Faches schaute.

„Oh Mann. Was ist denn da für ein Unmensch am Werk?"

„Tja. Wenn es immer der Gleiche war, dann hat er sein Lebensende mit einem dicken Ohr erlebt." Sie deutete mit dem Kopf auf Egbert Jagelmans Leichnam. „Unmengen an Spuren am Tatort lassen kaum einen anderen Schluss zu. Er hat den alten Mann auf dem Gewissen."

„Und der Vierte?"

„Autounfall vor fünf Tagen. Alkohol am Steuer."

„Ah, ich erinnere mich."

Smidt ging auf dem Rückweg ins Präsidium das kurze Gespräch mit der Ärztin noch eine Weile durch den Kopf. Überall gab es Spuren, aber sie bekamen sie einfach nicht zu einem Gesamtbild zusammengefügt. Es war wie verhext. Der geniale Hottel ging inzwischen nur noch wie ein Schatten seiner selbst über die Gänge, wenn er sich überhaupt mal außerhalb seines Büros sehen ließ. Die Telefonüberwacher waren schon anderen Gruppen zugeteilt worden, weil auf keiner der überwachten Leitungen auch nur das kleinste Gespräch stattfand. Bei den Anschlüssen, die zu den inhaftierten Personen gehörten, war das natürlich klar, aber bei den anderen war es einfach nur bedauerlich. Man hatte sich offenbar über andere Kanäle verständigt. Damit waren das alles mehr oder weniger tote Spuren.

Selbst die Erkenntnis, dass der Stadionbauer Laith Schneider höchstwahrscheinlich nicht in Katar weilte, hatte sie nicht weitergebracht. Es war einfach keine Spur zu ihm zu finden. Der Name war offenbar falsch, da es bundesweit niemanden dieses Namens gab, der auch nur annäherungsweise gepasst hätte.

Obwohl sie inzwischen schon fast das gesamte Personal in Frank Bergs Bordell verhört hatten, war es ihnen noch nicht einmal gelungen, den Tathergang zu ermitteln, der zum Tod der Frau mit dem Pfau im Gesicht geführt hatte.

Alles in Allem konnte die momentane Situation nur auf eine Weise zusammengefasst werden: Sie sahen den Wald vor lauter Bäumen nicht.

Drachenpraxis

Die beiden spitzen Dorne, die aus dem Knochengerüst seiner fledermausähnlichen Flügel herausschauten, hatte der Drache tief in den Rücken seiner Beute geschlagen. Zusätzlichen Halt bekam er durch die kräftigen Klauen, die tief in den Lenden seines Opfers vergraben waren.

Der Hals des Drachen war weit nach hinten geworfen. Er hatte gerade ein großes Stück Fleisch herausgerissen, das seitlich aus der langen Schnauze heraus hing. Lange, gelb verfärbte, spitz zulaufende Zähne, die gut in das Gebiss eines großen Krokodils gepasst hätten, hielten den blutigen Fleischfetzen fest.

Der Kopf des Tieres war aus rauen Schuppen geformt. Um das Maul herum zum Teil vom Blut rötlich verfärbt. Der Rest des knochig wirkenden Kopfes schillerte in Grüntönen. Soweit der schlangenförmige Körper zu erkennen war, zog sich das Schuppenkleid über die gesamte Oberfläche. Dabei wechselte die Farbe in unregelmäßigen Mustern über gelb, orange und violett.

Mit kalten, eisblauen Augen fixierte der Drache die Betrachterin der blutigen Szene. Maiga konnte ihre Augen gar nicht mehr von dem Ungetüm lösen. Auch wenn die Frau auf deren Rücken der Drache saß, genauso wie der Tattoomeister selber, nur als grobe Konturen angedeutet war, war für Maiga klar, dass es fantastisch werden würde.

„Habe ich schon erwähnt, dass ich absolut begeistert bin?"

„Hast du Maiga. Mehr als einmal. Du bist für heute übrigens soweit fertig. Ich wickle dich nur eben noch ein und dann ist für dich erstmal Pause. Ich sage Laith dann gleich Bescheid. Nach dem langen Liegen musst du dich ein bisschen bewegen. Ich denke mal, er wird dir erlauben, mir beim Zubereiten des Abendessens zu helfen."

„Manchmal hat er schon echt verrückte Ideen."

Momoko schaute sich lachend die Ketten an, mit denen sie und Maiga in der Küche in ihrem Arbeitsradius eingeschränkt waren. Jede der beiden konnte sich nur in einer Hälfte des Raumes bewegen. Dadurch war die Arbeitsteilung bereits vorbestimmt. Momoko musste kochen und Maiga hatte den Kühlschrank und den Lebensmittelvorratsschrank in ihrer Reichweite.

Momoko trug einen Stahlreif um ihre Taille, an dem die Kette befestigt war. Da das wegen des frisch gestochenen Tattoos bei Maiga nicht ging, hatte der Safarimann einfach die Bänder um Maigas Oberschenkel an ihrer Stelle gelassen und die Kette daran befestigt. Als Resultat davon konnte Maiga nur ziemlich kleine Schritte gehen, was ja ganz im Sinne des Safarimannes war.

„Gib mir mal bitte die Edelstahlschüssel in dem Schrank da", war die erste Anweisung, die Maiga von Momoko bekam.

„Um ganz ehrlich zu sein", begann Maiga währenddessen in leichtem Tonfall, „hatte ich ziemliche Angst, als ich Laith das erste Mal gesehen habe. Ich dachte, dass ich jetzt bei einem Großwildjäger gelandet bin."

„Du warst aber auch ziemlich angeschlagen. Laith war ziemlich sauer auf Egbert. Ich frag mich echt, was der mit dir gemacht hat."

„Naja. So genau weiß ich das nicht. Er hat mir offenbar einen übergezogen. Also ich meine: Er hat mich bewusstlos geschlagen. Mir fehlt noch immer ein Stück von meiner Erinnerung. Ich weiß nicht, wie ich ins Auto gekommen bin und meine Ankunft hier ist auch immer noch wie unter einem Schleier."

„Naja", beruhigte Momoko sie, „jetzt bist du ja wieder klar im Kopf und alles ist gut."

„Allerdings", lachte Maiga. „Und ich werde auch nicht als Bär oder so verkleidet und von Laith durch den Park gejagt."

„Hast du das gedacht? Echt?" antwortete Maiga, ohne in ihr Lachen einzustimmen.

„Was sollte ich denn sonst denken? Ich habe noch nie jemanden kennengelernt, der den ganzen Tag im Safarioutfit herumläuft. Und dann, wie gesagt, in dem Zustand, in dem ich war. Ich glaube, er hat mir sogar in den Mund geschaut. Wie bei einer Pferdeauktion."

An die andere Körperöffnung, die der Safarimann untersucht hatte, wollte Maiga am liebsten gar nicht mehr denken.

„Ja klar hat er das. Er wollte bestimmt nur, dass Egbert dir den Knebel raus nimmt. Das hat er nur ein bisschen verpackt. Das ist alles."

„Ah, wie geschickt."

„Ja", stimmte Momoko versonnen zu. „So ist er, mein Laith. Klug, geschickt und voller Ideen. Das mit dem Großwildjäger, das du gerade gesagt hast, ist übrigens auch so eine Idee von ihm gewesen. Wir haben das wirklich mal eine Zeitlang gespielt."

„Echt? Oder nimmst du mich auf den Arm?"

„Nein. Ehrenwort. Er hat mich dann in ein Zebrakostüm gesteckt. Damit ich mehr wie ein Tier wirke hatte er mir kurze Stelzen an den Unterarmen befestigt. Ich durfte auf keinem Fall zweibeinig gehen. Er hat mich dann immer in unseren großen Park laufen lassen, mich dann gesucht und schließlich mit dem Lasso eingefangen."

„Aber du hattest doch gar keine Chance gegen ihn. Ich meine: Ein echtes Zebra ist doch viel schneller als du und es kann sich mit kräftigen Huftritten wehren."

„Ja", winkte Momoko ab. „Darum ging es doch gar nicht. Er hat es einfach geliebt, wenn ich mit der Pferdemaske durch den Park ging. Manchmal hat er mir sogar einen Sattel auf den Rücken gebunden. Passt zwar nicht zu einem Zebra, aber ich habe es ohnehin nicht gesehen und ihm hat es Spaß gemacht. Was sollte ich dann schon dazu sagen? Es hat ihm Spaß gemacht. Das ist das Wichtigste."

„Ihr seid ja mal schräg drauf. Und warum macht ihr das jetzt nicht mehr?"

„War nicht gut für meinen Rücken."

„Schade. Und du hast echt eine Pferdemaske getragen? Abgefahren. Ich hab so was mal im Internet gesehen. Ich glaube aus Gummi oder so. Da kannst du ja fast nichts mehr sehen. Soweit, wie die Augen der Maske dann von deinen Augen weg sind."

„Stimmt. Vor allem, wenn er dann auch noch die dunklen Filter eingesetzt hatte, damit die Augen echter aussehen."

„Dann war an Laufen ja wirklich nicht zu denken."

„Ach, man gewöhnt sich an viel mehr, als man vorher glaubt. Aber insofern hast du Recht. Ich bin sogar ein paar Mal hingefallen. Ganz schön komisches Gefühl, wenn man sich dabei nicht so aufstützen kann, wie man das gewohnt ist."

„Aber dann hast du deine Fähigkeiten beim Tätowieren entdeckt und ihr habt es bleiben lassen?"

„Nein, hatte ich doch eben schon gesagt. Ich hatte Rückenschmerzen. War echt schade, dass wir damit aufhören mussten. Wir können das jetzt nur noch ab und zu mit Gästen machen. Quasi als besonderes Event."

„Wie stell ich mir das vor? Tribüne auf der Terrasse und dann fängt er dich unter dem Applaus der Gäste ein?"

„Nein", lachte Momoko. „so nicht. Für Gäste ist eigentlich auch falsch ausgedrückt. Wäre zum Beispiel möglich, dass er dich in das Zebrakostüm steckt und dann jagt. Oder in irgendein anderes Kostüm. Wir haben dir doch heute Morgen die Frau gezeigt, der ich den Halsschmuck angelegt hatte. Die hat Laith auch im Park gejagt. Die war vollkommen nackt und mit Lehm beschmiert."

„Und? Hat es ihr auch Spaß gemacht? So wie mir das Tätowiert werden?"

Maiga konnte sich nicht vorstellen, dass es der Frau Spaß gemacht haben konnte. Sie war eigentlich mehr daran interessiert, zu erfahren, wie Momoko das wahrgenommen hatte.

„Ne, eigentlich nicht", gab Momoko ohne Umschweife zu. „Die hat sogar komplett gegen die Regeln verstoßen."

„Wie jetzt? Die sollte sich doch wahrscheinlich nur verstecken. Wie konnte die denn da gegen die Regeln verstoßen? Hat die vielleicht geschrien?"

Oder sollte die tatsächlich versucht haben abzuhauen, fügte Maiga in ihren Gedanken noch an.

„Natürlich war die geknebelt. Schließlich muss man auch an die Nachbarn denken. Nein, das war es nicht. Die hat sich irgendwie ein Messer besorgt und wollte damit auf Laith losgehen."

Maiga fiel nichts anderes als „Oje" ein.

„Das kannst du aber laut sagen. Glücklicherweise hat Laith das im letzten Moment mitbekommen. Danach war dann aber echt Schluss mit lustig. Die ist noch am gleichen Tag weggebracht worden."

Maiga wollte definitiv nicht mehr davon wissen. Das konnte doch nicht wahr sein, dass Momoko ihr gerade leichthin so eine heftige Geschichte erzählte. Trotzdem konnte sie jetzt nicht einfach schweigen.

„Ihr habt sie weggebracht? Zu einem Freund von euch oder so? So wie Egbert mich hier hin gebracht hat?"

„Nein. Das war nicht mehr drin. Laith hat sie noch in der gleichen Nacht in den Fluss geworfen."

Maiga war froh, dass Momoko sich von ihr abgewandt hatte, da sie sich gerade um das Fleisch in der Pfanne kümmern musste.

„Ach du jemine. Ist die unglücklich gestürzt?"

„Nein. Laith hat sie entwaffnet und dann erstochen. Ich hatte gerade noch genug Zeit, um ihr den Schmuck wieder abzunehmen. Den wollte ich in jedem Fall retten. Du hast das Bild ja heute Morgen gesehen. Auch wenn du den Schmuck scheinbar nicht gut findest. Sie sah damit so wundervoll aus. Die konnte das nur nicht so zeigen. Das war so ganz anders als bei dir. Ich hätte trotzdem gerne noch weiter mit ihr gearbeitet."

„Wie? Noch weiter? Am Hals war doch schon nichts mehr drin", gelang es Maiga mit einigermaßen fester Stimme zu fragen.

„Ich dachte, du wärest so gebildet. Die echten Giraffenfrauen tragen doch auch noch solche Spiralen an den Unterschenkeln. Meine Idee war es, bei ihr nicht nur die Unterschenkel, sondern auch die Oberschenkel, die Unterarme und die Oberarme einzupacken. Das hätte bestimmt gigantisch gut ausgesehen."

„Tja. Schon möglich. Das hätte aber bestimmt einiges gewogen."

„So um die zwanzig Kilo hätte sie dann schon mit sich rumgeschleppt. Ist aber auch okay so. Hält fit."

„Das wäre es dann aber gewesen oder?" wollte Maiga mehr deshalb wissen, weil sie Momoko am Sprechen halten wollte.

„Ja. Damit wäre die fertig gewesen. Oder genaugenommen war noch überlegt worden ihr auch eine Spirale um den Bauch zu legen. Wie ein Korsett. Verstehst du?"

„Ja, klar", nickte Maiga, während es ihr kalt den Rücken herunter lief.

„Da habe ich mich allerdings geweigert."

„Weil das zu beengend gewesen wäre", stellte Maiga halb fragend fest.

„Nein. Quatsch. Da hätte die sich schon dran gewöhnt. Der wahre Grund war der, dass ich ihr, nachdem ich den Hals gemacht hatte, erstmal ein großes Rückentattoo gestochen habe. Übrigens auch einen Drachen. Nur direkt auf ihr. Nicht so wie bei dir. Und der wäre natürlich von dem Schmuck abgedeckt worden. Da habe ich mich geweigert. Ich bin doch nicht bescheuert. Erst steche ich ihr ein großes, anspruchsvolles Tattoo und dann verpacke ich das hinter Schmuck? Nicht mit mir."

„Aber der ganze Rest ihres Körpers war doch auch tätowiert."

„Richtig. Das Hauptwerk war aber auf dem Rücken. Die Arme und Beine waren mehr so kleinere Nebenarbeiten. Etwas gröber in den Konturen. Mehr Ornamente zum Thema. Verstehst du? Die hätten ruhig abgedeckt werden können. Aber nicht das Hauptwerk. Das geht gar nicht."

„Das kann ich allerdings verstehen", stimmte Maiga ihr zu. Das durfte alles nicht wahr sein. Vor ein paar Minuten hatte sie sich noch darauf gefreut, dass Momoko bald an ihrem Rücken weiter arbeiten würde. Und jetzt hatte sie mal wieder nur den einen Gedanken: Sie musste so schnell wie möglich abhauen. Natürlich wollte sie das auch vorher schon. Nur hatte sie irgendwie die Hoffnung gehabt, dass sie vielleicht erst noch das Tattoo bekommen würde. Diesen unglaublich geilen Entwurf, den sie gesehen hatte.

„Schön, dass ich mit dir so reden kann Maiga. Das tut echt mal gut. Bin gespannt, wie das mit dir weiter geht. Das wird bestimmt noch toll."

Das Lächeln, das Maiga auf Momokos Gesicht sah, wirkte absolut echt. Sie versuchte ihr Bestes das gleiche zu tun. Lächeln und Infos von Momoko bekommen. Egal welche.

„Ich frag mich, wie die Frau mit dem dicken Ring um den Hals an das Messer gekommen ist. Hat die dir auch in der Küche geholfen?"

„Nein, wo denkst du hin? Die hat ja schon die ganze Zeit ziemlichen Terror gemacht. Ich glaube nicht, dass die auch nur ein einziges Mal in der Küche gewesen ist."

„Dann verstehe ich das nicht."

„Also, wenn man es genau nimmt dann war es eigentlich unser Fehler. Ich hab mich da eben nicht richtig ausgedrückt. Eigentlich hat sie das Messer im Park gefunden. Das kam so: Laith hat am Tag vorher Fesselspiele mit mir gemacht. Er hat mich an so einen alten Baum gebunden. War total toll, aber irgendwie hat er ein falsches Seil genommen. Jedenfalls hat er die Knoten nicht mehr aufbekommen. Also hat er dann ein Messer geholt und mich damit losgeschnitten. War auch dringend nötig. Ich hatte schon gemerkt, wie mein Arm taub wurde."

„Das mit der richtigen Bondage scheint schon echt eine hohe Kunst zu sein. Egbert jedenfalls kann das auch nicht wirklich gut", stellte Maiga fest „Aber egal. Laith hat dich mit einem Messer losgeschnitten und das hat er dann liegen lassen?"

„Genau. Ich war so happy wieder frei zu sein, dass wir da erst mal eine kleine Nummer geschoben haben, wenn du weißt, was ich meine", erklärte Momoko mit verschwörerischer Miene. „Das war für mich total überraschend. Normalerweise macht der das nie mit mir. Einfach so im Park. Danach haben wir das Messer dann wohl liegen lassen."

„Naja", meinte Maiga dann in die entstandene Pause. „ich danke jedenfalls für das Vertrauen, dass ihr mir entgegenbringt. Immerhin bin ich hier alleine mit dir in der Küche. Da wimmelt es ja nur so von allen möglichen Waffen."

Momoko drehte sich lachend zu Maiga um und lehnte sich dann an die Anrichte.

„Aber nicht in deinem Bereich. So sehr vertraut Laith dir auch noch nicht."

„Echt? Ich meine, darf ich mal schauen? Ich will aber nicht riskieren von dir irgendwie erstochen zu werden, wenn ich doch etwas finde."

„Nur zu."

Momoko zeigte mit dem langen Fleischermesser auf die Schränke in Maigas Reichweite.

Maiga konnte nicht wirklich glauben, dass jemand so naiv sein konnte. Bisher hatte sie immer nur den Lebensmittelschrank geöffnet. Da waren vielleicht mit ausreichenden Chemiekenntnissen irgendwelche gefährlichen Dinge draus zu basteln. Irgendwas mit Backpulver. Mehr wusste sie aber nicht mehr. Hinter den anderen Türen allerdings standen Gläser, Geschirr und Vasen. Die waren als Wurfwaffen sicherlich gut zu gebrauchen. Maiga nahm es einfach mal zur Kenntnis. Möglicherweise würde ihr das mal später nützlich sein.

„Okay, Momoko. Du hast Recht. Die Messer sind dann wohl eher alle in deiner Reichweite."

„Sag ich doch."

„Was ist das eigentlich für ein Park, von dem du geredet hast? Der ist doch bestimmt nicht öffentlich, oder?"

„Nein", lachte Momoko, „wo denkst du hin? Der Park gehört zu dem Haus hier. Ist ja eher sogar ein kleines

Schlösschen. Das hat vorher mal so einer durchgeknallten Tussi gehört. Die musste dann aber verkaufen, als sie festgestellt hat, dass ihr das Geld ausging. Irgendwie so in der Art. So genau hab ich mir das nicht gemerkt. Ist mir ja schließlich auch völlig egal."

„Cool. Auch wenn nicht ganz freiwillig, wohne ich in einem Schloss mit Privatpark. Wer hätte das gedacht?" Maiga fiel es noch nicht einmal so furchtbar schwer, den Satz mit der dazugehörigen Leichtigkeit heraus zu bekommen.

„Vielleicht darf ich dich ja mal ausführen. Zumindest fragen werde ich Laith", versprach Momoko.

Leicht variierter Kopf

Als Laith endlich in ihr Zimmer kam, um sie loszuschnallen, war Maiga froh, dass ihre zweite Nacht, die sie in Bauchlage festgeschnallt hinter sich gebracht hatte, endlich vorbei war.

„Wir probieren heute mal aus, ob du dich ohne Handschellen auch benehmen kannst", erklärte ihr Laith, als er sich an ihren Füssen zu schaffen machte. Kurz danach, als Maiga sich endlich auf die Bettkante setzen konnte, sah sie, dass sie an den beiden dicken Zehen jeweils einen stabilen Ring trug. Das alleine versprach mindestens nervig zu werden. Aber die kurze Kette, mit der die beiden Ringe verbunden waren, würde definitiv ätzend werden. An die hochhackigen Sandalen, die er ihr vorher angezogen hatte, wollte sie gar nicht denken.

Zusätzlich zu den Schenkelbändern, die sie noch immer trug, war sie durch die Zehenfesselung in ihrer Beinfreiheit erheblich eingeschränkt. Mehr, als gesund sein konnte. Sie dachte schon mit Schrecken, daran, was passieren würde, wenn sie mal versehentlich einen zu langen Schritt versuchen würde. Vermutlich würde sie das Gefühl habe, jemand würde ihren Zeh abreißen und im gleichen Moment würde sie vermutlich auch schon krachend auf dem Boden landen.

Trotzdem wollte sie weiter auf ‚gute Stimmung' machen. Also musste sie sich irgendwas Blödes einfallen lassen.

„Wenn du mich ab Weglaufen hindern willst, dann hätten die Schenkelbänder es aber auch getan", erklärte sie Laith lächelnd.

„Schon möglich. Aber ich wollte mal sehen, wie diese Zehenkette wirkt. Manchmal kommt bei mir so ein Experimentier-Gen durch."

„Naja. Super. Ich sehe mich schon voller Energie mit geschlossenen Beinen weghüpfen, während du mir entspannt hinterher schlenderst und mich dann, wenn ich völlig außer Atem bin, einfach wieder einsammelst."

„Wäre ein netter Gedanke." Laith schien von der Vorstellung tatsächlich angetan. „Momoko wollte dir heute ohnehin den Park zeigen. Vielleicht bauen wir dann mal so ein nettes kleines Spiel mit ein. Aber jetzt wird erstmal gefrühstückt und danach will Momoko sich weiter um deinen Rücken kümmern. Heute ist glaube ich der Kopf an der Reihe. Also nicht deiner, sonder der von der Frau, die auf deinem Rücken gerade tätowiert wird."

„Cool. Ich freu mich schon."

„Na dann wollen wir mal."

Einige Zeit später ließ sich Maiga auf die Liege schnallen. Sie konnte und wollte nicht vermeiden, dabei ein Lächeln zu zeigen. Zum einen wollte sie natürlich noch immer alles dafür tun, den beiden sympathisch zu erscheinen, um sie sorgloser werden zu lassen. Zum anderen war sie nach gefühlten hundert Kilometern auf den unbequemen Schuhen mit der noch viel unbequemeren Zehenkette – sie konnte die Füße beim Gehen kaum eine Fußlänge voreinander stellen – einfach froh, dass sie jetzt erstmal eine ganze Zeit liegen konnte. Und nicht zuletzt konnte sie es kaum erwarten weiter tätowiert zu werden.

So lag sie also wieder bäuchlings auf der Liege und sah in dem Flachbildschirm ihren Rücken mit dem wunderbaren Drachen. Der gefräßige, aggressive Drache gefiel ihr noch immer ganz hervorragend. Maiga konnte sich lebhaft vorstellen, welchen Kontrast dessen blutrünstige Aktion zu dem lieblichen traditionell angelegten, japanischen Frauengesicht bilden würde, das Momoko ihr heute stechen wollte.

Erste Zweifel kamen ihr, als Momoko mit der Ausgestaltung der Haare begann. Statt der erwarteten Steckfrisur aus schwarzen Haaren, entstanden ganze Haarsträngen, die sich aus der Frisur gelöst hatten und in allen möglichen Farben leuchteten. Zu dem Zeitpunkt hatte Momoko an dem eigentlichen Gesicht nur insofern gearbeitet, dass die Augen mit den schwarzen Pupillen, der rote Mund und die Andeutung einer Nase an der richtigen Stelle saßen und bereits eine überzeugende Dreidimensionalität vermittelten.

Beim Ausarbeiten der Wangenknochen, die Maiga eigentlich in zartrotem Rouge vor bleicher Gesichtshaut erwartet hatte, benutzte Momoko allerdings Grün. Da Maiga mit Momoko vereinbart hatte, nichts zu sagen, bis der gesamte Kopf fertig war, hielt sie – auch wenn es schwer fiel – den Mund. Der Versuch Momoko, die tief in ihre Arbeit versunken war, davon abzubringen das zu tätowieren, was sie sich vorgenommen hatte, wäre ohnehin hoffnungslos gewesen. Also konnte Maiga nur das Beste draus machen, und möglichst ruhig abwarten, was dabei heraus kommen würde.

Einige Zeit später wurde es langsam zur Gewissheit. Momoko stach ihr gerade einen Zombie-Kopf. Der Bereich um die Augen wurde großräumig schwarz ausgestaltet, die Lippen bekamen diverse schwarze Piercings, die den Eindruck erweckten, dass der gesamte Mund zusammengenäht war. Auch das sichtbare Ohr war von diversen Piercings und einen großen Tunnel verziert. Der Tunnel wurde von einem großen metallischen Ring in Form gehalten. In dem Ring baumelten mehrere stabil und schwer aussehende Ringe. Nach der ersten Überraschung hatte sich Maiga schon lange mit Momokos Idee angefreundet. Und je länger sie das Werk betrachtete, umso klarer wurde ihr, was das eigentlich geniale daran war: Trotz des martialisch wirkenden Gesamtbildes hatten die Augen einen unglaublich entspannten Ausdruck, dem sich Maiga kaum entziehen konnte.

„Wow", kommentierte Maiga, als Momoko die Maschine zur Seite gelegt hatte und „fertig" verkündet hatte.

„Du weißt schon, dass das in der Vorlage anders ausgesehen hatte?" wollte Momoko wissen. Maiga wusste nicht so richtig, ob in ihrer Stimme so etwas wie ‚ich hätte wetten können, dass du dich aufregst' mitschwang.

„Du hast mir die Vorlage zwar nicht mehr gezeigt, aber so viel weiß ich schon noch davon. Klar war da eine zierliche Japanerin, die mit akkurat gesteckten Haaren und höflich zurückhaltend und vollkommen demütig den Akt des Tätowierens über sich ergehen ließ. Und so weit ich das in Erinnerung habe, war der Drachen in der Vorlage auch etwas entspannter, als der, den du mir gestochen hast. Nur, was soll ich groß sagen? Du machst das super und du bist wahnsinnig gut. Das ist schon fast nicht zu glauben."

„Danke", war alles, was Momoko nach einer kleinen Pause sagte. „Ich mach noch alles sauber und klebe es ab, dann kann ich schon Laith Bescheid geben."

„Hört sich gut an. Wo gehe ich danach hin? Ich frag nur, weil ich mir schon mal den kürzesten Weg überlegen will. Sonst komme ich da heute vielleicht gar nicht mehr an."

„Du scheinst deinen Humor ja nie zu verlieren", kommentierte Momoko mit leichter Stimme.

Der Mann mit der Axt

Die Kommissarin hatte Hottel zwar persönlich erst vor sechs Stunden nach Hause geschickt, aber sie war trotzdem froh, als sie ihn vom Besprechungsraum aus, über den Hof laufen sah. Ihr selber hätte eine ordentliche Ladung Schlaf wahrscheinlich auch ganz gut getan.

Als sie sich wieder zu Raum drehte, fing sie den irritierten Blick von Rednich auf.

„Jasmin? Was erheitert dich so?"

„Du hast recht Günther. Die Situation ist ernst genug. Keiner unserer potentiellen Täter macht das Maul auf und wir stochern wie die Bescheuerten im Dunkeln herum, ohne endlich eine Spur von Maiga Schorla zu finden. Trotzdem: Ich habe gerade gesehen, wie Hottel über den Hof gelaufen ist."

„Hottel? Gelaufen?"

Bevor Rednich zum Fenster gehen konnte, um sich selbst zu überzeugen, flog die Türe krachend auf und Hottel kam nach Luft japsend in den Besprechungsraum.

„Ich bin so doof. Ich bin nur doof. Aber jetzt hab ich es."

Als ob es die letzte Aktion in seinem Leben wäre, hielt er sein Smartphone hoch und stütze sich mit dem anderen Arm auf dem Knie ab, um wieder zu Luft zu kommen.

Die beiden Kommissare sahen irritiert zwischen dem schwarzen Bildschirm und Hottel hin und her, bis Smidt das Wort ergriff:

„So Hottel. Jetzt atmest du einmal tief durch, dann setzt du dich da an den Tisch und dann sagst du uns in deinem üblichen entspannten Tempo, was du gefunden hast."

Noch während sie das sagte, merkte sie, wie Hottel langsam wieder zu seiner gewohnten Form zurückfand.

„Sorry Leude, ich hab so ein Desaster einfach bisher noch nie erlebt. Da war ich ein bisschen durch", erklärte er während er den kleinen Bildschirm in seinen Händen wieder zum Leben erweckte, kurz drauf schaute und das Smartphone dann in seiner Hosentasche verschwinden ließ.

„Is weg. Aber das macht nichts. Du hattest mich ja ins Bett geschickt Jasmin. Eine richtige Entscheidung, für die ich dir sehr dankbar bin. Auch wenn das nichts zur Klärung des Falles beiträgt, muss ich dir dazu eine kleine Geschichte erzählen. Um die akademischen Zitatrechte nicht zu verletzen sage ich direkt, dass ich keine Ahnung habe, von wem die Geschichte ist. Von mir jedenfalls nicht. Egal. Jetzt kommt sie:

Es begab sich zu den Zeiten, als es noch keine Motorsägen gab, dass ein Mann in seiner raren Freizeit durch den Wald ging. Nach einiger Zeit hörte er, wie jemand mit einer Axt arbeitete. Offenbar ein Waldarbeiter. Um es kurz zu machen: Kurz danach stand der Mann neben dem Waldarbeiter, der mit einer offenbar stumpfen Axt auf einen Baumstamm einschlug. Als der schweißüberströmte Arbeiter eine Pause machte, stellte ihm der Spaziergänger die Frage, warum er die stumpfe Axt nicht schärfe. Daraufhin schaute ihn der Arbeiter entgeistert an und antwortete, dass er dafür nun wirklich keine Zeit habe und hieb wieder auf den Baumstamm ein."

Hottel machte eine Pause und schaute die Kommissarin an.

„Verstanden? Du hast mich nach Hause geschickt, damit ich im übertragenen Sinne meine Axt schärfen kann und genau das habe ich gemacht. Ich war echt komplett verblendet mit dieser bescheuerten Suche nach den ganzen Followern und dem Scheiß. Was ich dabei komplett übersehen habe, hättet ihr eben auf meinem Phone fast noch gesehen."

„Und das wäre gewesen?" wollte Smidt geduldig wissen.

„Die sind vollkommen dämlich und leichtsinnig in der Nutzung der digitalen Medien. Das ist der Punkt den ich vergessen hatte. Also hab ich mich wieder auf der Seite eingeloggt und ein bisschen rumgestöbert. Ich könnte mich mit wachsendem Genuss in den Arsch beißen, dass ich das nicht schon früher gemacht habe."

„Das habe ich jetzt soweit verstanden. Komm doch bitte endlich zum Punkt."

Hottel nahm einen tiefen Atemzug, zog wieder sein Smartphone aus der Tasche und wischte darauf herum, während er erklärte:

„Unser Opfer bekommt gerade ein neues Tattoo und wenn sich meine Sinne nicht vollkommen verabschiedet haben, dann genießt sie es. Oder präziser: Die Gesamtsituation ist wohl eher nicht das, was sie sich als das Optimum vorstellt, aber das Tattoo gefällt ihr ganz außerordentlich."

„Du hast sie gefunden?"

„Naja, das eigentliche Finden läuft gerade, aber die Chancen sind ganz gut. Sie ist scheinbar bei der Frau, die in unserem Fall die von allen gelobten guten Tattoos gestochen hat. Und eben diese Frau sticht ihr gerade ein großes Tattoo auf dem Rücken. Also um ehrlich zu sein, dass ist schon eine echt abgefahrene Idee. Schaut mal selber."

Er hielt den beiden ein Standbild von Maigas Rücken hin. Rednich verzog den Mund und Smidt schien noch nicht so genau zu wissen, was sie davon hielt.

„Naja, wie auch immer. Wie bist du da dran gekommen?"

„Rein technisch gesehen habe ich jetzt eigentlich keine Lust, das groß zu erklären. Jedenfalls ist das so, dass die unserem Opfer entweder einen Gefallen tun oder sie quälen wollten. Jedenfalls haben die über ihr eine Webcam aufgehängt und übertragen das Bild auf einen Tablett, den sie unter der Liege positioniert haben. So kann Frau Schorla live zusehen, was auf ihrem Rücken passiert. Die Kommentare, die ich aufgeschnappt habe, sind durchweg positiv. Wenn Frau Schorla nicht gefesselt wäre, hätte ich mich glattweg wie ein kleiner Spanner gefühlt. Jedenfalls hat dieser datentechnische Amateur die Übertragung zwischen der Kamera und dem Tablett ein bisschen sehr lax gehandhabt. Zumindest für jemanden wie mich."

„Tablett?" meldete sich jetzt auch Rednich zu Wort.

„Deutsch ausgesprochen ist das zum Tragen von Gegenständen, englisch ausgesprochen ist das ein sehr flacher Computer. Du weißt schon. Einer der Hersteller hat so eine leckere Frucht im Logo."

Rednich fühlte sich auf einmal so unendlich müde.

Lustwandeln im Park

„Am besten, du bleibst Oben ohne", hatte Momoko vorgeschlagen.

Natürlich wäre Maiga ohnehin nichts anderes übrig geblieben. Und abgesehen davon: Warum sollte sie das schöne Wetter im Park nicht Oben ohne genießen?

Jetzt, einige Zeit später war sie ausgehfertig. Allerdings etwas anders, als sie sich das vorher vorgestellt hatte:

Von der Hüfte abwärts war sie im Stil eines lange vergangenen Jahrhunderts gekleidet. Momoko hatte sie in eine vollkommen überdimensionierte Unterhose gepackt. Das Teil war alles andere als auf Figur geschnitten und ging ihr bis über die Knie. Die steife Verbindung ihrer Oberschenkel hatte Laith dafür entfernt und dann – nachdem Maiga die Hose angezogen hatte – wieder angebracht. Danach hatte Momoko sie erst in einen wadenlangen Unterrock gepackt, ihr dann einen Reifrock angezogen und darüber einen zweiten Unterrock gezogen, der bis knapp über die Knöchel ging. Als letzte Lage hatte Maiga dann noch einen bauschigen Rock im Rokokostil überziehen müssen. Besser gesagt: dürfen. Denn Maiga hatte Spaß an der Verkleidung, die Momoko für sie ausgewählt hatte.

An den Füßen trug Maiga schwarze Schnürstiefel mit unspektakulärem Absatz. Da der Rokokorock den Unterrock nicht komplett abdeckte, waren die Stiefel gut zu sehen. Die Wirkung, die Maiga im Spiegel ausgiebig betrachtet hatte, war einfach nur super.

Um das frische Tattoo nicht der Sonne auszusetzen, hatte Momoko ihr in die mit Spitzenhandschuhen bekleideten Hände noch einen kleinen Sonnenschirm gegeben. Genau in der Art, wie die Damen, die nicht braun werden wollten, ihn vor vielen Jahrzehnten oft getragen hatten.

Als letzten Touch, hatte Momoko ihr sogar noch die Haare hochgesteckt und ihr dann einen großen weißen Sonnenhut aufgesetzt.

„Wir gehen jetzt einfach mal eine Runde ganz außen rum", schlug Momoko gut gelaunt vor. „Pass gut auf, dass du den Schirm immer so hältst, dass dein Rücken Schatten abbekommt."

„Nur noch eine Kleinigkeit", meinte Laith, der sich die ganze Zeremonie in Ruhe angeschaut hatte. „Ihr wollt euch ja sicherlich nicht verlieren. Deshalb habe ich hier noch eine kleine Hilfestellung."

Damit legte er Maiga einen metallenen Halsreif um, der über eine Kette fest mit einem Hüftring verbunden war, den er Momoko umlegte. Nachdem er beide Bänder mit einem Vorhängeschloss gesichert hatte, gab er Momoko einen freundlichen Klaps auf den Hintern und wünschte den beiden viel Spaß.

Maiga waren ihre Gedanken zu der Kette deutlich ins Gesicht geschrieben. Momoko und Laith schauten sie lachend an.

„Du hast jetzt nicht ernsthaft geglaubt, ich würde dich nahezu ungesichert raus lassen oder?" wollte Laith wissen.

„Wieso nicht? Bevor das Tattoo fertig ist, haue ich bestimmt nicht ab", versuchte Maiga mit größtmöglicher Selbstverständlichkeit zu antworten.

„Schön, dass es dir gefällt. Aber wer weiß schon, ob du bei einer unverhofften Gelegenheit tatsächlich brav bleibst."

Natürlich würde sie nicht brav bleiben. Das war Maiga genauso klar, wie Laith. Nur musste sie ihm deshalb ja nicht sofort zustimmen. Jetzt jedenfalls hatten sich alle Gedanken daran erübrigt. Denn im wahrsten Sinne ‚über Momokos Leiche gehen' würde sie garantiert nicht, um zu fliehen. Obwohl sie vor Gericht ihrer persönlichen Meinung nach durchaus Chancen gehabt hätte, freigesprochen zu werden.

Da sie keine Lust auf eine längere Diskussion mit Laith hatte, zuckte sie nur mit den Schultern und blickte leicht erwartungsvoll in Richtung Park. Der Hinweis wurde von Laith verstanden. Er gab Momoko noch einen Kuss und hielt den beiden dann die Terrassentüre auf.

Da Momoko ebenfalls in ihrer Schrittlänge behindert war, war Maiga klar, dass der kleine Spaziergang eine ganze Zeit dauern konnte. Die Kette, die sie mit Momoko verband, würde dabei wohl eher nicht hindern. Sie war lang genug, damit sie aufrecht neben Momoko gehen konnte, ohne Angst haben zu müssen, unerwartet daran gezogen zu werden.

Also wartete sie gespannt darauf, was sich auf dem Grundstück zeigen würde. Vielleicht würde sie ja zufällig eine Stelle sehen, die sich später einmal für eine Flucht anbieten würde. Bevor sie jetzt wieder anfing, sich Gedanken darüber zu machen, ob sie vor der Fertigstellung des Tattoos überhaupt fliehen wollte, rief sie ihre Gedanken zur Ordnung. Natürlich musste sie jede realistische Fluchtmöglichkeit sofort nutzen. Schon alleine deshalb, weil sie keine Ahnung hatte, was die beiden mit ihr machen würden, wenn das Tattoo wirklich mal fertig wäre. Bei dem Tempo, das Momoko vorlegte, dauerte das vermutlich nur noch ein paar Tage. Zumindest, wenn ihr Körper mitmachte. Und das war eigentlich schon der zweite Grund, eine Flucht immer und sofort zu wagen. Denn, ob Momoko Rücksicht auf ihren Körper nehmen würde, war eher unwahrscheinlich.

Bis Momoko das Wort ergriff, gingen die beiden einfach langsam neben einander her und ließen ihre Blicke über den Park und die den Park säumenden Bäume schweifen.

„Ich habe Laith vorgeschlagen hier einen kleinen Entenweiher anzulegen."

Sie zeigte auf eine große Rasenfläche.

„Und? Was meinte er?"

„Ist ihm zu viel Arbeit. Bei dem, was wir machen, brauchen wir schließlich Ruhe. Personal würde da nur stören. Insofern hat Laith natürlich recht. Er ist jetzt schon andauernd mit seinem Rasenmähertrecker unterwegs, um die Rasenflächen in Ordnung zu halten. Dann muss er auch noch regelmäßig das Unkraut von den Wegen weg halten. Insofern hat er natürlich recht. So ein Weiher würde im Zweifel noch mehr Arbeit machen."

„Außerdem wäre dann der wunderbare Rasen immer voller Entenkot. Ist auch nicht schön."

„Stimmt. Daran hatte ich noch gar nicht gedacht."

„Um ehrlich zu sein, ich hatte mich schon gewundert, dass ich außer euch beiden niemanden gesehen habe und trotzdem alles so gut aussieht."

„Ja", stimmte Momoko ihr versonnen zu. „Mein Laith ist schon echt fähig. Was der alles möglich macht. Ich bewundere das. Aber manchmal würde ich mir schon wünschen, er würde sich ein bisschen mehr um mich kümmern."

Maiga murmelte etwas, das wie eine Zustimmung klang. Ihre Gedanken waren wieder bei ihren Fluchtmöglichkeiten. Nur Laith und Momoko. Wobei letztere noch nicht einmal voll zählte, da sie ja in der Regel gefesselt war und sich gar nicht frei bewegen konnte. Eigentlich musste sie jetzt versuchen, Momoko über irgendwas Interessantes auszufragen. Seltsamerweise fiel ihr aber einfach kein vernünftiges Thema ein. Über Ententeiche wollte sie sich jedenfalls nicht unterhalten. Andererseits…

„Hör mal Momoko. Vielleicht hätte ich eine Idee, wie Laith etwas entlastet werden kann."

„Ja?"

„Stellt mich doch einfach als universell einsetzbare Haushälterin ein. Ich mach mich hier gerne nützlich. Und was ihr macht, das weiß ich doch ohnehin."

„Wie stellst du dir das denn vor?" lachte Momoko. „Du könntest doch dann irgendwann abhauen. Wir gewähren dir hier zwar viele Freiheiten, aber doof sind wir natürlich auch nicht. Das müsste dir doch eben eigentlich klar geworden sein, als Laith uns mit der Kette verbunden hat."

„Dann legt mir doch so ein ferngesteuertes Halsband oder so um. Weißt du, was ich meine? Sobald ich weiter als soundso viel Meter vom Sender weg bin, sendet das erst leichte und dann immer stärkere Stromschläge aus."

„Na du bist mal drauf." Momoko schaute Maiga an, als ob sie dann besser deren Gedanken verstehen könnte. Kurz darauf schien ihr ein Licht aufzugehen. „War es bei Egbert denn so schlimm?"

„Ja", nickte Maiga, „und ich bin mir sicher, wenn ich erstmal wieder bei ihm bin, dann wird es richtig schlimm. Der ist nicht der Typ, der es verzeiht, wenn man bei ihm abhauen will. Und das habe ich immerhin gemacht."

„Ist immer dumm. Gut für dich, dass du das hier nicht versuchst."

„Selbst wenn ich könnte. Wie oft soll ich das denn noch sagen? Ich bekomme gerade das beste Tattoo, das ich mir überhaupt nur vorstellen kann. Da wäre ich doch wohl superdämlich, wenn ich abhauen würde. Wie sollte ich denn einen Ersatz für dich finden?"

„Laith hat vor einiger Zeit einen neuen Raum eingerichtet", erklärte Momoko, ohne dass Maiga verstand, wo dieser plötzliche Themenwechsel her kam. Dementsprechend brachte sie als Antwort nur ein wenig interessiertes ‚Aha' heraus.

„Am besten, ich zeige dir den gleich, bevor ich noch ein bisschen auf deinem Rücken arbeite. Als er mich das erste Mal in den Keller geführt hat, war ich echt platt. Laith hat die ganzen Geräte natürlich direkt an mir ausprobiert. Allerdings alle im Anfängerinnenmodus. Und ich muss sagen, dass ich darüber ganz froh war."

„Sag bloß, der hat im Keller so was wie eine Folterkammer aufgebaut."

„Genau das. Wie im Mittelalter. Ist aber nur für die ganz Widerspenstigen. Also zumindest wenn die Geräte nicht im Anfängermodus bedient werden."

„Das ist jetzt nicht dein Ernst oder? Ich meine, ihr foltert da doch nicht wirklich. Also nach so einer mittelalterlichen Folter hat man lebenslange Schädigungen mit sich herumgetragen. Wenn man überhaupt überlebt hat. Also, wenn Laith dich da irgendwo aufspannt, dann hat das ja immer noch was mit Erotik zu tun. Auch wenn das viele Leute nicht nachvollziehen können. Aber eine mittelalterliche Folter ist selbst für vollkommen bescheuerte Typen alles andere als

Erotik. Denen ging es immer nur darum, die Person früher oder später umzubringen."

„Ach", lachte Momoko, „du nimmst das aber auch immer alles so genau. Nein. Natürlich macht Laith das so, dass unsere Gäste das überleben. Und die haben auch keine Schädigungen für's Leben. Allerdings wissen die danach schon ziemlich genau, dass sie folgsam sein müssen. Da stimme ich dir zu. Und erotisch findet dieser Typ Frau das ohnehin alles nicht. Egal, was Laith mit denen macht. Es sind nun einmal leider nicht alle so wie du."

Am vergangenen Abend hatte Momoko ihr leichthin erzählt, dass Laith eine Frau im Park erstochen hatte und jetzt erzählte sie genauso unbedarft, dass sie im Keller eine Folterkammer unterhielten, in der sie ihr Gäste gefügig machten.

Damit war für Maiga ein weiteres Mal bestätigt, dass sie niemals einfach so aus den Fängen dieser Leute entkommen konnte.

„Nicht, dass wir uns da falsch verstehen. Wenn man die Dinger so benutzt, dass die Person, die da eingespannt wird, bestimmt keine Schmerzen spürt, dann kann diese Hilflosigkeit total geil sein. Dazu gehört aber ein riesiges Vertrauen. So wie zwischen Laith und dir. Sonst klappt das nicht. Bei Egbert zum Beispiel war ich mal eine ganze Zeit auf einem Sitz mit Fußstock gefesselt. Der hat mich dann so lange gekitzelt, bis ich fast zusammengebrochen wäre. War für mich sehr unangenehm. Wenn das aber eine richtig gute Freundin gemacht hätte, dann hätte das richtig toll sein können."

„Echt? Wusste ich gar nicht, dass der auch so was hat." Momoko war beim Zuhören scheinbar bei ‚Fußstock' hängen geblieben. „Was hat der denn sonst noch?"

„Ich hatte doch die ganze Zeit die Augen verbunden. Das Einzige, das ich weiß ist, dass der Fußstock das einzige Teil aus dem Mittelalter war, das ich kennen gelernt habe. Und das hat er glücklicherweise nicht so benutzt wie damals."

„Also wir benutzen das, um auf die Fußsohlen zu schlagen. Obwohl das mit dem Kitzeln wahrscheinlich auch Spaß macht."

„Solltet ihr vielleicht wirklich mal ausprobieren."

„Ansonsten haben wir noch eine echte Streckbank."

„Ah, die kann man auch super zum Kitzeln nehmen", schlug Maiga vor, wobei sie sich fast sicher war, dass Laith die genau so verwendete, wie im Mittelalter. Zumindest dann, wenn er nicht in diesem seltsamen ‚Anfängerinnenmodus' arbeitete.

„Du mit deinem Kitzeln. Aber warum nicht? Ich werde das Laith mal vorschlagen. Dann können wir das in den nächsten Tagen mal ausprobieren. Also bei der eigentlichen Anwendung muss man schon tierisch aufpassen. Da hast du recht. Mit dem Ding hat man schnell mal die Schultergelenke ausgekugelt. Aber Laith passt immer ziemlich gut auf. Bisher ist nichts Schlimmes passiert."

Beide hörten gleichzeitig, wie sich etwas in den Büschen am Rand des Weges bewegte.

Zugriff

Auf der Fahrt zu ihrem Einsatzort war die Anspannung in beiden Kleinbussen mit den Händen greifbar. In wenigen Minuten würden sie Frau Schorla endlich befreien. Eigentlich konnte jetzt nichts mehr schief gehen. Die Wahrscheinlichkeit, dass sie in den letzten Stunden noch weggebracht worden war, stuften die beiden Kommissare als extrem gering ein.

In einiger Entfernung von ihrem Ziel hielten sie an und schwärmten aus. Jeder hatte in der vorangegangenen Besprechung seine Position zugeteilt bekommen. Dank der allgemein verfügbaren Luftbildaufnahmen, hatte sich der Einsatz als extrem gut planbar erwiesen.

Smidt hatte mit ihrem Team die Aufgabe sich dem Haus von hinten aus über den Garten zu nähern. Als sie vom Nachbargrundstück aus durch das Gebüsch brachen, standen sie direkt vor der Hausherrin, die sich in Begleitung einer weiteren Frau befand. Erstaunlicherweise war die Hausherrin gar nicht erschrocken. Vielleicht – ging es Smidt durch den Kopf - hatte sie ja in Bruchteilen von Sekunden ihre Chancenlosigkeit erkannt und innerlich bereits aufgegeben.

Smidt war es letztlich egal. Sie wollte den Fall endlich zum Ende bringen. Mit erhobener Waffe schrie sie ihr Kommando: „Polizei! Hände hoch und keine Bewegung."

„Ich weiß, wer Sie sind, Frau Smidt." Die Genervtheit in Barbara Bergs Stimme war nicht zu überhören. „Ich darf Ihnen auch direkt meine Anwältin vorstellen?"

„Ausweis! Weisen Sie sich aus!"

Während sie den Befehl gab, hörte sie über ihr Headset: „Falsche Adresse. Sofort abbrechen!"

Noch bevor Maiga überlegen konnte, ob das Geräusch von einem Tier gekommen war, sah sie zu ihrer grenzenlosen Überraschung Maggie und Meister Watanabe aus dem

Gebüsch treten. Mit einer Geschwindigkeit, die sie Momoko niemals zugetraut hätte, griff Momoko die Verbindungskette direkt an Maigas Halsband, zog Maiga damit auf die Knie und hielt ihr ein Messer an den Hals. Maiga merkte, wie sich die spitze Waffe an der Oberkante des Halsbandes festklemmte. Momoko musste nur noch zustechen.

„Wo hast du denn auf einmal das Messer her?" wollt Maiga unnötigerweise wissen.

Momoko ignorierte die Frage, während sie die beiden ungebetenen Gäste fixierte.

„Wer auch immer ihr seid. Ihr habt einen großen Fehler gemacht. Am besten, ihr legt euch genau da, wo ihr seid auf den Boden."

Maggie, die auf jegliches Rockabilly-Kleidungsstück verzichtet hatte, machte mit beiden Händen eine beschwichtigende Geste. Dabei stellte Maiga fest, dass Maggie unter dem eng anliegenden Overall über gut trainierte Muskeln verfügte.

„Was machst du denn?" wollte Maggie wissen, wobei ihrer Stimme die Unsicherheit und Überraschung über Momokos unerwartete Reaktion anzumerken war. „Du bist doch selber auch eine Gefangene. Bleib ganz ruhig. Ganz ruhig. Mach jetzt nichts falsch. Wir sind die Guten. Wir können euch beide befreien. Es ist vorbei."

„Laber nicht so eine Scheiße. Ihr beiden seid nicht die Guten, sondern die Idioten, die alles falsch machen. Nur ihr seid Schuld, wenn ich Maiga abstechen muss. Also: Wer seid ihr? Wo kommt ihr her? Was habt ihr vor?"

„Das habe ich doch gerade gesagt. Wir wollen euch befreien. Ihr seid doch beide gegen euren Willen hier. Gefangene!"

Momoko rüttelte an Maigas Halsband.

„Kennst du die beiden Figuren?"

Maiga war nach ihrer anfänglichen Überraschung eines schnell klar geworden: Maggie und Meister Watanabe hatten mit der falschen Einschätzung von Momoko einen kaum zu korrigierenden Fehler begangen. Sie musste eine Antwort geben, die im Zweifel Verwirrung stiften würde.

„Nie gesehen. Servier die endlich ab und hör auf das Messer an meinen Hals zu halten. Eine falsche Bewegung und du kannst das Tattoo an einem toten Modell fertig machen."

„Noch nie gesehen", wiederholte Momoko. „Aha. Na da kann ich nicht wirklich mithalten. Den erwürdigen Herrn hier habe ich schon mal irgendwo gesehen. Muss in einem früheren Leben gewesen sein. Mir ist nur noch in Erinnerung, dass er immer so furchtbar umsichtig und vertrauenswürdig war. Wie war noch gleich der Name?"

Fast hätte Maiga es ausgeplappert, aber dieser unglaublich ruhige und entspannte Blick, mit dem Meister Watanabe die Szene betrachtete, hielt sie davon ab.

„Watanabe", stellte er sich nach einer kleinen Pause vor. „Und wenn ich mich nicht irre, sind Sie eine der begnadetsten Tattookünstlerinnen, der zu begegnen ich jemals die Ehre hatte."

Maiga war wenig überrascht als Meister Watanabe ein perfekt zurückhaltendes Lächeln und die Andeutung einer Verbeugung zeigte.

„Watanabe richtig. Der Typ, der sich so elendig darüber aufgeregt hat, dass ich jemandem ein Tattoo ein bisschen anders gestochen habe, als er das haben wollte. Dabei war es so wie es war einfach nur perfekt."

„Der Herr hatte um einen zornigen Poseidon gebeten, der mit seinem Dreizack aus dem Meer auftaucht. Sie hingegen haben ihm ein Pinup Girl gestochen, das mit entblößten Brüsten auf einem rosa Einhorn reitet und augenscheinlich nach sexueller Befriedigung sucht."

„Wie gesagt. Es war perfekt. Was konnte ich dazu, dass dieser Idiot so unflexibel war. Aber genug von alten Zeiten geredet. Da ihr beiden euch scheinbar nicht auf den Boden legen wollt, geht ihr jetzt einfach mal schön langsam Richtung Haus. Da gibt es einen Raum, der euch gefallen wird. Hab ich gerade noch mit Maiga drüber gesprochen."

„Was soll das bringen?" wollte Maggie wissen. Während sich Meister Watanabe brav in Bewegung setzte, blieb sie einfach stehen.

„Das soll bringen, dass ich nicht zustechen muss. Glaub bloß nicht, dass ich auf diesen Quatsch mit ‚noch nie gesehen' reingefallen bin, den mir Maiga gerade aufgetischt hat."

„Und wenn du sie umbringst? Was dann? Du bist mit ihr durch eine Kette verbunden. Was soll uns davon abhalten, dich dann festzuhalten, bis die Polizei..."

Weiter kam Maggie nicht. Gleichzeitig mit dem Schuss, den Maiga hörte, brach Maggie zusammen und hielt sich, vor Schmerzen schreiend, den Oberschenkel.

„Das hält mich davon ab, du blöde Tusse", stellte Momoko mit vor Spot triefender Stimme fest.

Im gleichen Moment, in dem der zweite Schuss fiel, arbeitete Maiga noch daran mit dem Schock fertig zu werden, den der Schuss auf ihre Freundin ausgelöst hatte. Was es bedeutete, dass sich Momokos Griff nicht nur plötzlich lockerte, sondern dass Momoko neben ihr lautlos zusammensackte, erfasste sie auch dann noch nicht, als sie vom Haus her ein lang anhaltendes, schmerzerfülltes „Neiiiin!! Momokoooo!!!" hörte.

„Wir müssen aus der Schusslinie!" erklärte Meister Watanabe.

Ohne innezuhalten, zog er Momokos leblosen Körper hoch und benutzte ihn für sich und Maiga als Schutzschild gegen weitere Schüsse vom Haus.

„Jetzt langsam! Wir gehen zu Fräulein Schuster und schützen sie ebenfalls."

Bevor sie jedoch die Schritte gehen konnten, hatte sich Maggie schon selber in Bewegung gesetzt. Das angeschossene Bein hinter sich her schleifend, hüpfte sie panisch schreiend in die Büsche zurück, wo sie sich in eine Mauernische presste und mit beiden Händen versuchte, die Blutung an ihrem Bein zu stoppen.

„Okay, Fräulein Schorla, dann folgen wir ihrer Freundin. Mir scheint, dass vom Haus für den Moment kein weiterer Schuss zu befürchten ist."

Maiga kam es wie eine Ewigkeit vor. Der Schrei, der vom Haus gekommen war, als Momoko zusammengesackt war, schien schon lange verklungen zu sein. Der, der geschrien hatte konnte eigentlich nur Laith gewesen sein. Soviel war ihr inzwischen klar geworden. Der Großwildjäger hatte seine eigene Frau erschossen.

„Fräulein Schorla. Sie halten das Haus im Auge. Ich stoppe zunächst die Blutung an dem Bein ihrer Freundin."

Schon, als sie sich neben Meister Watanabe in das Buschwerk gezwängt hatte, hatte sich der Reifrock als noch hinderlicher erwiesen, als die zusammengehaltenen Oberschenkel. Jetzt allerdings, als sie sich flach auf den Boden legen wollte, um einen Blick Richtung Haus zu bekommen, erwies er sich als geradezu grotesk. Maiga merkte, wie ihre Röcke hochgehalten wurden und von hinten Luft an ihre Beine ließen. Vermutlich sah sie gerade wie eine Strandmuschel aus, die irgendjemand im Gebüsch aufgebaut hatte.

So ging das definitiv nicht. Kurzentschlossen fing sie an, die Verschlüsse ihrer Röcke zu öffnen. Glücklicherweise hatte Momokos darauf verzichtet, auch noch jeden Rock einzeln zu sichern. Als sie sich endlich aus den Sachen herausgepellt hatte, fühlte sie zumindest etwas beweglicher. Natürlich war sie noch immer über die Kette mit Momoko verbunden. Aber, da sie das nicht ändern konnte, versuchte sie den Gedanken daran zu verdrängen und sich voll darauf zu konzentrieren, das Haus zu beobachten. Zumindest so gut, wie sie es überhaupt erkennen konnte.

Hinter ihr war Meister Watanabe scheinbar gerade mit dem Abbinden von Maggis Bein fertig.

„Halten Sie ruhig weiterhin die Hand auf Ihrer Wunde, Fräulein Schuster. Das Bein ist jetzt abgebunden, aber es ist besser, wenn sie die Wunde gegen Dreck von außen schützen. Ich versuche jetzt erstmal die Staatsmacht zu erhöter

Eile zu nötigen. Glücklicherweise hatte Fräulein Schuster die passende Visitenkarte dabei."

Maiga hörte trotz Maggies Stöhnen das typische Wählgeräusch des Smartphones.

„Können Sie am Haus etwas sehen, Fräulein Schorla?" wollte Meister Watanabe wissen, während er auf die Verbindung wartete.

Maiga hatte schon den Mund geöffnet, als die Terrassentüre aufflog und Laith mitsamt seinem Gewehr herausstürmte.

„Oh nein, er kommt."

„Hören Sie? Watanabe hier. Wir sind in einer extremen Notsituation. Es gibt bereits eine Tote und eine Verletzte. Außerdem ist die gesuchte Frau Schorla bei mir. Ein Mann mit Schusswaffe hat gerade das Haus verlassen und wird uns gleich finden."

Danach gab er die Adresse durch.

„Wer ist dieser Mann Fräulein Schorla?" wollte er wissen, als er ebenfalls versuchte einen Blick auf ihn zu werfen.

„Das ist Laith. Er ist Momokos Mann. Er hat gerade seine eigene Frau erschossen."

„Ah, verstehe. Ein Minute sagen Sie? Der Angreifer ist der Hausherr. Ein gewisser Laith. Nachname leider unbekannt. Ich muss Sie jetzt zur Seite legen."

In normaler Lautstärke erklärte Meister Watanabe „Wir müssen Zeit gewinnen", bevor er dann in Richtung Laith schrie:

„Ihre Frau lebt noch! Rufen Sie einen Notarzt! Schnell!"

Automatisch ging Maigas Blick zu Momokos totem Körper, bevor sie begriff, was Meister Watanabe vor hatte. Tatsächlich blieb Laith einen Moment unschlüssig stehen. Dann legte er das Gewehr an und zielte in das Gebüsch.

„Kommt raus. Mit erhobenen Händen!"

„Das machen wir auf keinem Fall", wisperte Meister Watanabe. „Er wird uns sofort erschießen. Alles, was er braucht ist ein klares Ziel. Er hat nur zwei Schuss in der Waffe."

Als sie keine Reaktion zeigten, ging Laith mit weiterhin angelegter Waffe auf das Gebüsch zu. Eigentlich, überlegte Maiga, kann er uns noch nicht deutlich genug sehen. Sie schaute sich vorsichtig um, ob es irgendetwas gab, was sie hätte schützen können. Dabei fiel ihr Blick auf den aufgebauschten Stapel, den der Reifrock mit den anderen Röcken bildete.

Scheinbar hatte Meister Watanabe die gleiche Idee. Während er den Stapel mit den Füßen Richtung Wiese schob, rief er laut: „Moment. Wir kommen. Nicht schießen. Bitte nicht schießen. Wir hängen in den Büschen fest."

„Fräulein Schuster", wisperte er danach. „Wenn er schießt, dann schreien sie so, wie eben ihre Freundin geschrien hat. Verstehen Sie? Aber bleiben Sie ganz flach auf dem Boden liegen."

„Was ist?" rief Laith. „So lange kann das doch nicht dauern!"

Wieder gelang es Meister Watanabe den Reifrock ein Stück weiter zu schieben. Gerade, als er sein Bein wieder zurückzog, fiel der Schuss. Maiga nahm nur wahr, dass sich Momokos Körper kurz bewegt hatte. Hatte sie jetzt wirklich noch gelebt? Oder hatte Laith etwas schon wieder…?

„Momoko!" schrie sie aus Leibeskräften. „Du hast Momoko erschossen! Du scheiß Großwildjäger!"

„Dann ist es jetzt auch egal!" schrie Laith mit überschnappender Stimme zurück und ging mit festem Schritt weiter auf das Gebüsch zu.

Maiga versuchte sich noch flacher auf den Boden zu legen. Am liebsten wäre sie in den Boden eingesunken.

„Er wird uns alle erschießen", wimmerte Maggie von hinten.

„Bleiben Sie ruhig. Er hat nur noch eine Kugel", flüsterte Meister Watanabe. „Und vermutlich sieht er mich als die größte Gefahr an."

„Kommt raus! Der Japaner zuerst!" schrie Laith wie zur Bestätigung. Inzwischen war er nur noch wenige Meter entfernt.

„Die Polizei muss jeden Moment eintreffen", wisperte Meister Watanabe. „eine Minute haben sie gesagt. Ich muss es trotzdem wagen."

Ohne Verzögerung schnellte Meister Watanabe aus den Büschen. Er hatte alles auf den minimalen Vorteil gesetzt, den er dadurch hatte, dass Laith ihm mit der Waffe folgen musste, bevor er schießen konnte.

Tatsächlich gelang es ihm das Messer, mit dem zuvor Momoko an Maigas Hals hantiert hatte, auf Laith zu schleudern. Das Messer traf ihn mittig in den Bauch. Nur leider nicht mit der Klinge, sondern mit dem Griff. Trotzdem reichte das, um Laith zumindest so weit abzulenken, dass sein zweiter Schuss knapp am Ziel vorbeiging.

Mit wenigen Schritten, war Meister Watanabe bei ihm und sprang ihm mit der Fußsohle voran gegen den Kopf. Laith, der sich in der Abwehr unsinnigerweise durch das leer geschossene Gewehr selber blockierte, war nicht in der Lage schnell genug auszuweichen und landete rücklings auf dem Rasen. Mit einem einzigen routinierten Griff, nahm Meister Watanabe ein zusammengerolltes Bondageseil von seinem Gürtel, schlug es mit einer kräftigen Bewegung aus und fixierte Laith damit, bevor Maiga überhaupt realisiert hatte, dass es jetzt endgültig vorbei war.

Gerade, als sie überlegte, ob Laith vielleicht den Schlüssel für die Kette dabei hatte, die sie noch immer mit Momoko verband, peitschte ein weiterer Schuss durch den Garten.

„Polizei! Keine Bewegung!"

Mehrere Personen in Kampfanzügen stürmten in den Garten. Endlich. Das war das Bild, das Maiga am liebsten schon an dem Tag gesehen hätte, an dem sie zu Egbert gebracht worden war.

Lose Fäden

„Tja, was soll man da noch groß erzählen?" fragt sich der Autor dieser Geschichte. Natürlich wurden all die, die schuldig waren auch entsprechend versorgt. Von denen, die hier aufgetreten sind, waren nach den Abgängen von Franz, Egbert und Momoko schließlich nur noch Bert, Laith und Frank übrig. Carmen blieb verschwunden. Keine Ahnung, ob die jemals wieder auftaucht. Franks Frau kam noch ganz gut aus der Sache heraus. Sie hat es irgendwie geschafft, dem Gericht klar zu machen, dass sie unter Franks Tyrannei aus reinem Überlebenswillen mitgeholfen hatte.
Interessant war eigentlich nur noch die Vernehmung von Laith. Oder genauer gesagt das, was eigentlich eine Vernehmung hätte werden sollen.

Als er in dem Raum Platz genommen hatte und Smidt beginnen wollte, holte er ein Foto seiner Frau aus der Tasche seiner Cargohose, strich es glatt und legte es vor sich auf den Tisch, wo er es mit beiden Händen festhielt. Von dem Moment an schaute er nur noch liebevoll auf das Foto.

„Meine Frau war die liebste und kreativste Frau, die ich jemals kennengelernt habe. Niemand konnte ihr das Wasser reichen. Aber sie hatte auch einen sehr starken Willen. Was sie sich in den Kopf gesetzt hatte, das zog sie auch durch. Da gab es keine Rücksicht auf Freunde und Verwandte. Trotzdem war sie in unserer Ehe – zumindest für Außenstehende sah das so aus – die devote Frau. Sie gehorchte mir aufs Wort. Sie hat immer gesagt, dass sie das brauchen würde, um zu spüren, was Grenzen sind. Ohne die Beschränkungen ihrer Bewegungsfreiheit wäre sie vermutlich wahnsinnig geworden, weil sie es gar nicht geschafft hätte, all ihre Energie zu kontrollieren."

„Welche Rolle hat Ihre Frau bei der Entführung von Maiga Schorla gespielt?" wollte Smidt wissen. Sie hatte an Laith Schneiders Liebesleben kein Interesse.

„Als wir die richtige Balance zwischen Freiheit und Unfreiheit gefunden hatten, bekam ihre Kreativität noch einen zusätzlichen Schub. Ihre Entwürfe wurden noch besser. Noch ausgefeilter. Die Stellen, an denen sie die Tattoos platzierte wurden ebenfalls ausgefallener. Einmal hat sie die Fußsohlen tätowiert. Mit einem Muster aus Scherben. Das sah so echt aus, dass ich schon geglaubt hatte, das Modell würde nie wieder schmerzfrei gehen können. Sie könnten fragen, warum sie nie in einem Tattooshop gearbeitet hat. Ganz einfach: Sie wollte ihre Vorstellungen tätowieren. Nicht die der Kunden, die immer nur über eine stark limitierte Phantasie verfügen. Damit war der Weg vorbestimmt, dass sie an den Frauen arbeiten konnte, die bei Frank Zwischenstation machten, um dann weiter verteilt zu werden. Einem dieser Mädchen hatte sie einen wunderschönen Drachen auf den Rücken tätowiert. Bei der hatte sie übrigens auch ihr Fable für Schmuck entdeckt, der die Bewegungsfreiheit einschränkt. Sie hatte noch einiges mit diesem Modell vor, bevor es dem Markt zur Verfügung gestellt werden sollte. Leider hat das Modell es bei einem Besuch in unserem Schloss vorgezogen, mich mit einem Messer zu attackieren. Momoko kannte in solchen Fällen keine Gnade. Sie hat sie erstochen. Sie hat mich so sehr geliebt. Sie konnte es nicht ertragen, wenn jemand versucht hat, mir Schaden zuzufügen. Wir haben die Leiche des Modells dann einfach in den Fluss geworfen. Sollen sich die Fische daran vergnügen."

Inzwischen hatte Laith Schneider angefangen, Momokos Kopf mit dem Daumen zu streicheln. Smidt nahm er gar nicht mehr wahr.

„Irgendwann dann hast du bei Frank eine neue Tänzerin gesehen: Maiga. Du hast sofort festgelegt, dass Maiga von dir tätowiert werden sollte. Eigentlich war schon alles arrangiert. Wenn du etwas wirklich wolltest, dann ging das immer ziemlich schnell. Dann kam allerdings Berts Versagen am Pokertisch dazwischen. Damit Bert sich beim Rückgewinn des verlorenen Geldes Mühe gab, hast du dich schweren Herzens darauf eingelassen, Maiga noch eine ganze Zeit bei

Frank arbeiten zu lassen und sie erst dann zu holen, wenn Bert mit der Rückerstattung fertig war. Ich weiß noch, wie sauer du darüber warst, aber die Vernunft hatte gesiegt. Das Geld wäre sonst verloren gewesen. Wieder wurde alles arrangiert. Leider kam es dann bei Frank zu dieser ärgerlichen Panne. Du warst gerade dabei im Gesicht einer neuen Mitarbeiterin einen Pfau zu platzieren. Ein wahres Kunstwerk. Wie stolz du warst, als du mir den Entwurf gezeigt hast. Die langen Federn hätten über den Hals bis zur Brust gereicht.

Naja. Wie das Schicksal manchmal so spielt. Das war mal wieder eine von den Frauen, die deine Kunst nicht zu schätzen wussten. Einer von Franks Mitarbeitern hatte nicht ordentlich aufgepasst und schon war die Frau mit halbfertigem Pfau auf der Flucht, die dann mit dem tödlichen Sturz endete. Die Jungs haben sie auf einem verlassen Stück Erde entsorgt. Wo genau, kann ich gar nicht sagen. War dir auch egal und wenn die Polizei, wo die sich jetzt einmal eingemischt hat, wissen will wo, dann muss die das selber rausfinden. Wenn die die Frau überhaupt suchen will. Wirklich dumm war, dass Maiga das mitgekommen hat. Du musstest den Plan also schon wieder ändern. Maiga wurde zu Egbert gebracht. Er war der Einzige, der einen freien Platz hatte. Bert wurde versprochen, dass einen Monat lang nichts Besonderes mit Maiga passieren würde und dann könnte er sie zurückhaben. Zumindest, wenn er das Geld bis dahin wieder zusammen hätte. Richtig glücklich war er nicht, weil Egbert immerhin den Ruf hat, ziemlich radikale Vorstellungen bei seinen Gästen umzusetzen. Aber du hast Frank klar und deutlich zu verstehen gegeben, dass Egbert sich direkt einen Strick nehmen kann, wenn er den körperlichen Zustand von Maiga nicht unangetastet lässt.

Dann aber stand Egbert auf einmal mit Maiga vor der Tür. Lange, bevor der Monat abgelaufen war. Er hatte mal wieder Streit mit seinem Nachbarn. Wie mich das inzwischen nervt. Der gefährdet damit noch irgendwann die gesamte Organisation. Deshalb hattest du dann auch beschlossen, ihn zu entfernen, sobald er kommen würde, um Maiga wieder abzuholen. Sind wir nicht mehr zu gekommen. Naja. Vielleicht sind die Bullen ja so intelligent, ihn zu finden, falls ich Lust habe, denen von Egbert zu erzählen."

Smidt hatte nicht den Eindruck, dass er überhaupt noch wusste, wo er sich befand. Wenn sie es richtig sah, wurden sogar seine Augen feucht.

„Du warst so glücklich. Was haben wir gelacht als wir uns daran erinnert haben, dass nur Frank wusste, dass Maiga ohnehin irgendwann bei uns gelandet wäre. Dass du schon lange aus dem Hintergrund diejenige warst, die alles bestimmte, haben diese Dumpfbacken Bert und Egbert bis heute noch nicht kapiert. Naja.

Und dann kam dieser furchtbare Tag, der dich auf dem Höhepunkt deines Glücks aus dem Leben gerissen hat. Du wurdest mit Maiga bei einem Spaziergang im Park überfallen. Ich habe das vom Haus aus gesehen und konnte die Angreiferin unschädlich machen. Als ich aber den Angreifer im Visier hatte, machte er eine unerwartete Bewegung, auf die ich nicht mehr reagieren konnte. Ich habe dich erschossen. Es war nicht meine Schuld. Es war ein Unfall. Trotzdem bekenne ich mich der Tötung an dir in vollem Umfang schuldig. Auch wenn der Richter mich natürlich freisprechen wird, wird diese Schuld immer auf mir lasten. Es ist eben doch ein großer Unterschied zwischen der Schuld, die das Gewissen einem diktiert und der Schuld, die einem der Richter zusprechen kann. Nie wieder werde ich dich strahlen sehen."

Danach nahm Laith Schneider die Welt nur noch als etwas wahr, das mit ihm irgendwie nicht viel zu tun haben konnte.

Es war wieder einmal ein wunderbarer sonniger Morgen. Maggie hatte sich von ihrem Mann zu Maiga bringen lassen. Jetzt saß sie mit ihrem eingegipsten Bein unter dem Sonnenschirm auf der Terrasse und plauderte entspannt mit Meister Watanabe und seiner Frau.

Maiga brachte gerade eine neue Runde Kaltgetränke nach draußen.

„So", nahm Maiga das Gespräch wieder auf, „jetzt will ich aber endlich wissen, wie ihr dahinter gekommen seid, dass ich bei Laith und Momoko war."

Statt einer Antwort schaute Meister Watanabe seine Frau bittend an. Die erhob sich lächelnd, löste den Obi ihres Kimonos und ließ das wunderschöne Kleidungsstück dann von ihren Schultern gleiten.

Fast hätten sich Maggie und Maiga an ihren Getränken verschluckt. Der gesamte Körper war von einem Tattoo bedeckt. Nur vom Ausschnitt aufwärts und natürlich an ihren Händen war ihr Körper nicht durch farbenprächtige Szenen geschmückt.

„Meine Frau", erklärte Meister Watanabe, „hat sich dieses Tattoo von einem großen Meister stechen lassen. Dieser Meister hat, so wie es Sitte ist natürlich immer Schüler bei sich gehabt, die erst kleinere und nach entsprechender Reife auch größere Arbeiten ausführen durften. Eine dieser Schülerinnen war Momoko. Das Einhorn, von dem ich sprach, hatte sie als Schülerin des Meisters gestochen. Wie Momoko schon sagte: Es war in seiner Ausführung absolut perfekt. Nicht die kleinste Stelle des Werkes konnte bemängelt werden.

Für den Meister war es die größte Demütigung, die er jemals hatte hinnehmen müssen. Nach diesem Vorfall hat er nie wieder neue Schüler aufgenommen. Als der letzte Schüler seine Selbstständigkeit erlangt hatte, legte der Meister seine Tattoowerkzeuge für immer zur Seite. Wenig später tat er seinen letzten Atemzug. Er stürzte sich in sein eigenes Schwert."

Maiga und Maggie schwiegen betroffen. Beide suchten nach einer angemessenen Antwort. Als das Schweigen schon fast unerträglich wurde, brachen Meister Watanabe und seine Frau in lautes Lachen aus.

„Sie haben die Geschichte wirklich geglaubt?" wollte Meister Watanabe wissen, während er sich die Tränen wegwischte. „Ihr Europäer seid einfach zu sehr der Meinung, dass alle Japaner noch immer im tiefsten ihres Herzens Samurais sind. Oder? Sehr lustig."

„Oh Mann, ich bin wirklich drauf reingefallen", bestätigte Maiga. „Aber wie war es denn jetzt wirklich?"

„Langweilig", konstatierte Meister Watanabe, der noch immer mit dem Rest seiner Heiterkeit zu kämpfen hatte. „Lassen Sie uns lieber von lustigen Dingen erzählen. Es ist so ein schöner Tag. Da muss man mit der Sonne um die Wette lachen und die Vergangenheit hinter sich lassen."

Einen Monat später hatte Maiga ihre erste Sitzung bei Lisa. Maggies Tätowierer hatte den Kontakt in die Alpen vermittelt. Während der Aufenthalte dort wohnte Maiga bei Lisa und ihrer Partnerin Muse. Muse war bei einer der Mega-Party-Clubs des Dorfes als Käfigtänzerin angestellt. Ihre Angebote an Maiga, das auch mal auszuprobieren, schlug diese allerdings jedes Mal aus. Mit dem Tanzen auf dem Präsentierteller verband sie dann doch zu negative Erfahrungen.

Und sonst so?

Was die in diesem Buch dargestellten Personen und Handlungen angeht, so entspringen die ausschließlich meiner Phantasie. Sollte sich trotzdem irgendjemand in einer der Figuren wiedererkennen, so ist dies reiner Zufall.

Bei nicht wenigen der erzählten Passagen möchte ich sehr hoffen, dass sie so auch nur in einem Roman geschehen können und in der Realität an den vielen nicht kalkulierbaren Unwägbarkeiten scheitern würden, die das Leben so mit sich bringt.

Wäre natürlich schön, wenn das auch endlich für Zwangsprostitution und Menschenhändlerringe gelten würde.

Muse, das Fetischmodell (Leseprobe)

Ich schaute mich noch mal im Esszimmer und der angrenzenden Küche um. Der Aufschnitt und die Brötchenkrümel waren noch nicht weggeräumt. Die Kaffeetasse, die er nach dem Umblättern der Zeitung geordert hatte, war unangerührt. Mit einem zufriedenen Gefühl stellte ich fest, dass ich ihn zumindest ein bisschen aus seinem eingefahrenen Morgenritual gebracht hatte. Ich legte ihm einen kleinen Abschiedsbrief auf den Tisch. Danach ging ich nach oben, packte zwei große Koffer mit Klamotten und Schuhen und einen weiteren kleineren Koffer mit den wichtigsten Unterlagen. Ein letzter prüfender Gang durch die Wohnung und dann stürzte ich mich in mein neues Leben mit Franky, dem Künstler.

Franky lebte mit einigen anderen Künstlern zusammen in einem alten Herrenhaus, das von einem riesigen Park umgeben war. Als ich ihn vor ein paar Wochen das erste Mal dort besucht hatte, war ich einfach nur überwältigt. Es hatte tatsächlich einige Zeit gedauert, bis ich wirklich begriffen hatte, dass ich in so etwas, wie einer Künstlerkommune gelandet war, die sich finanziell tatsächlich selber trug.

Jetzt war es so weit. Franky erwartete mich bereits mit weit geöffneten Armen auf der kleinen Treppe, die zu dem Haus hoch führte. Also ließ ich meinen Beetle mit den Koffern auf dem kleinen Vorplatz stehen, sprang in Frankys Arme und umklammerte seine Hüften mit meinen Beinen. Da er zwei Kopf größer war und zudem über eine Menge wohlproportionierter Muskeln verfügte, konnte ihn das nicht aus dem Gleichgewicht bringen. Ich ließ ihn auch gar nicht erst zu Wort kommen, sondern suchte direkt intensiven Kontakt mit seinen Lippen. Das Gefühl, als sich unsere Zungen berührten, löste bei mir höchste Glücksgefühle aus. Es war einfach himmlisch. Vor allem, nachdem ich ihm erklärt hatte, dass es nicht gut für meine Haut sei, wenn er immer mit diesen scharfen Stoppeln herumlief.

Ohne Umschweife hatte er mir dann angeboten, sich täglich zu rasieren, zur Not auch zweimal, wenn ich das ebenfalls machen würde. Seitdem lief ich, was Haare angeht, vom Hals abwärts nackig herum. Mein Mann hatte davon nicht das Geringste mitbekommen. Bei welcher Gelegenheit auch? Er hatte nur seinen Job und abends entweder die seltenen Treffen mit seinen Freunden oder mal ab und zu irgendeine Aktion mit mir, die er wie eine notwendige Pflicht erfüllte. Ich will ihm gar nicht unterstellen, dass er sich dazu irgendwie zwingen musste, aber es war eben auch nicht so, dass er so etwas wie Freude daran zeigte. Sex war für ihn kein wirkliches Thema mehr. Ich hatte keine Ahnung, ob er wirklich keinen Drang in diese Richtung hatte oder ob er eine Geliebte hatte oder ob es ihm reichte, wenn er es sich vielleicht ab und zu selber besorgte. Mir war es auch irgendwann egal geworden.

Jetzt jedenfalls, war ich mit jemandem zusammen, dem Sex sehr wichtig war. Deshalb musste mein Beetle noch einige Zeit warten, bis Franky die Koffer herausholen konnte. Während er das dann irgendwann doch noch erledigte, nahm ich mir eines seiner Shirts. Es ging mir ein kleines Stück über den Po. Der Blick in den Spiegel zeigte mir, dass ich mehr Kleidung nicht brauchte. Die Reaktion von Franky, als er mit den Koffern bepackt wieder zurückkam, bestätigte mich darin.

„So gefällst du mir, meine Muse." Er zog einen der Ärmel über meine Schulter und trat dann einen Schritt zurück, um mich zu betrachten. Danach zog er meinen Arm komplett aus dem Ärmel, sodass die zugehörige Brust ihren Weg in die Freiheit fand. Das kommt davon, dachte ich mir lächelnd, wenn man die Knopfleiste nicht züchtig schließt. „Und so", setzte er seinen Satz fort, „gefällst du mir noch besser."

Er trat wieder einen Schritt zurück und betrachtete mich mit gespielt künstlerischem Blick.

„Ich sehe, du trägst noch immer den Schmuck an deinem Handgelenk?"

„Natürlich trage ich den noch. Mein werdender Ex wollte dem schon mit einer Zange zu Leibe rücken."

Franky verzog schmerzhaft das Gesicht. „Oh Gott. Welch Frevel. Hast du ihm denn nicht gesagt, dass das ein Kunstwerk ist. Ich habe eine Versicherung über mehrere tausend Euro darauf abgeschlossen", ergänzte er lachend.

„Auf die Idee bin ich leider nicht gekommen." Ich spielte ein bisschen mit meinem Handgelenk. „Einfach nur geil. Den werde ich nicht so ohne weiteres wieder abmachen lassen."